JN079275

ジョジョの奇妙な冒険

無限の王

Las extrañas aventuras de JOJO
El Aleph

真藤順丈

original concept
荒木飛呂彦

集英社

イラストレーション
荒木飛呂彦

装丁
小林満
(GENIALÒIDE,INC.)

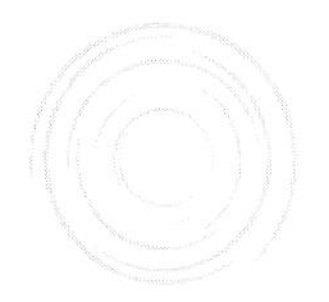

たしかにそれは、最後の神話の時代と呼ばれた一九七〇年代にラテンアメリカを席捲（せっけん）していた。征服者（コンキスタドール）のように海の向こうからやってきたのか、神殿や遺跡がそびえる原始林の古い地層から掘り起こされたものか。一つの世界が消え、もう一つの世界が生まれようという植民地以降（ポス・コロニアリスモ）におのずから解き放たれた別世界の悪魔（ディアブロ）だという者もいるほどだ。

現地の言葉で、新たなる驚異（ヌエバ・マラビジャス）、あるいはただ驚異の力（ラ・マラビジャス）と呼ばれたそれは、アマゾンの誇り高き部族であるヒバロ族やワンビサ族を隷属（れいぞく）させ、リマの非合法街区（バリアーダス）を恐怖によって牛耳（ぎゅうじ）り、越境者たちを路頭に迷わせ、ただでさえ高い犯罪発生率を急増させて、カソリックの古都における連続殺人事件の引き金にもなり、大海嘯（だいかいしょう）のようにとめどない大群となって農村から都市を包囲した。いずれも本当に起きたこと、あるいは起きようとしていたことだ。長らく名づけえなかったこの存在こそが、わたしたちの懸念を増大させ、価値基準の変更を強（し）い、人跡未踏の闇を踏みわける調査と探究の途（と）へといざなう端緒となった。出所や呼び名がどうであれ、関わった者はだれもが自身や家族に降りかかる災難を経験し、無慈悲な神の不在を呪うことになる。ゆめゆめ指をくわえて傍観することは許されなかった。

　後世の人たちよ、わがスピードワゴン財団の文献を紐解(ひもと)く者たちよ。最後の神話の時代とは、「神」から「王」へと力や権威が移譲されるその端境期(はざかいき)を指している。

　あなたたちは知っているだろう。かつて「神」の業(わざ)を真似(まね)ることでみずから「神」になろうとした超越者たちがいたことを。ある者は他者の血を主食とし、ある者は超生命体として鉱物とも同化した。一人は海難事故によって海の底に沈み、もう一人は地球の外まで流刑に処された。そこには戦士の血が流れる一族の貢献が、めいめいの命を賭した戦いの潮流があったことを知っているだろう。ここで問いを立てなくてはならない。超越者たちはなぜ仕損じたのか、彼らはなぜ「神」になれなかったのか?

　聖なる書物は千ほどあって、司祭や神学者がそこに記された言葉を心に銘記している。時計を見れば時計職人の気配を感じるように、わたしたちは世界のあらゆる営みからその存在を気取ることができる。だがそれは気配であり、存在感でしかない。神をもっとも神たらしめる業とは、天から雷(いかずち)を降らすことでも、洪水や干ばつで百万単位の死(メガデス)をもたらすことでもない。沈黙だ。人間に対する無関心、あるいは人間がいることすら知らないかのような黙殺だ。熱心な信仰者たちは言うだろう、神は人に自由意志を与えたのだと。神はつねに兆(きざ)しによって心(ハート)に語りかけるのだと。しかしながらわたしたちは心臓(ハート)が血を循環させるための臓器でしかないことを知ってしまっている。神はなにも告げない。たとえ存在していてもずっと留守だ。

だれもがぼちぼち骨身に染みていた。最後の神話の時代とは、人びとの集合知から神がどこまでも存在や気配を薄めていく時代でもあった。そうした頃合いを見計らって、下界ではめざましい勢いで「王」が権勢を増していく。ここでいう「王」が賢君や名君だったためしはない。たいていは暴君だ。

現代でも古代でも変わらない。いにしえより「王」とは隣の領土を指差して、余はあの国が欲しいぞ！　と仰せになるものだ。すると、ははーとかしこまった家臣たちが乗りこんでいって略奪や破壊の限りをつくし、栄えていた文明を滅ぼし、暦や法律や歴史を刷新して、国境線をあらためて引き直す。やれやれ、あの王さまのやることはいつも強引だよねと呆れたふりをしながらも人民は内心でほくそ笑んで新天地へとなだれこんでいく。いつの世も「王」の貪欲さとは、民を苦しめ、害を与えもするが、あらたな地平を拓く推進力にもなり得てきた。古今東西で果てしなく反復されてきたことが、わたしたちの生きる現代――この神なき時代においては、それぞれの生活圏内で起きるようになった。あなたにも憶えがあるはずだ。現代における「王」のふるう王権、どんな家来よりも頼れる家来、それこそが件の異能なのだ。それはいわば鏡面に二重映しの自己像、あなたの内側から来るあなたの「王」の部分だ。それは本人を断ち切ることのできない鎖につなぎ、内なる叫びで縛りつけ、他者を支配したがり、あわよくば地球生命の頂点に立とうとする。かくして「神」を模倣する時代は遠ざかり、それぞれの「王」が欲望や飢渇のままに覇権を争う時代がやってきた。とりもなおさずそれは個人が個人に仕掛ける戦争であり、そんな世界を生きるわたしたちは、すでに第三次世界大戦の渦中にあるといえるだろう。

アジアもヨーロッパも北米も南米も、大義名分にふりまわされた。東西の大国はカリブ海の小国を挟んでミサイルを向けあい、植民地支配や分割統治のくびきは外れず、なにが善でなにが悪であるかは、だれが強者でだれが弱者であるかの言い換えにすぎなかった。世紀の終わりに向かうなかでも懸念は増すばかりだ。ホワイトハウスの芝生でタッチ・フットボールをしていたあの青年大統領はどうして暗殺されたのか、一家にかけられた呪いだって？　どうして世界最強の国家がちっぽけな第三世界の小国に負けたのか、サイゴンの水田にはまりこんだ兵士たちが人智を超えたものと出遭っていた可能性は？　多くの民族がなぜこうも国外離散の憂き目に遭うのか。連続する秘密テロ組織の旅客機ハイジャック事件において、保安検査場をゆうゆうパスできる「凶器」を持ちこんだ者はいなかったのか？「神」なき「王」の時代にわたしたちは地球規模で、同時多発的に、個人の個人による戦争を体験させられている。

陰謀に目がない向きをあおるつもりはない。これから語られるのは現に中南米で起きていた出来事だ。そこがあの力の出発地点だったのか、途中で漕ぎつけた寄港地だったのかはわからない。「神」に取って代わる個々の「王」の力は、天災のような凄まじい勢いで人や町を蹂躙するとはかぎらない。少しずつ人を窒息させるのだ。ときに変則的に、ときに緩慢な速度で、ときには電光石火の早業でとどめを刺しに来る。前もって因果関係を知っておくことも有効な対策を講じることもできない。だからといって泰然とかまえてもいられない。どんなに紆余曲折しようが時間を費やそうが、その手はいずれ確実に――あなたという獲物の喉首にもかけられる。

だからこそ、この記録が、この物語がつむがれる運びとなったのだ。

大いなる人類遺産の保護と献身をモットーとしたわが財団の理念に照らし、創立者であるロバート・E・O・スピードワゴンの魂を継承して――過去の文献に当たる賢明なあなたたちの後学のためというだけではない。記録者であるわたしたち自身も襲いくる災難や悪運から身を護るためでもある。

たしかにその時代、その場所には、「神」なき時代の暴君に抗する民草の力を、大地に射しこむ光を信じた者たちがいた。

わたしたちの委員会では、まず一九七〇年から八〇年代にかけてのエリザベス・ジョースター氏による手記やメモを網羅的にまとめ上げた。この時期、財団の顧問役に就いていたエリザベス・ジョースター氏は調査団を率いて中南米の各地を歴訪し、ある一連の現地調査任務に関する相当量の記録をおこなっている。他の調査員や警護者、第一次当事者やサンプルの対象者による証言や一次情報を加えて、適切と思われる箇所では、残留した形跡から出来事や当事者の内面を再現する能力者たちの援(たす)けにもあずかり、資料や文献の域を超えた一つの物語こそを目指すところとした。古いものが残り、新しいものが台頭するこの地から、蓄積された記録の精髄(せいずい)をこうして自由なあり方で提示できることは委員一同欣快(きんかい)に堪(た)えないところである。

後世の人たちよ、あなたたちはきっと感じることができるはずだ。

まだ「神」と「王」とが共存していた時代の息吹を。

たしかに途切れなかった紐帯(ちゅうたい)を。正邪聖俗(せいじゃせいぞく)を。ささやかれた言葉のこだまを。

豊かに芽吹く感情を。生者と死者とが混ざりあう猥雑(わいざつ)な世界を。

老いも若きもたどることになる有為転変(ういてんぺん)の運命を。

知られざる戦いの火を。その光と影を。

新世界の、真実を——

これらが後世の興を引き、あらたな時代を生きる一助になることを衷心(ちゅうしん)より願うばかりだが、しかしこの物語自体がわたしたち一人一人にとっての防波堤となり、祈りの結晶体のようになることも望まずにいられない。そんな淡い期待を抱いてしまうことを、他でもないエリザベス・ジョースターが――リサリサが気に入るかどうかは心許ないが。記録する者にとってはこれこそが、あの名づけえない異能に――たくまざる「驚異の力（ラ・マラビジャス）」になり得るのではないか？

敬具

スピードワゴン財団遺産委員会一同

第1章

アンティグアの怪物と嵐の孤児

El monstruo de Antigua y los huerfanos de la tormenta
in Guatemala
1973

1

一九七三年、グアテマラ

おそるべき怪物（モンストロ）がのさばっていたころ、グアテマラの古都・アンティグアの市民は、野放しになった殺人者がふるう死の鎌（オズ・デ・ラ・ムエルテ）だけにかまけていられなかった。

地元のどこかに人殺しが潜んでいるという事態は、都市そのものがひどい悪疫に侵されるようなものだが、当時のグアテマラでは森や市街のあちこちで軍事政権と反乱勢力が激しい紛争をつづけていた。だから身中に巣食った病魔よりも、故郷の見なれた風景を焼きつくす山火事（グラン・インセンディオ）から逃げまわるのが先決で、自分たちの頭上を飛びかうクロコンドルの群れのような死の影からはつとめて目を背けようとしていた。

宗教の都であるアンティグアでは、初春の復活祭にさきがけて「キリストの体（エル・クエルポ・デ・クリスト）」と呼ばれる祭儀が催される。聖週間（セマナ・サンタ）――蘇生をはたす前のキリストがエルサレムで味わった受難と死。これらを象（かたど）った聖像が山車（だし）に載せられ、パレードの列をなし、植民地時代（エポカ・コロニアル）に建てられた教会やバロック建築がひしめく市街を経路に沿って行進する。

パレードが始まると、まずは祭服の信者たちが焚（た）いた香（こう）を紐（ひも）つきの缶に入れ、これを列の先頭で振りながら歩いてくる。香煙（こうえん）はもうもうと路上に垂れこめて、細長い階段を這（は）いのぼり、教会や修道院の前にもくまなく行き渡る。次いでブラスバンドが通過して、それから山車がやってくる。キリストや聖母の像をいただいた行列が通るのは、色をつけたおがくず、野菜、花、植物の葉、麵麭（パン）などを敷きつめて模様を描いた絨毯（アルフォンブラ）の上だ。宗教画あり、カリグラフィーあり、麵麭でつくったオブジェあり。おなじものはひとつとしてなく、街の景観を色あざやかに飾りたてる。アンティグアの風物でもひときわ堪能に値するもので、貧富貴賤（ひんぷきせん）を問わずに住民たちは絨毯（アルフォンブラ）作りに情熱を注いでいる。一年がかりで絨毯（アルフォンブラ）貯金だってするし、優れた絨毯（アルフォンブラ）を作れる若者は嫁のなり手に困らない。祭事のあいだも車の上から監視するグアテマラ政府軍の兵士たちですら、住民たちの生の結晶である絨毯（アルフォンブラ）だけは軽はずみに踏みつけなかった。

老いも若きも街頭に出てきて、沿道には人だかりができる。爆竹が鳴り、紙吹雪（かみふぶき）が舞って、通りの屋台では土産物（みやげもの）やトルティーヤが売られ、聖体拝領（コムニオン）を終えたばかりの娘たちが着飾って踊りまわる。アンティグアがもっとも華やぐそんな祝祭のさなかにあっても、熱に浮かされず、警戒のまなざしを雑踏に配っている数人の男たちがいた。

今年の聖週間（セマナ・サンタ）には、高い確率で怪物（モンストロ）が現われる――

前年の暮れに現地入りして、秘密裏の調査の末にそう結論を出したある組織の調査員だった。莫大（ばくだい）な資本をもとに国境を越えて活動し、科学・福祉・医療などの分野にシェアを伸ばし、超自然現象をあつかう部門も有する非政府組織――スピードワゴン財団がこの件に関わるきっかけとなったのは、米国のオピニオン誌に掲載された「グアテマラ内戦下の殺人事件」と題される記事だった。これはメキシコ出身のジャーナリストが執筆したもので、軍事政権の傀儡（かいらい）となった警察がゲリラ兵や左翼政党の追跡と検挙にかまけて殺人者を野放しにしていること、国内では報道規制が敷かれて情報が市民に行き渡っていないこと、二十件を超える連続殺人にある「署名」が見られることを克明に記していた。親米独裁政権のお膳立てをしたアメリカの中央情報局（CIA）はこれを黙殺したが、グアテマラの古都で起きている出来事はいくつかの人権団体や非政府組織の知るところとなり、とりわけ犯人による「署名」を問題視したスピードワゴン財団が調査員を派遣するにいたった。各分野の専門家からなる調査団は、五ヶ月にわたってすべての事件現場をめぐり、地元の警察官や被害者遺族、監察医、司祭、精神科医、政府軍と反乱勢力のそれぞれの渉外担当にも聞き取りをおこなった。同時期に市内で起きている類似の事件についても調べを進め、熟議を重ねたうえで調査団代表のJ・D・エルナンデスがテキサス州ダラスの財団本部に報告書を送付した。概要は以下の通り。

（i）被害者はすべて銃殺。二十七人全員に銃創とおぼしき数十ヶ所の外傷があったが、いずれの現場においても弾頭が回収されていない。床や壁にもめりこんでおらず、遺体の体内にも残っていなかった。この共通点こそが一連の事件を連続殺人たらしめている「署名」であり、調査団ではこれを「見えない銃弾」と呼ぶ。

（ii）簡易宿、車、自宅など、現場のいくつかは内側から鍵がかけられた密室状態だった。遠方からの狙撃の可能性も検討したが、銃弾が窓を突き破った形跡はなく、換気扇の隙間しか外部と通じていない現場も見られた。

（iii）男も女も、年寄りも若者も、メスティーソもインディヘナも犠牲になっている。共通項は、すべての者が信心深いクリスチャンであったということだけ。

（iv）（iii）に付随して、殺人が始まったのと時をおなじくして、アンティグア全域の教会や修道院などで聖像や十字架が壊される器物破損事件が多発している。壊された石膏（せっこう）や青銅像の破片を検証したところ、野球のバットなどによる被害ではなく、無数の穴を開けられ、亀裂がひろがることで損壊したものと判明。殺人事件とおなじ「見えない銃弾」による破壊の可能性が高い。

（v）（i）～（iv）から類推できるのは、聖なる意匠（聖像や十字架、聖書や聖具、祭壇など）に病的なまでの敵意や憎悪をあおられる「神聖恐怖症（ヒエロフォビア）」を悪化させた者の犯行ではないかということ。専門書によると神聖恐怖は、利害の反する宗教に対してよりもみずからの信仰する宗教に対して発症することが多い。犯人は聖像や聖具を壊したくなる衝動を、被害者が身につけていた十字架や、十字を切る仕種（しぐさ）、あるいはそれぞれの信仰心そのものへ向けたのではないか。

（vi）なお、最大の懸案である「見えない銃弾」に関しては、現時点では詳細不明。物理常識では説明のつかないことが多く、世界でも未観測の現象であるかもしれない。
「波紋」との関係については有識者の見解を待ちたい。

アンティグアの市街に出てきたJ・D・エルナンデスは、高まる緊張と警戒心で身を固くしていた。市政や教会にも働きかけたが聖週間（セマナ・サンタ）そのものを中止にすることはできなかった。そうなると最悪の巡りあわせではないか？　こんなときに当地でも最大規模のパレードが、街じゅうに聖なる意匠や図像があふれかえる祝祭が、よりにもよって一週間にわたってつづくなんて。

素性の知れない怪物（モンストロ）が、山車の上の聖像に、絨毯（アルフォンブラ）に、どの方角を向いても視界に飛びこんでくる十字架（ラ・クルス）におぞましい衝動をあおられるだけあおられて、数えきれない住民や観光客でごった返した往来に「見えない銃弾（バラ・インビジブレ）」を乱射したりしたら——

お前はどこにいる？

雑踏にまぎれているか、パレードの行列に加わっていないともかぎらない。軍の兵士も警官も聖職者たちも、屋台の売り子や浮浪者（テポローチョ）でさえも警戒対象から外せない。そこにきて自分たちは権限を行使できる捜査官でも情報局の諜報員（インテリヘンシア）でもない。挙動の不審な者がいたら端から詮議(せんぎ)し、場合によっては越権行為をためらわずに拘束するかまえだったが、もしもこの地の殺人者がなんらかの「驚異の力(ラ・マラビジャス)」を秘めているとしたら。アンティグアの街に配備した財団の調査員に対抗する術(すべ)をそなえた者はいない。この地の日常と平穏をおびやかす怪物(モンストロ)は、本当に自分たちだけで渡りあえる相手なのか。

聖週間(セマナ・サンタ)の金曜日、すっかり夜が深(ふ)けてもパレードは終わらない。どこからか爆竹の音がこだまする。財団の調査員は数手に分かれて、五ヶ月間の滞在でつぶさに精通した市内の通りを歩きまわった。路地の角を折れるたび、鼻先に漂う空気が変わる。空気の重さと密度、舌を撫(な)ぜる味が変わる。絨毯(アルフォンブラ)から立ちあがるおがくずや草花のにおい、香煙のにおいがからみあって、夜の闇のなかで転がるように混淆(こんこう)する。路上の松明(たいまつ)によってパレードの行列は影絵じみて見えた。聖像を運ぶ者たちの動作も二重、三重の輪郭を帯びている。

旧サンタクララ修道院の跡地を通りすぎたところで、J・D・エルナンデスに近づいてくる影があった。振り返らずともJ・D・エルナンデスはその気配を察している。火明かりに照らしだされた人影がひとつ、ふたつ。縦列に重なりあっていた影が分かれて、背後に並びたつ。

左側の体格のよい青年が、J・D・エルナンデスに声をかけた。

「よう旦那(セニョール)、動きがありましたよ」と耳打ちにしては大きすぎる声で言う。「殺人鬼のやつめ、金曜日にもなっていよいよ我慢できなくなったらしい」

おお・あ・おおあお、もう一人の小柄の青年はうめきながら、身ぶり手ぶりでなにかを訴えている。生まれつきなのか、こちらは発語に障害があるようだが、そのぶん琥珀色の瞳は雄弁だった。語らずとも意思が伝わってくる。

「教会だな、聖像がまた壊されたのか」J・D・エルナンデスは言った。

「時計台の先の、メルセー教会です」と大柄な男が答える。

「被害者は」

「聖具係が襲われたって」

地元の男たちに導かれ、J・D・エルナンデスは石畳を鳴らして教会へ走った。この二人、スピードワゴン財団で雇い入れた現地の協力者だった。

その名をオクタビオとホアキン。筋肉質で長身のほうがオクタビオで、小柄なほうがホアキン。二人ともアンティグアの修道院が運営する孤児院の出身で、神学生としての進路を外れてからは路上で活計を立てていた。どちらも十九歳と若いが、オクタビオのほうはその齢で裏通りの顔役のような地位に収まっているらしかった。

密林の奥の獣のように濃い目をしているが、ふとした隙に、取り返しのつかないことをしでかしそうな危うい表情をよぎらせる。人生のなにか重要な決断をとうに下しているふしがあるのがオクタビオだ。かたやホアキンのほうは、こちらもはしっこい動物めいているが、寡黙な瞳には抜き去りがたい知性があった。J・D・エルナンデスは二人にざっとそんな評価を与えていた。汚れ仕事にも手を染めているようだが、J・D・エルナンデスは彼らの正邪聖俗を問わない。少なくとも聖週間（セマナ・サンタ）のあいだは、問わない。財団の調査員だけではアンティグアの全域に警戒の網を張ることはできない。ゆえにひとつでも多くの呼び笛がなくてはならず、その点においてオクタビオとホアキンは適任だった。

彼らが声をかければ、裏通りのネットワークが稼働する。孤児（ウエルファノ）が、浮浪者（テポローチョ）が、屋台の売り子が、血や細胞のように路地という路地を流れだす。パレードの動線をつかみ、口から口へと最新の報を伝播させ、軍人や警察の目もたくみに出し抜く。オクタビオのひと声で孤児（ウエルファノ）たちは裏路地の隅ずみまで嗅ぎまわり、バロック建築の屋根から屋根を、走る。飛ぶ。

協力を要請したのはJ・D・エルナンデスの判断だった。調査員の経験則による選択だった。切れ者の読みだった。彼らにも愛郷心はある。むしろ強い。地元の街に殺人者がのさばるのを喜ぶあんぽんたん（トントス）がいるもんか、聖週間（セマナ・サンタ）でそいつをあぶり出せるなら願ったりだとオクタビオは請けあっていた。

「殺人鬼（やつ）の気配があったら、そこで退（ひ）け。君たちの仕事は終わりだ」とJ・D・エルナンデスは走りながら言った。

「だけどおれ、即戦力になれるんだけど」オクタビオは腕を関節ごと旋回させている。

「だめだ、いいな?」

「このホアキンもやるときはやるし、なあ?」

ホアキンが肯(うなず)いた。二人の主張をJ・D・エルナンデスは容(い)れない。

「だめだ」

路地から路地へ、最短距離を抜けて、目的地の教会に着いた。

聖典の一節を記したタペストリーが石壁に飾られている。木製の扉のすぐ上に格子状の高窓があり、そこから灯(あか)りがこぼれていた。扉を叩くと、戸口の掛け金が内側から外されて、司祭が一行を招き入れた。襲撃を受けた聖具係は担架に横たわって病院に運ばれるのを待っていた。紫色の祭服が血に染まっていて、肩と腹に応急処置を受けている。銃弾とおぼしきものに撃ち抜かれたらしいが、しかし銃声はなかった。拳銃の閃光(せんこう)も見えなかったと聖具係は苦しげに証言した。

教区の記録をつけるために残っていた聖具係は、十時すぎから居眠りをしていて、石膏像が砕ける音で目を覚ました。たしかに戸締まりはしたはずなのに、噂(うわさ)で聞いた冒瀆者(ぼうとくしゃ)が侵入したのか？　様子を見にいくと祭壇近くの床で聖フランシスコ像が粉々になっていたが、窓は割られていなかった。錠前も壊されていなかった。聖具係は燭台(しょくだい)をつかんで教会の外に出た。物音がしたので、教会の裏手にまわった。暗がりに見知らぬ男が立っていた。体重を一方の足に載せてはすぐにもう片方の足に移し、体をゆらゆらと左右に揺らしていた。胡桃(くるみ)色の肌にがっしりした体つきのどこにでもいるインディヘナに見えた。濃い髭(ひげ)を生やした顔を両手で覆って、泣いているかのように、あるいは泣こうとしているかのように、弱々しいうめき声を漏らしていた。ところが顔から手をどけると、笑っていた。涙の跡も残っていなかった。聖具係の目には麻薬の中毒者のように映った。教会になにか用ですかと訊ねかけたところで、相手が右の掌を頭上にかざし、手首を返した。次の瞬間、焼けつくような痛みが右肩に走り、遅れて左脇腹にも灼熱の痛みがつづいた。倒れこんだ聖具係はあまりの痛みと恐怖に歯を鳴らしながら、みずからの魂のために主に祈った。聖母マリアに祈った。撃たれたらしいと見当がついたが、相手は銃の類いをかまえていなかった。なのにどうして？　肉眼でとらえられない弾丸が右肩を射貫き、瞬時にUターンして、戻ってきて左腹を貫通したように聖具係には感じられたという。間違いないとJ・D・エルナンデスは告げた。怪物だ。

銃弾が戻ってきたと？　それが事実なら、見えない銃弾どころではない。

魔法の銃弾だ。

あるいは怪物はみずからの晩餐の前に、気付けの酒のように聖像を壊すのかもしれない。そこで悔悟をふりきって、いよいよ主菜に手をつけるべく市街に繰りだすのではないか。

真鍮製のカーバイドランタンを借りて、護身用の拳銃を抜くと、逃げた怪物を追いかけた。教会の周辺をくまなく捜索する。現地協力者の二人も付き随おうとしたが、地区に散らばった他の調査員への連絡を頼み、しぶっているオクタビオも引き揚げさせた。

夜の街路のいたるところで絨毯が荒らされ、聖人の像や碑が壊されている。ここにきて歯止めを失ったか——冒瀆の跡をたどるかたちでJ・D・エルナンデスは、急に倒れた者、原因不明の外傷を負った者はいないかを聞いてまわった。十字架の丘を見上げるアンチャ・デ・ロス・エレロス通りから左手に折れたところで、土産物の売り子がよろめきながら歩いてきた。警察、警察、と連呼している。聞けばつい数分前、路地の先の修道院の中庭に一人の男が屈みこんでいるのを見たという。それとなく近づいてみると、吐くのをこらえているようなうめき声が二度、三度と聞こえ、すぐに嘔吐の音がつづいた。うずくまった男の前には修道女が倒れているのが見えた。売り子が悲鳴を上げると、男はアーチをくぐって修道院の内部へ駆けこんでいった。

　吹き抜けのホールに立ったJ・D・エルナンデスは、修道院の天井を見上げた。壁龕に置かれた蠟燭の煙がゆっくりと天井に立ちのぼり、黄土色の濃密な雲が垂れこめている。背後の側廊を走り抜ける足音がして、重たいものが倒れる音も聞こえた。身をすくませている数人の修道女へ部屋に戻るように言ってから、物音の響いたほうに向かった。大天使ガブリエルの木彫を飾った柱が倒れている。その奥に地下へとつらなる石の階段があって、上げ蓋の蝶番が壊されていた。

　顔の高さにカーバイドランタンをかざす。石造りの通路は奥へ奥へ伸びている。それは植民地時代の司祭たちが石工に造らせた秘密の抜け道らしかった。

　地下の静寂はJ・D・エルナンデスを圧倒した。

冥界（インフィエルノ）に降（くだ）っていくような心地だった。

この地下道は生きた時間をからめとる。

呼吸の止まるような静けさと緩慢さが通路に満ちている。Ｊ・Ｄ・エルナンデスは刺すような身震いをおぼえる。私はそこに迷いこんだ非力な異物か――

暗闇の祭壇に捧げられた生け贄（にえ）の気分だった。夜陰にうごめく殺人者には、地下の闇はあるいは居心地のよい寝床になるのかもしれない。こころなしか酸素が薄かった。丹念かつ正確に切りだされた石積みの壁がＪ・Ｄ・エルナンデスの体温を奪っていく。まっすぐに地下通路を進み、気配と足音を追って右手に折れる。ふたたび曲がり、直進する。分岐こそほとんどないが、驚くほど広域にわたって地下の空間は拡（ひろ）がっている。どこかで地上に出られるはずだが、もしもこのまま出られなかったら――

汚泥や下水はない。足元をよぎる鼠（ねずみ）もいないが、だしぬけに犬の死骸と出くわした。別の出口から迷いこんだのか、死後三日は経過している。死んだ犬の眸（め）や口吻（はな）、浮いた肋骨に蛆（うじ）が湧き、皮膚の下からも体毛を波打たせている。

ブゥン、と鋭い音がした。

次の瞬間、礫（つぶて）のようなものがランタンを直撃した。

硝子（ガラス）が割れ、カーバイドの皿が割れ、手からランタンが落ちる。

燃焼していた火が消えて、たちまち視界が闇に呑（の）みこまれた。

――なんだ、いまのは？

再点灯しようとしても点（つ）かない。火が点かない。いったいなにが起きたのか、もしかして「見えない銃弾（バラ・インビジブレ）」に襲われたのか。これでは追えない。暗闇に阻まれてしまっては分岐に気づけない。石壁に手を添えたうえでゆっくり進むしかなく、大きく距離を離されてしまえば最悪の惨事にもつながりかねない。地下の闇に落とされてJ・D・エルナンデスは窒息しかける。生きたままアンティグアの地中に埋葬されてしまったようだった。

それにしてもどうしてランタンを狙ったのか、こちらの頭や心臓を撃ち抜けばそれまでなのに――もしかしてなぶっているのか、追っ手をもてあそんでいるのか。悪寒がJ・D・エルナンデスの背筋を這いあがり、腹部になにかが重たく溜まっていく。脈拍が乱れ、体温がますます低下する。瞼（まぶた）を閉じても開けても変わらない闇のなかで一歩一歩、崖ぞいに綱渡りをするように進んでいたところで、ふいに上着の裾が引っぱられた。だれかいる。おおあ・お・ああと声が聞こえた。戻るように言ったはずなのに、現地の協力者がここまで追いかけてきたらしい。

「ホアキン、君か」J・D・エルナンデスは言った。「ここまで灯りもなしで来たのか」

オクタビオは来ていない。無口な相棒だけだった。ホアキンはJ・D・エルナンデスの手首をつかむと、座礁した船を曳航（えいこう）するように走りだした。自分についてこいということか？　ホアキンはまったく迷いのない足取りで、少しも速度を落とさない。遅れを取り戻さなくてはならないことも理解している。障害物にぶつかるようなこともなく、視えているのか、と訊きたくなるほどの適確な先導だった。

視えている？

まさか、そんなはずはない。

わずかな光源もなしで、暗闇でものが見える人間はいない。これも地元住人のアドヴァンテージなのか、路上に精通した彼らはこの地下道のことも知っていて、あるいは目隠しをしても走り抜けられるほどに往き来しているのかもしれない。

お・おお・おお！　ホアキンがそこで声を張りあげた。うなりながらJ・D・エルナンデスの体を引いて重心を落とさせようとする。おびただしい翅虫の群がる音が聞こえ、硬くて鋭いものがJ・D・エルナンデスの目尻に直撃した。頬を裂かれ、額は切れ、唇や目に血が流れこむ。これはたまらない――うながされるままに腰を低く落とし、両腕を交差させて顔を守りながら走った。雲霞のように集いた飛礫のなかを抜けていく。走りながらJ・D・エルナンデスは「見えない銃弾」の輪郭をつかんだような気がしていた。これこそが聖像を破壊し、多くの市民を葬ったものの正体ではないのか。だとすればこれは「波紋」とも異なるまったく未知の現象だ――

ホアキンの誘導は正しかった。視界の闇がほどなくして薄まった。

通路の前方に、斜光が落ちている。地上へのしるべを描いている。

細い階段を上がると、そこは大聖堂（カテドラル）の広場だった。

ここにいたって聖週間（セマナ・サンタ）のパレードは、最大の山場を迎えようとしていた。

ゴルゴタの丘へ十字架（ラ・クルス）を運ぶキリスト。もっとも巨大な聖像がパレードの終点にたどりつき、数えきれない見物客たちが山車を囲んでいる。照明を当てられて夜に浮かびあがる大聖堂（カテドラル）は、聖なる祝福の垂れ幕を落とし、紙吹雪を舞わせ、色あざやかな衣裳（いしょう）をまとった住民を幾重にもひしめかせている。最後にイエスの像を拝もうとだれもが押しあいへしあいして、ブラスバンドが楽器の音を高鳴らせ、典礼の音楽が風にちぎれてこだまする。アンティグアという生き物が悦（よろこ）びに打ち震えているかのようだった。地上に出てきたJ・D・エルナンデスは焦燥をあおられる。あの男はどこだ、どこにまぎれこんでいる——喧騒のさなかにその衝動を解き放ってしまったら。せっかく尻尾（しっぽ）をつかみかけたのに、追跡に手間どってふたたび見失ってしまったのか。

「おう、こっちこっち！」そこでよく通る声が聞こえた。「こいつで間違いねえ、地下道から飛びだしてきやがった！」

路上でオクタビオが何者かと取っ組みあっている。石畳を割り、砂塵（さじん）を立てながら暴れまわる男の首根っこを押さえようとしている。相手は顔半分に髭を生やした浅黒い肌のインディヘナ。聖具係の証言とも一致している。ホアキンと同様にオクタビオも地下通路の存在を知っていたようだ。J・D・エルナンデスが下りていくのを確認し、ホアキンにあとを追わせ、自分は先回りして待ち伏せしていたということか。すでに期待以上の働きを見せてくれていたが、しかしどれだけ喧嘩(けんか)に自信があろうとも、危険だ。あの男がアンティグアの怪物(モンストロ)だとしたら——

「お前はここで終(しま)いだッ、じたばたするんじゃあねえ!」

オクタビオが咆(ほ)えた。その男から離れろ、と叫びながらJ・D・エルナンデスは駆けよった。二人の周りにはすでに人だかりができていて、財団の調査員たちも、大聖堂(カテドラル)を衛(まも)っていた軍の兵士たちも警笛を吹きながら向かってくる。カートを押す浮浪者(テポローチョ)の老女が、物売りの子どもが集まってくる。だめだ、今すぐ家に帰るんだ、広場にいる群衆にJ・D・エルナンデスは叫びたかった。オクタビオに組み敷かれた男は、腕をもたげて、手旗信号のように忙(せわ)しなく指先を動かしはじめた。

ザッ、と空気が鳴った。

ザ、ザザザ、ザザザザザと揺り動いた。

ザ、ザザザ、ザザザザザザザザ。四方の空から、建物のあいだから、地下道からも湧きかえって飛来する。

強風に吹きすさばれる葉叢(はむら)のようなどよめき。そこに重なる人々の叫喚。蠅(モスカ)だ。おびただしい数が蝟集(いしゅう)している。群雲(むらくも)のように上空を埋めつくす蠅(モスカ)の大群は、その数だけで夜の暗闇の重さを増幅させていた。

あるいはこれが白昼なら、疑似日蝕(セウドエクリプセ・ソラ)となって一帯を掻(か)き曇らせていただろう。ザワァァァァアア、ザワァァァアアア、ザワァァァァァアアアア、夜の底が翅音で震えている。目の前の風景が顫動(せんどう)している。蠅(モスカ)の天幕を仰いだアンティグアの市民には、この変事がなにを意味するのかすぐにはわからない。それでも宗教の都に生きる者たちの本能が、およそ黙示録(アポカリプシス)じみた凶兆の顕現であることを直感していた。


ザ！


毛針釣り(ペスカ・コン・モスカ)でもするように髭のインディヘナが手首を返した。

たちまち蠅(モスカ)の一群が、地上めがけてけたたましく降下する。

ただの蠅(モスカ)ではないとJ・D・エルナンデスにはわかった。それは怪物(モンストロ)による聖餐の道具だった。その一匹一匹が、凶弾だった。爆撃だった。


ザ！

ザザ！　ザザザ！

ザザ！　ザザザ！　ザザザ！

ザザ！　ザザザザ！　ザザザザ！

ザザ！　ザザザザ！　ザザザザザザザザザザザザザザザザザザザザザザザザザザザザザ
ザザ

ザザザザザザザザザザ――

降りそそぐ蠅（モスカ）の凶弾はまっさきにオクタビオを狙った。ただの蠅（モスカ）ではない。皮膚をつらぬき、肉や骨を断つほどに硬化し、灯りや体温に向かって猛進する殺傷兵器だ。肩や背中に被弾したオクタビオはたまらずに男から離れ、身をこごめて頭部をかばいながら這い進み、障害物の陰にほうほうの体で隠れた。つづけてイエスが背負った十字架（ラ・クルス）に亀裂が入り、黒く濁った渦に巻かれてたちまち砕け散る。破裂するように崩れ落ちる。大聖堂（カテドラル）の前は戦場もさながらの騒ぎになった。降ってわいた蠅（モスカ）の群れは受難と死をもたらす霹靂（へきれき）だった。聖週間（セマナ・サンタ）のすべての色が蠅（モスカ）の色に侵蝕（しんしょく）され、冥（くら）い終末の色彩に染められる。混乱のなかを逃げまどい、山車の下に避難し、屋台を押し倒して右往左往する人びとの動線がさらに混乱をあおりたてる。喧騒の中心に立った怪物（モンストロ）は、蠅（モスカ）にふりつけをするように両手を乱舞させ、スペイン語ではない言語でなにかを唱えている。嘆きに暮れているのか、感動に震えているのか、その面差しに悲嘆と恍惚（こうこつ）、悔悟と法悦（ほうえつ）をよぎらせながら、落涙していた。

　あごに溜まった大粒の涙をぽたぽたと滴らせている。いったいなにに押しだされてそんなに出るのか、他人に見せてはならない排泄物（はいせつぶつ）めいたものを無理やり絞りだしているかのようだ。近づきたくても近づけずに、J・D・エルナンデスの視界がぶれる。十メートルほど先にいる怪物（モンストロ）の立ち姿がゆがみ、蜃気楼（エスペヒスモ）のように背後の空気が揺れている。集まった政府軍はこぞって自動小銃を発砲して蠅（モスカ）の群れとゲリラ戦を始めたが、ありていの弾幕では蝿の集中爆撃（モスカス・ボンバルデオ）を押し返せない。迎撃できない。

　想定された最悪の惨劇、悪夢の出来（しゅったい）ともいえる事態だった。蝿（モスカ）の大群はあきらかに男の意思に従って動いている。J・D・エルナンデスの手にはこの暴虐にあらがえる剣も楯（たて）もない。アンティグアの怪物（モンストロ）が吹いているのは、もはやまぎれもなく虐殺の笛（シルバト・デ・マサクレ）だった。

　政府軍の指揮系統は乱れて、警察の装備では物の数にもならない。せめて市民を避難させなくてはならないが、しかし露天の広場に駆けこめる屋根はない。死を媒介する蝿（モスカ）は、たとえ大聖堂（カテドラル）に駆けこんでも高窓や換気孔から侵入してくるだろう。地面に落ちたブラスバンドの管楽器に風穴が開けられ、絨毯（アルフォンブラ）は荒らされ、軍のジープの屋根まで蜂の巣になっている。逃げおくれた子どもが腰を抜かしてへたりこみ、浮浪者（テポローチョ）の老女がよろめいて転んで、群衆がわれがちに広場の噴水に飛びこんで小競りあう。蝿（モスカ）の爆撃はそれでも止（や）まず、逃げ場がないアンティグアの市民に――そのなかのただ一人にすらも――J・D・エルナンデスは救援の手を差しのべることができなかった。

　救いはないのか？

　この古都でも、あくまで主は沈黙するのか。

　混沌（こんとん）のなかでも信者たちの祈りは、天に届かないのか。

　鼻先でふと、花びらのようなものが舞い揺れた。

　J・D・エルナンデスは足元を見下ろした。割れた硝子の粒が、数限りない聖像の破片が散らばっている。

飛散した硝子片が、角灯や松明の灯りを乱反射させて、かすかに瞬いている。

そのひとつひとつの小さな光に呼応するように、花や葉が、頭上へと立ちのぼっている。

これは——まっすぐに、あるいは螺旋を描くように舞い上がっていくのは、絨毯を織りなす素材だった。

植物の葉や生花、そして彩色されたおがくずが、帯電し、生命を吹きこまれたように天上へ昇っていくではないか。天ではなくて地上の側から奇蹟の風が吹きあげたように——これは、これこそは自分たちが知っている特異な力の発露だとJ・D・エルナンデスにはわかった。チベットを発祥とする仙術、強大なエネルギーの奔流を生みだす秘法。舞いあがった草花やおがくずは「波紋」の媒介となって、重なりあい、層をなして、広場の全域を覆うほどの巨大なドームを形成していった。電流が流れる蚊帳のように機能して、隙間なく結びついて蝿のさらなる爆撃を許さない。太陽光とおなじ生命の力で押しだし、ことごとく撥ねのけて、侵入させない。

群集のどこかに来ている。あの人が間に合ったのだ。このような応用の仕方があると聞いたことはなかったが、J・D・エルナンデスが知るかぎり、四半世紀以上も前に「波紋」の使い手たちが撃破した存在は、アンティグアに降りかかったこの災禍よりも、もしかしたら地球そのものよりも大きかった。あの人たちにならできるし、あの人たちにしかできない。

大聖堂(カテドラル)前のこの混沌に、名前はまだついていない。居合わせた市民が目の当たりにしたエネルギーの発露についてもそれは同様で、しかし後日になって、スピードワゴン財団の内部資料にこの応用術の呼称が冠され、記録される。

千紫万紅の波紋疾走(サウザンド・カラー・オーバードライブ)、と――

倒れていた浮浪者(テポローチヨ)の老女が、絨毯(アルフォンブラ)の上でゆらりと体を起こした。

額(ぬか)ずくように、祈るように、聖なる模様にふたつの掌(て)を密着させていたその人が――

彼女は浮浪者(テポローチヨ)ではない、それは人目を欺く扮装(ふんそう)だ。しかし老女ではある。被(かぶ)っていた頭巾(フード)を下ろすと、白銀の色に染まった長髪が滝のように宙に流れる。顔の半分をマフラーで覆っていたが、あらわになった目元だけでも驚くほど高貴な雰囲気があった。

実年齢は？　J・D・エルナンデスも正確なところは知らない。容姿は？　波紋の呼吸法には身体能力を向上させ、外見を二十歳も三十歳も若返らせる効果があるそうだが、彼女はいつからかアンチ・エイジングに意識を傾けるのをやめたという。それでも自然に美しく齢(よわい)を重ねて、蒸留された混じり気のないエネルギーを満々とみなぎらせている。芳(ほう)

醇（じゅん）なアルコールが歳月に濃縮され、甘みと強度をいや増していくように。背中から腰にかけてストラディバリウスの名器のような曲線を描き、吸血鬼に打ちこむ杭のように踵（かかと）の高いヒールを履いている。ちょうど視線がぶつかったJ・D・エルナンデスに目配せをしたその女（ひと）は、残りの蠅（モスカ）を手にした紫檀（したん）の杖（つえ）で追い散らしながら、事態の急変を呑みこめずに動転しているアンティグアの怪物（モンストロ）に向かって歩いていく。しなやかなその一歩ごとに、一夜をまたぎ越すように。

　近づいてくる老女に、怪物（モンストロ）も気がついた。おそらくインディヘナの民族の言葉でしきりに叫んでいる。生唾のように怨嗟（えんさ）の言葉が湧いてきてとめどもないというふうに。かたや彼女が口にするのは流麗なイギリス英語（クイーンズ・イングリッシュ）だった。

「祭りはおしまい。この古都の夜は、沈黙を欲しています」

　他の調査員に指示を送りながら、J・D・エルナンデスも老女と男のもとに駆けつけた。残存するなかでも指折りの「波紋」の使い手がみずから現場に出張ってきたのだ。最大の研究対象を、世界でも観測されていない能力の所有者をみすみす逃すわけにいかない。他の者とともに、銃をかまえて包囲網をせばめる。

「わたしが手助けしましょうか」

　彼女は、凜（りん）とした柔らかい声音で告げる。

「あなたが自分で黙れないのなら、わたしが黙らせますか？」

この老いぼれがなにかしたのだ、だから蝿どもの自由が利かなくなった――事実を察したらしい怪物が、断末魔の叫びをあげるように大きく口を開いた。

喉の奥からブゥン、と舞いあがった一匹の蝿に先導されて、噴きこぼれるように吐きだされた大量の蝿が彼女を襲った。しかし後退はない。動揺もない。特にすばやいわけではなかったが、彼女はあらかじめ決められた場所へ、自分のいるべき場所へとあやまたずに移動することができた。手並を見せつけるようなことも、過剰な力の示威もない。蚕の糸のような光輝を束ねたマフラーで蝿の群れを左に流し、自身の体もたくみに運んで間合いを詰め、怪物の首筋に手をからめる。おやすみ。カーペットを汚した仔犬を叱るように、薔薇色ほっぺの男の子を寝かしつけるようにささやくと、「波紋」のエネルギーを流しこんで、電流ロッドをあてがったように怪物を痺れさせて卒倒させた。

驚嘆せざるをえなかった。J・Dエルナンデスたちの出る幕はなかった。あれだけ途方もないドームを実現させておきながら、大の男一人を失神させるだけの呼吸も練れている。「波紋」の肺活量が並外れている。特別顧問として長らくスピードワゴン財団に関わり、数年前に超常現象部門のトップに就任したばかりだった。司令塔として本部で指示を送るだけのはずが、現場の一線に出張ってきても、調査員が束になってもかなわない働きぶり。彼女はいまなお、現役なのだ。

「遅くなってしまって苦労をかけました。ペルーの件が長引いてしまって」

拘束した怪物（モンストロ）を、彼女とともに現地入りしていた財団の医療班に受け渡す。うるわしき上司は調査員たちへの慰労も忘れなかった。

「この蝿を見てごらん」と掌に載せた一匹をあらためながら言った。「鋼（はがね）か鋳鉄（ちゅうてつ）のように硬質化し、凶暴化していたものが、ただの虫に戻っている。おそらく能力の発動者が人事不省に陥ったからでしょう。エルナンデス、あなたの報告書にあったクエスチョンは解かれなくてはなりません」

「ミセス、やはりこれは波紋ではないのですか」

抱きつづけてきたJ・D・エルナンデスの疑念は、上司の肯きによっていよいよ現実のものとなった。

「波紋とはすなわち太陽の力。生命の力の奔流。だけどこれはもっと……薄暗くて奥深いところにある、人の精神の暗部すらも具現化させるもの……おかげで確信は深まりました。この世界は変質しようとしているか、あるいはとうに変質している。わたしたちはその実態を解明しなくてはなりません。変化の渦はこの中南米から世界へ拡大している」

この年、この地で、過去と未来とが邂逅（かいこう）をはたしていた。スピードワゴン財団の運命をも左右する巨大な時間の波。歴史の変節点。記録によれば「アンティグアの怪物（モンストロ）」は、後年になって財団があらゆる資源（リソース）を投じて調査の対象とするある特異な能力群の、観測リストの第一号に記される発現者だった。地中のどこかでおなじ根につながってはいても、波紋とは似て非なるもの。一九七三年の四月にはまだ命名されていない新たな驚異(ヌエバ・マラビジャス)の正体を、世界はいずれ知ることになる。引き返せない分水嶺(ぶんすいれい)を見届けにきたその女(ひと)は、J・D・エルナンデスに、すべての財団の使者たちに自覚をうながそうとしている。内側からの覚醒を、目覚めを――玲瓏(れいろう)と澄みわたった碧(あお)い眼は、みずからの子孫の戦いの宿命すらも見つめている。

今夜のこの男にも能力発現のきっかけがあったはずです、スピードワゴン財団の調査員と向き合ってその女(ひと)は言った。

「つらぬかれたはずです、あの弓と矢に」と、リサリサは告げた。

II

混乱のうちに過ぎた聖週間(セマナ・サンタ)――その数日後に催された復活祭の祈りは、キリストのみならず怪物(モンストロ)の犠牲になった多くの市民たちへも捧げられた。聖書(ビブリア)の朗読、終油(しゅうゆ)の秘蹟、出棺、葬儀のミサ――それらはしかし、グアテマラ人にとって日常の一部となってしまった儀式でもあった。秩序は乱れに乱れ、家族や親戚がゲリラ戦の巻き添えになり、地方のマヤの村が皆殺しの目にあったと凶報が届けられる。武装反乱軍（FAR）がグアテマラ軍事政権に叛旗（はんき）を翻（ひるがえ）しつづけるかぎり、突然の死（ラ・ムエルテ・スビタ）はたえず生活と隣りあわせだった。

濃い香煙が垂れこめる教会の階段から降ろされる棺（ひつぎ）を、遺族の長い列が墓所まで運んでいく。たとえ鉄の蝿（バラ・デ・インビジブレ）が駆除されたところで、通りの向こうから本物の銃弾がいつ飛んでくるかはわからない。

おごそかな葬列とすれちがい、雑踏に揉（も）まれながらスピードワゴン財団の使者たちは街路を歩いていた。教会の前には市が立っている。サングラスとマフラーをつけ、紫色のケープをまとったリサリサは、随行するJ・D・エルナンデスの報告を聞きながら市場の屋台を眺めていた。インゲン豆やカカオ豆、唐辛子、竜舌蘭、灯籠（とうろう）や十字架（ラ・クルス）、国鳥のケツァールを模様化した手織物、数えきれない食料や染料が通りの景色を彩っている。市場とはいえ、魚類などの生物（なまもの）は売られていないので鼻をつく異臭はない。漂ってくるのはトウモロコシを挽（ひ）いた粉や豆のにおい、女たちが焼く香ばしいトルティーヤのにおい。あどけない娘（ムチャチャ）から老女（アブエラ）までたくさんの女たちが水で練ったトウモロコシ粉をちぎっては団子にし、手のひらでつぶしてパタパタと上下に叩きあわせる。ドラム缶を輪切りにした鉄板の下では炭が焚かれ、そこへトルティーヤを投じると表面がふくらんで焼き上がりとなる。焼きたてのトルティーヤを店先に積み、しかし押し売りはしてこない女たちに頬笑（ほほえ）みを返し、すれちがう者に肩をぶつけられても嫌な表情はしない。リサリサは訪れた土地の営みを見つめて、活気に耳を澄ませ、生活の薫りを嗅いでいた。

「殺人者を捕らえても、ここの住民はいつ始まるかわからないゲリラ戦の脅威にさらされています」J・D・エルナンデスは報告をつづけた。「多くの市民が生活に窮し、職にもあぶれている。貧しい暮らしから脱出したければ、ゲリラの末端に加えてもらうか、国境を越えて亡命でもするしかないが、どちらを選んだところで野垂れ（のた）死んで森の動物たちの食堂（コメドール）になるのは目に見えている……彼らはそんなふうに言っていました。だからこそ自分たちは怪物退治を手伝うのだと」

「……聞いたかぎりでは、その二人の功績が大きいようね」リサリサが答える。言下には調査員たちへの叱責（しっせき）も含まれている。もしも現地の協力を仰げなければ、アンティグアの怪物（モンストロ）が正体を現わすこともなかったわけね。

「おっしゃるとおりです。彼らを危険にさらした責任はこの私にあります。現在、財団の治療を受けさせていますが、賠償でも求めるつもりなのか、調査団の代表者に会いたがっています。話があるなら私が聞くと言っているのですが……」

「かまいません、会いましょう」そう言うとリサリサは、市場でお見舞いの品物を吟味しはじめる。

「しかし、どんな要求をされるか……」

「わたしも、会っておきたい」

アンティグアの景観を占める教会群は、そのいずれもカソリックの建築物にしか見えないが、実際のところは一五二〇年代にこの地に攻めこんだ征服者（コンキスタドール）たちが、焼きつくした街で瓦礫（がれき）を積みなおし、本来のマヤの聖地に上乗せするかたちで築いたものだった。

この地の先住民であるキチェ族は、マヤのなかでも誇り高く勇敢な民族で、征服（コンキスタ）の危機にさらされた一族の存亡をかけて聖都クマルカフで最後まで戦った。しかし刀つき矢折れ、生き残ったわずかなキチェ族に対し、スペイン人の宣教師は自分たちの唯一神の愛と尊さを説いた。キリスト教の神を信じよ。この十字架（ラ・クルス）のもとにひざまずけ。

宗教の教化（トラスプランテ）。それは世界の植民地のどこでも見ることができた占領政策の一環だった。キチェ族はもはや抵抗せず、膝をついて十字を切るふりして、魂の奥では自分たちの信仰を棄（す）てなかった。かくして土着信仰とカソリックの教義が重なりあい、ところどころ習合して、モザイク状の信仰様式ができあがったのがこのアンティグアだ。およそ四百年から五百年がすぎた現代でも、教会ではスペイン語とキチェ語の二種類の祈りの言葉が響いている。建物によってはキリスト教と関係のない祭壇すら置かれていて、礼拝にやってきた老夫婦がマヤの祭壇に花と蠟燭を捧げ、キチェ語で祈りを唱えると、磔刑（たっけい）像や十字架（ラ・クルス）には見向きもせずに立ち去っていく。そんな光景がしばしば見られる土地柄だった。

大聖堂（カテドラル）の前で起きた惨劇の渦中には、そんなキチェ族の血を継いだ末裔（まつえい）たちがいた。

その一人が、檻（おり）に入れられたアンティグアの怪物（モンストロ）――

ファビオ・ウーブフ。

三十歳になったばかりのマヤ系のインディヘナで、数ヶ月前に乳製品加工の下請け工場（マキラドーラ）を解雇されていた。事後の勾留に当たっては、スピードワゴン財団が非公式でグアテマラ警察に手ほどきするかたちになった。解析の途中ではあるものの鉄の蝿（モスカ・デ・イエロ）をあやつるファビオの能力は、蝿（モスカ）そのものを発生させられるわけではないことがわかった。換気孔のない滅菌された独房に拘禁しておけば、ファビオは笛を吹くことができない、凶行にはおよべない。指導の交換条件として財団側は限定された時間内での尋問権を得ていた。連日にわたるJ・D・エルナンデスの訪問と長い沈黙も辞さない面会によって、黙秘をつらぬいていたファビオもついに陥落した。

カソリックの全寮制学校で初等教育を受けたが、故郷のチチカステナンゴで母親と弟と妹がゲリラ兵を匿（かくま）ったかどで捕縛され、村の広場で見せしめに撃ち殺された。神は無慈悲だった。どれだけ祈っても先住民の祈りには沈黙しか返さなかった。こんな国からは出ていこうと密入国の請負屋（ポジェーロ）に有り金を払って越境を試みたが、騙（だま）されて身ぐるみをはがされ、国境の手前で放りだされた。命からがらアンティグアに流れついたファビオは、どうしてこんなことになったのかと孤独な葛藤を重ねた。アンチャ・デ・ロス・エレロス通りから十字架の丘(セロ・デ・ラ・クルス)に上がるにつれ、市街を埋めつくすキリスト教の意匠をどれだけ自分が憎んでいるかに気がつかされた。だってこれはアメリカ人の農園(プランタシオン・デ・グリンゴ)とおなじだ！　大国の資本流入、中央情報局(CIA)に裏で糸を引かれたクーデター、終わりのない紛争の遠因をファビオは、マヤの聖地の上に築かれた教会に見いだした。見いだして、恐怖した。おれの家族が、おれたち先住民が救われなかったのは、よそからやってきた異教の神に祈っているからだ。もうずっとそういう世界で生きているからだ。だからファビオは上乗せされた教会やその意匠をひっぱがすことにした。カソリックの祝祭日が近づくたびに高ぶる衝動を抑えこまず、聖なる像を破壊し、おのれが失った信仰を体現する敬虔(けいけん)な信者たちを手にかけた。すべてはみずから「蠅の王(エル・シニョル・デ・ラス・モスカス)」と名づけたものに突き動かされるままに――

「ちょっと待ってくれ」J・D・エルナンデスはそこで問いをはさんだ。「今、言ったそれは――君が使ったあの力のことを指すのか。君が見いだした独自の信仰のかたちか、それとも鉄の蠅(バラ・デ・インビジブレ)の支配者になった自分自身を指しているのか」

「お前たちにはどうせ見えやしない」ファビオは格子窓の向こうで笑いだした。笑いながら涙を流していた。「他の連中とおんなじだ、お前にも見えない。おれ以外のだれにも見えやしない。見えないものについて伝えることはできない。わからないわからないどうせわからない、こいつはまぎれもなくおれで、おれが本当の自分になった証(あかし)で、おれがあらたに出逢(であ)った本物の神像なんだ」

声をうわずらせ高揚して、供述の後半はほとんど要領を得なかった。

　ファビオにはたしかに神聖恐怖症の傾向が見られる。家族を奪われ、行く末をなくした者の怒りや憎悪が、報復や冒瀆心、破壊の衝動へと転化している。ファビオの証言を速記していたJ・D・エルナンデスは、ファイルの欄外に「蠅の王」と走り書きした。錯乱者の幻覚？　変形した二重人格？　もうひとつの自己像？

　報告を聞かされたリサリサは、その場での判断を保留にした。とにかくファビオからは供述を取りつづけてくださいとJ・D・エルナンデスに告げる。もっとも重要なのは彼がいつどこで、どうやってあの能力を得たのかということです。


「あの蠅野郎も、キチェ族だったんだってなぁ」

　アンティグア市内の医療施設を見舞ったとき、もう一人の先住民の裔は言った。

「あんなやつは知らねえよ、キチェの恥っさらしめ。言っとくけどおれはあんな人殺しとは違うからな、蠅どもに襲われなけりゃあ、あの場でおれが絞め落としてた」

「そうしたら、君が英雄だったのにな」

「そうさ、そのばあさんじゃあなくて」

「おい、口の利き方には……」

「あなた、名前はなんでしたっけ」

部下を制して、病床の男にリサリサはあらためて訊いた。
おれの名は、とマヤの末裔が応じた。あたかも世間に知れ渡ったみずからの勇名を、満場の聴衆へ問うかのように名乗りを上げる。この街でおれを知らないあんたこそ愚かだと言わんばかりに。おれの名前は――

オ？

オクタ？

オクタビオ！

待ってましたとばかりに喝采したのはホアキンだった。こちらはインディヘナではなくスペイン系白人と先住民のあいだに生まれたメスティーソだ。血統も人種も、肌や瞳の色も違っているが、二人とも孤児院（オルファナート）で育ち、神学校での専攻もその後の生業（なりわい）もおなじ道を歩いてきたのだという。生いたちも手伝ってか、単なる同郷の友人同士というだけではない、近親者のように切っても切れない紐帯を感じさせる二人組だった。

「あんたがエルナンデスさんたちの親玉なのか、本当に？　おばあちゃん（アブエラ）なのに？」

数人の男たちをはべらせて現われたリサリサに、オクタビオは遠慮なしに好奇の視線を注いでいる。協力の代償として蠅の爆撃（モスカス・ボンバルデオ）による重傷を負ったオクタビオの治療には財団の医療班が当たっていた。通常の入院では望めない適確な処置と、本人の驚くべき生命力もあってめざましい恢復（かいふく）をとげた。そこにきて話があると調査団の長（おさ）を呼びつけて、あずかれるかぎりの見返りにあずかろうとしている。病室に集まった調査員はそろって神経をとがらせ、J・D・エルナンデスも気を揉まされていたが、意に介さずにオクタビオはぶしつけな言葉を投げかけた。

「おばあちゃん(アブエラ)がだめならなんて呼んだらいい、ご婦人(セニョーラ)、あんたの名前は？」

「わたしは、エリザベス・ジョースター。なんとでも好きに呼んでけっこうです」

「この人たちはリサリサって。おれもそう呼んでいいですか」

「かまいません」

サングラスに隠された眼差(まなざ)しはうかがい知れず、J・D・エルナンデスは冷や冷やさせられたが、リサリサは相手の言葉にいちいち引っかかることなくベッドの横の椅子に腰を下ろし、あごの前で両手を組みあわせて尖塔(せんとう)の形を作った。

礼節を知らない言葉づかいとは裏腹に、オクタビオはオクタビオでどぎまぎしている。向きあった白人女性の、尻をゆったりと揺らす歩き方や、肩にかかる白銀の髪を若い娘(ムチャチャ)のように払いのける仕種、老いてなおかたちのよい脚を優雅に組んだ座り姿に、あきらかに戸惑っているのがわかった。

この女(セニョーラ)って何歳？　かなりの高齢者に違いはないが、受ける印象は一瞬一瞬のふるまいによって、若い・若くない・若い・若くないとめまぐるしく変化する。居ずまいからは古くても強力な磁石のようにそこはかとない色気が漂いだしていて、某映画プロデューサーが彼女を評して言った「おばあちゃん的エロティシズム」と身近に接するのは初めてなので、オクタビオなりにやりづらさを味わっているようだった。

「あのさ、リサリサさん。あんたってよぼよぼなのに、腕には力瘤ひとつないし、肌には蜘蛛の巣みたいに血管が浮いてるのに、どうやってあんな荒業を——あれは神業って呼んだほうがいいか、絨毯のかけらを舞わせて蠅をふせぐような奇蹟を起こせたんだ？　そもそもあんたたちはなにを追ってるわけ？」

「深入りするなと言ったはずだ」Ｊ・Ｄ・エルナンデスが横から牽制する。「殺人者を捕らえたらそこまで、細かな事情には立ち入らない、最初からそういう約束だった。君たちの働きには感謝している。だからこそこうして彼女がじきじきに……」

「あんなものを見せられたら、そりゃあ落ち着かなくなるだろ」

「忘れることだ。住民たちにも箝口を敷いてある」

「ざわつくよな、ホアキン？」

オクタビオに水を向けられて、お・お、とホアキンが同意する。

「ここにいるエルナンデスを、地下通路で誘導したのはあなたのほうね」

そこでリサリサがもう一人の協力者に面輪を傾けた。相棒のような押しの強さはないが、おなじく異国の魔女の正体を見極めようと好奇の光を目に宿している。

「あなたが、ホアキン……」リサリサはかわるがわる二人の青年を見つめた。「それからあなたがオクタビオ。あなたたちは報酬に口止め料を上乗せしてほしいの？　それとも手品の種明かしを聞いて孤児仲間に自慢話でもしたいの」

「そんなんじゃねえ、おれたちは……」

オクタビオは深々と息を吸い、最大限の効果をはかるような間を置いて、吐きだした。

「おれたちは、待ってたんだ」

芝居がかった真摯さで、まっすぐな視線をリサリサに向けた。

「こういうことが起こるのを。このちんけな街が、無愛想でつまらない世界が、それまでと違った景色を見せるのを。もうずっと待ってたんだ。あんたたちの仕事がどういうものかは知らないけど、きっとこれからも蠅野郎（モスカ）のようなやつを追いかけるんだろ？　国境を越えていろんなところに出かけて、この世界の謎を解き明かすんじゃないのか」

そうだろ、なあ、そうなんだろ？　オクタビオは燃えるような火を瞳にともし、ホアキンも前のめりになって瞼を見開いている。あんたは想像もしなかっただろう、おれたち現地民がこんな望みを秘めているなんて。だけどおれたちはあんたが袖をすりあわせるだけのその他大勢（モブ）じゃあない。渡り鳥が飛び越していく岩礁や小島じゃあない。こうして関わらせたからには最後まで関わらせてくれ。おれたちはここから出たい。

あんたは一度でも、本気で想像したことがあるか？

終わらない内戦を。

引きも切らない市街戦の喧騒を。

血と致命傷と悪臭にまみれた受難の日々を。

明日の食いぶちも、まともな仕事もない、ただ朽ちていくだけの青春を。

路上の顔役に収まったところで、どこにも行けない、胸躍る冒険もない不自由さを。

夕暮れどきに丘に上がれば、地元の風景を呑みこんでいく黄昏色を、頭上に昇ってくる星の地図を見渡すことができる。だけど地平線の向こうにはなにも見えない。そこにあるのはいつだってひたすら単調な、暗い壁のような空だけだ。まるでおれたちがアンティグアの外になにを望もうが、なにを信じようが、そこから見える風景がこの世の涯であるかのように。そんな窒息しそうな人生を——

あんたたちは想像したことがあったかよ？

「だいたい話はわかりました」恵まれない境遇を訴えるオクタビオとホアキンに、リサリサは冷徹な言葉を返した。「あいにくスピードワゴン財団では、人道支援の活動はしていません。現地での人員募集もしていません」

「だったら、正式な入団試験とかはやってないのか。おれもこいつも若いし動けるし、エルナンデスさんはさておいても、おろおろしてただけの他のぼんくら調査員よりかは役に立つ！　面接なり実地試験なり受けさせてよ」

「いいかげんにしないか」場をおさめるべくＪ・Ｄ・エルナンデスは一喝した。「君たちは地元の街を守るために、殺人者を捕らえるために手を貸してくれたんじゃないのか」

「この人が現われるまではそうだったよ、エルナンデスさん。だけどあんなものを見せられたら……それでおれとこいつでよくよく相談して」

お・おおお、とホアキンが賛意を示した。J・D・エルナンデスは上司に代わって拒絶の言葉を重ねる。この人が使った力は君たちが関与できるものではない。

「あんたは褒めてくれたじゃねーか、よくやったって」

「君たちの働きは、ネットワークや土地勘があったからこそで……」

「あーあー見くびってる、エルナンデスさんってば見くびってる！　おれたちは地元出身だからあの男の逮捕に貢献できたわけじゃねーよ。これはだれにも打ち明けたことないけど、実はおれにもホアキンにも特別な能力がそなわってるんですよ」

「特別な能力？」

問いかえすかたわらで、リサリサの眉間のしわがひと条、かすかに動いた。

「あの蠅男みたいなおぞましいもんじゃねーけど、おれたちは孤児だし、ずっと神のそばにいたから……そういうのを授かったのかも。おれたちは聖なるものと邪まなものを、悪人と善人を、光と闇を、確実に見極める目と嗅覚をそなえてるんですよ。だいたいピンと来ちゃうんだ、なぁホアキン？　だからおれたちは絶対にお役に立ちますよ、セニョーラ、あなたの手足になって働きますから」

オクタビオの言葉の真意を探るように、リサリサは黙ったまま眉尻をもたげた。

おたくらの財団に入れてくれ、おれたちも連れていってくれ――

野心と自尊心に満ちあふれた二人の若者の願いを、リサリサは聞き入れない。あくまで例外は認めない。それでも、あまねく行き渡る「波」のようなその能力で――若者たちの真価を、覚悟の多寡やたどるべき宿命を――ひとしれず触知したかのように、唇をかすかにほころばせて頬笑んだ。その場でただちに受け容れることはしないが、ただし銓衡にかける。二人にひとつの課題を提示する。

III

さて、後世の人たちよ。

厖大なる記録を紐解いて、過去の再現を試みる人たちよ。

あなたたちはあらためてアンティグアの二人の若者のことを知っておいたほうがいい。彼らこそは財団で超自然現象を追いかけるJ・D・エルナンデス、そしてリサリサことエリザベス・ジョースターの後塵を拝することなく、むしろ先陣を切って嵐の時代を走り抜けていくことになる――語られるべき歴史の立役者にほかならないのだから。

この人を見よ。声も体も大きなその若者を。さしあたって視界に映るのは褐色の肌、黒曜石の瞳、頬やあごは機械で彫られたように陰翳（いんえい）が深く、百八十五センチメートルを超える長身の大部分は脚だった。誇り高いキチェ族の末裔だが、あまり体が大きくないマヤ人の標準に反して外見だけならウルグアイのサッカー（フトバル）代表選手のように見える。鍛えあげた胸板と向きあうと、だれでも自分を羞（は）じてその場で腕立てを三十回したくなる。このころ満十九歳になったばかりだったが、眉宇（びう）にみなぎるのは勇猛な気性、剛勇無双な王の風格、トラックに轢（ひ）かれそうな仔犬のために迷わず身を投げだし、煙草（たばこ）をかっこよく吸い、冴（さ）えたジョークを飛ばし、女の子（ムチャチャ）にもてまくる。生まれや育ちさえ違っていればハリウッドに飛びこんでクリント・イーストウッドの少年時代を演じていてもおかしくない快男児。そんな男の名前は、オ？　オクタビ？

オクタビオ！

決して本人の自負だけではない、孤児院（オルファナート）でも裏通りでも一番手（ヌメロ・ウノ）を譲ったことはない。鷹のようなその目が睨（にら）みをきかせているおかげで、アンティグアの孤児（ウエルファノ）たちは肩身の狭い思いをしたことがなかった。

そうしたいくつかの長所にもかかわらず、オクタビオ・ルナ・カンにはひどく厄介なところもあった。主役を張ることの中毒になっていて、路上の仲間が少しでも気の利いたことを言ったりやったりしようものならむきになって突っかかる。最低でも一日に一度はふにゃちん野郎（ペピーノ・マルチート）とだれかを罵るし、功名心や自尊心が強くて、他人を巻き添えにしながら暴走して被害を飛び火させることもしばしばだ。おそれ知らずで自信過剰で、すべて（トド）を自分の力で変えられると信じている男。かたやメスティーソのもう一人のほうは、すすんでなにかを変えたいと望んだことはない。本当に、なにも（ナダ）。

この人を見よ。ホアキン・ルイス＝ホルーダを見よ。

後年になって、もう一人のこの青年が秘めていた可能性にこそリサリサの慧眼（けいがん）は向けられたのではないかとまことしやかに語られている。

相棒のように捲（ま）くしたてる弁舌も、よく通る声も持たない。ただ風のように自由でありたいと、殺人や紛争におびえることなく暮らしていきたいと願っていた青年。

司祭の説教を一言一句あやまたずに書き写せるほどの記憶力と、風景の隅ずみにまで行き渡る注意力をそなえ、愚痴も泣き言もこぼさずに与えられた役割をこなすことができる。財団の調査員に加わるならまさにこのホアキンこそが適格だったが、それでも相棒が希（こいねが）うことがなければ、すすんで変化に身を投じることもなかったはずだ。

物心ついたころからホアキンは、オクタビオの防波堤のように機能してきた。実はその胸の内側にあふれている言葉を聞くことができたなら、彼自身はこう言っていただろう。

――オクタビオが行きたいというならぼくも行きます。ここから出たいというならぼくも出たい。だってぼくはオクタビオのくっつき虫で、女の子（ムチャチャ）とのデートにもしょっちゅうついていった。ぼくはオクタビオの引きたて役で、慎重にやるようにオクタビオにうながす役で、ピノキオ（ピノチヨ）の良心であるジミニー・クリケット（ペピート・グリーリヨ）のようなものだから。英雄（サルヴァドール）の活躍を歌にする吟遊詩人（バルド）だから。後先かえりみずに突っ走るオクタビオが落とした分別をあとから拾ってまわる係だから。そういう役回りが不満だったことはありません。オクタビオは単純素朴な正義感と男気の持ち主というだけでもない、ねじくれた嫌なところもあるけど、それでも口がきけないぼくが意思の疎通を図れるのは、子どものときから彼だけだったから。ぼくたちはどんなときも一緒だったんです。

だから、わかってもらえますか？　オクタビオが財団に入りたいというなら、ぼくも入りたい。この世界が自分のために驚きや冒険を用意している、彼がそう信じるというならぼくも信じられる。

アンティグアを出るための機会を与えられるなら、ぼくも精一杯に手を伸ばします。だけどこういう想い（おも）が、生きた言葉に乗ってだれかに届くことはない。

数奇な縁に引き寄せられて、スピードワゴン財団と運命をともにする嵐の孤児たち（ウエルファノス・デ・ラ・トルメンタ）――オクタビオとホアキンに与えられた第一の課題は、ファビオ・ウーブフのような能力の持ち主がどこかに潜んでいないかを探ることだった。

そういうことならおれたちにもってこい！　すでに情報収集の網は張りめぐらせてあるのだから。このところおかしな言動を見せた者はいないか、原因不明の発熱や病気に見舞われた者はないか、奇怪な事件は起きていないか。コロニアル建築の修理人、司祭や聖具係や修道女、贓品（ぞうひん）を売る泥棒（ラドロン）、ぽん引きや売春婦、山車職人から翡翠（ひすい）細工師にまで聞いてまわった。海千山千のしたたか者でも渡りあい、あたしは人からなにを聞かれても答えないことにしてんだよ！　と怒鳴りちらす偏屈ばあさんにも「親が入院したきり目覚めなくて、警察も動かないし……二度とあんな事件が起きないようにしたくて……」としみじみ語ってもらい泣きを誘った。嘘八百（うそはつぴやく）を並べたて、情にほだすのもずるい駆け引きもお手の物、生きた情報を手繰（たぐ）り寄せ、問いを立ててはつぶし、複数のパズルで余った断片を組みあわせて別の絵をつくるように街の噂を立体化させていった。

　第二の課題は、ファビオがいつどうやって鉄の蝿（バラ・インビジブレ）を飛ばす能力を身につけたのかを知ること。こっちはなかなか難航した。ファビオが働いていた下請け工場（マキラドーラ）に出向き、アパートの大家に話を聞きにいっても、そのほとんどにJ・D・エルナンデスたちがすでに調べを入れている。おれたちは現役の調査員とどっちが先に事実をつかめるか競争をさせられてるのか？　あの女（ひと）たちはそのうちこの国を発（た）つにちがいない。それまでに有益な情報を運んでいかなければ、いつのまにか出発されて永久にさよならだ（アディオス）ぞ！

「あのファビオって野郎、生まれつき蝿（モスカ）をあやつれたわけじゃねーと見てるんだよな、リサリサさんたちは」

そういうことになるね、とホアキンが肯きと表情でオクタビオに答えた。

「黒魔術でも習ったか、それとも悪魔（ディアブロ）に魂を売ったのか」

うんうん、どこかで彼になにかが起きたわけだ。

「地元だけを探っていても限界があるかもなあ」

たしかに。調べられるだけ調べてもなんにも出てこないよ。

「故郷の村で家族が殺されて……」オクタビオはそう言うと奥歯を噛（か）んだ。「アンティグアに流れついたときにはもう蝿男（オンブレ・モスカ）だった。あいつが悪魔（ディアブロ）に会ったとしたら……」

この街に流れつく以前（まえ）ってこと？

「運び屋を探してみるか」

オクタビオが当たりをつけたのは密入国の請負屋（ポジエーロ）だった。追われたゲリラ兵や民間人、仕事にあぶれた宿なし（テポローチョ）や貧困者、新天地をめざす夢想家（ソニャドール）たちがひっきりなしに北のメキシコを目指すが、厳重に国境は守られていて、違法なルートはいくつかの請負屋（ポジエーロ）が仕切っている。そのほとんどが悪質な業者で、数万ケツァルの追加金を要求され、身ぐるみをはがれて森の奥に放りだされる例もあった。オクタビオが知るかぎりでもせっかち屋（インパシエンテ）のペドロ・オチョアとかナイフ使い（クチージョ）のエンリケとか、他にも大勢が運試しをするといって街から消え、そのうちの一人とも再会できていない。ファビオも越境を試みたことがあると工場の同僚に語っていた。亡命はかなわず、ひどい目にあったらしいが、大半の者が行き倒れるか国境警備の兵に射殺されるなかで、ひどい目にあっても生還できたのだ。その時点でファビオは怪物(モンストロ)の力を得ていたと考えられないか？

地元の外にも手を伸ばし、昼夜を問わずに近隣の村から村へと移動した。そこはアンティグアの路地裏を牛耳っていたオクタビオだ。表通りに看板を出していない請負屋(ポジエーロ)にもたどりつき、口から口へ、顔から顔へ、ささやかれる秘密や噂話を渡りついで、ファビオの故郷の村からの密入国を仕切っていた請負屋(ポジエーロ)を突き止めた。

「……で、その請負屋(ポジエーロ)では少し前にボスが変わったらしい、ちょうどファビオが国境を越えようとしたころだ。頭が変わってからは組織全体がより悪質になって、法外な金を要求するわ、危ない徒歩移動を強いるわ、森の奥でわざと逃がして銃の試し撃ちをするって噂もあるぐらいで、ひどいでしょ？　人間狩りでもするみたいにさ」

期限こそ切られていなかったが、リサリサの泊まる宿に手がかりを報告しに上がったのは、課題にとりかかってから四日目のことだった。これでどうだよ、銓衡(あか)はパスだろう？と言わんばかりにオクタビオは得意満面、自分たちが有用であることを証してめいっぱい大物新人ぶろうとしていたが、実際のところは骨をくわえて戻ってきたラブラドール犬もさながらだった。

「セニョーラ、その請負屋(ポジエーロ)の一味はグアテマラ市の北東の森の集落をアジトにしているらしい。おおよその場所はわかるから案内できます。そのかわりおれたちも調査団の一員として連れていってくれませんか」

もたらされた報せを吟味するように黙りこんでいたリサリサは、顔をもたげて、客室の天井で灯りをともす蛍光灯を見つめた。

「あなたたちは知っているかしら……」

柔らかな声音で、ホアキンとオクタビオに問いかける。

「蛍光灯は、目にも止まらない速さで明滅しているのよ」

「はあ、そうなんですか。だけどずーっと明るいけど」

オクタビオはあごを上げると、瞳を二つとも上瞼に引きつけた。

このばあさん(アブエラ)、なんの話してんだ？ ホアキンと怪訝(けげん)な顔を突きあわせる。

「一秒で百回以上だから、目視はできない」

「本当に？ そんなふうには見えないけどね」

「かわるがわる、明・滅・明・滅……とくりかえし往還している」

睫毛(まつげ)がかすかに揺れたが、瞬(まばた)きはしない。リサリサは蛍光灯に見入っている。

「幼いころのわたしは、今日こそ光と光の隙間に逃げこむ闇を確認してやるんだって、こんなふうにじいっと目を凝らしたものだった。一秒のあいだに百回も、光のはざまに忍びこんでくる闇。だけど人間の視力ではそれを捉えることはできない」

蛍光灯はどこかふてぶてしく白々とした光をふりまいていた。闇なんてどこにも匿っちゃいませんよと素知らぬ顔でしらを切りとおすみたいに。

「わたしもあなたたちも、断続する光を渡りつぐようにして生きている。だけどあべこべに、一瞬の闇のほうを渡っていく者たちもこの世には存在する」

「光と、闇」

「世界の裂け目の向こう側、こちらの条理が通じない世界——そこにはあらゆるものの陰翳を濃くする死の影がつきまとう。光のなかを生きる者と闇を生きる者、この二者は鼻と鼻とが触れあいそうなほどに間近にありながら、交じりあうことは決してない」

顔を下ろしたリサリサは、オクタビオとホアキンを澄んだ眼差しで見つめた。

「わたしたちの役目は、差しこまれる一瞬の闇を捉えること。あなたたちにいくつか訊いておきたい。スピードワゴン財団の調査員は、ＩＣＰＯの職員でも諜報員でもない。フリーメイソンのような秘密結社でも、既得権益を守るための社交クラブでもない。黒いスーツは着こんでいても、タイにもカフスボタンにもこれ見よがしなシンボルや紋章や装飾はなし。それでも調査員は、地味だけれど決して解かれない暗号のような存在として、世間の目から自分自身を隠さなくてはならない。その覚悟はできていますか」

おお！　これって採用の前の口頭試問みたいなものじゃないのかとオクタビオは勇みたつ。自分という存在を消し、世間の目を出し抜くのなんて朝飯前だ。実際、そのようにして自分たちは生きてきたという自負があった。

「あなたたちの特別な能力というのは……」

反応を探るような間を置いてから、リサリサが言葉を接いだ。

「今日の報告が、その成果なのね」

「そうです、そのとおり」

「大したものです。こんなに早いなんて」

「お褒めにあずかり光栄です、セニョーラ」

「もうひとつ、二人に訊きます」

「はいはい、なんでも答えますぜ」

「これまでの人生でついた、最大の嘘はなにかしら？」

「そうだな、おれは……嘘が大嫌いなもんで」

オクタビオがほとんど悩まずに返答する。

「嘘をつかずにすむなら、あくどくても乱暴でもそっちを選んできたかな」

「ふむ。ホアキン、あなたは？」

わずかに思案顔になったホアキンは、電話の横のメモ帳をとってペンを走らせた。

——これまでいっぺんも嘘をついたことがありません、というのがいちばんの嘘かもしれません。

リサリサは片頬を持ちあげた。ホアキンの答えを気に入ったようだった。

「では、荷造りをして。請負屋（ポジエーロ）のもとへ連れていってください」


頭上の空の高みで、クロコンドルが大きく弧を描いている。

熱帯雨林のはざまを抜けていく山道には、眠気を誘うような風が漂っている。

手配された四駆車の列が山道を走っていた。三台のうちの一台を運転するJ・D・エルナンデスは、現地の協力者として知りあった二人の若者がいつのまにか同僚となり、ちゃっかり澄まし顔で車に同乗している光景になかなか馴染む（なじ）ことができずにいた。

オクタビオもホアキンも、リサリサとおなじ車両に乗る幸運に浴している。今世紀初頭に創立されたスピードワゴン財団の理念や綱紀（こうき）、超自然現象をあつかう部門の内情についてもなにも知らない若者が、調査員見習いには銃の貸与はねーのかよォ、とか言っている。そもそも戦闘に主眼の置かれた部門ではなく、調査で紛争地域などに入るときだけ護身用の銃を携行するのだが、もしもこのまま本当に二人が部下ということになるのなら、そのあたりも含めてスパルタ式に叩きこまなくてはならない。初歩的な知識や理念の習得なしに実地指導に入ってもろくなことにはならない。そんなふうに感じているのはJ・D・エルナンデスだけではないはずだった。

濃密な葉を茂らせた木々の重なりが展（ひら）けて、窓の外には大きな石積みの三角錐（さんかくすい）が現われる。四つ五つと垂直にそびえている。あれはマヤの遺跡ね、とリサリサが言った。スピードワゴン財団は考古学や古代文明の研究においても世界有数の実績を誇っていて、それらの分野とも密接に関わってきたというリサリサは、この地の文明についても専門家はだしの知識をそなえていた。

オクタビオとホアキンは古代史の授業を受けた。おばあちゃん先生(ヴィエホ・マエストロ)いわく、古代マヤ文明では石灰岩を中心とした石材を用いた建物で集落ができていた。品種改良を重ねることでトウモロコシの収量が増し、その栽培や収穫を主とした自然崇拝の宗教が生まれた。雨季と乾季の移り変わりを正確に予測することがなにより重視され、数学や天文学を得手とする者たちが重用された。天の運行を知るために彼らは石をピラミッド状に積み、樹冠よりも高い最上段の観測部屋にこもって、太陽と月、星と惑星の動きを仔細(しさい)に観察しつづけた。その精度は現行のグレゴリオ暦より正確だったという学説もあるほどで、マヤ暦ではすでに一年＝三六五・二四二〇日というところまで計算していた。それほどまでに精度の高い暦と数学術を獲得しなくてはならないほど、古代マヤ人は自然という神にどこまでも依拠していた。天の運行を司る儀式はつねに絶対のものであり、信仰はきわめて狂信的な高まりを見せて、ときには自分たちの血や臓腑(ぞうふ)を供犠(くぎ)として捧げてまで観天望気を掌握しようとしていた。

「彼らがゼロという概念を生んだと考える研究者もいる」リサリサはよどみなく説いた。

「インド文明にも先んじてね。計算では二十進法を用いて、二十の二十乗という途方もなく大きな数も観念化していた」

「ゼロ、ね」

オクタビオがあくびの涙を隠しながら言った。

「ゼロ。すべてにして無（トド・イ・ナダ）。この世の真理と原則。ゼロの故郷でわたしたちが追っているものも、あるいはゼロのような存在なのかもしれない」

　車の振動も手伝ってオクタビオはうつらうつら舟を漕いでいたが、ホアキンは興味深そうに耳を傾けている。それは彼らの少年時代の再現でもあった。授業で先生の話をちゃんと聞いておくのはホアキンの役回りだった。

「あなたたちは二進法を体現するような二人ね」リサリサが話題を転じた。「1のようにあらゆる可能性に向かって伸びていくオクタビオ、0のように底なしでなんでも飲みこんでしまいそうなホアキン。とてもおもしろい」

　熱帯の林冠をつらぬいてピラミッドはしばらく後景についてきた。七十メートル超の遺跡がやがて見えなくなると、左右には収獲を終えて焼かれたばかりの田畑が展（ひろ）がった。農園ではアンティグア地方に遅れてコーヒーが白い花と赤い果実をつけている。木々のはざまに鳥や鹿がよぎり、コーヒーの実を手摘みする農婦たちもそこに交ざって豊かな生態系をなしている。舗装されていない砂利道へと折れて、カポックやマホガニーが木立をつくる風景をさらに進んだところで、目指していた集落にたどりついた。

グアテマラの中心部から隔てられ、森の迷彩（カムフラヘ）にも隠されたこの集落には、近在の人民軍から落ちぶれたゲリラ兵が集まり、元の住民を追いだすかたちで拠点のひとつにしているという。密入国の手配だけでなく麻薬の栽培や運び屋、窃盗や誘拐などでも荒稼ぎをしているという請負屋（ポジェーロ）たちはどこかに出ているのか、集落にはいっさいの人気（ひとけ）がなく、陰々滅々とした静寂が満ちていた。

警戒怠りなく車は速度を落として進んだ。木々に囲まれた集落の中心には円形の広場があり、そこから十字に伸びるかたちで数戸の住居が建っている。住居といっても波形のトタン屋根や石を重ねて屋根を架けただけのもので、壁が壊れてところどころ土台も崩れている。広場の隅では大きな貯水タンクがみすぼらしく錆（さ）びて黒ずんでいた。しおれた草木が風にたわみ、下草がおじぎをしたりひくついたりしている。手編みのハンモックが木々に吊（つ）られていたが、からっぽのままでぎしぎしと軋（きし）んでいた。

「ガセネタじゃないはずだけど」

気の滅入るような風景を眺めながら、オクタビオがつぶやいた。

ホアキンが車の窓を巻きおろす。吹きこむ風は、蠟と樹液と土のにおいがした。

「おれは田舎（いなか）が嫌いだよ、ホアキン」

オクタビオのぼやきにホアキンは無言で肯いた。政府軍の手入れでもあったのか、摘発を察してどこかへ移ったのかもしれないとJ・D・エルナンデスは言った。つまり一足遅かったのか、これっておれたちが無駄足を踏ませたことになるのか？　オクタビオはかえって勇みたち、片っ端から家捜しするかと車外に飛びだしたが、出るなり「痛ぇッ！」と跳びあがって靴ごと片足を持ちあげた。地面からなにか鉄製の鋭いものが露出している。オクタビオが踏み抜いたそれは、地中に埋もれた干草用の熊手だった。

「クソッ、まるで罠（トランパ）じゃねーか。これだから田舎は嫌いなんだよ」

オクタビオは足の指を負傷していた。熊手の歯が靴底を破り、右足を地面に下ろせないほどだから、それなりに重傷だ。

たしかに生活の痕跡は見てとれた。屋外にはいろいろなものが落ちていたし、子どもたちが描いた丸や四角のチョークの線もまだ新しい。石蹴り遊び（ホップスコッチ）ね、リサリサが窓から顔を出して言った。家族連れで暮らしていた請負屋（ポジエーロ）もいたということだろうか。

「探ってみよう、残っている者がいるかもしれない」

そのひと声で、木陰に停（と）めた車から調査員たちが降りてくる。ここで待っていてくださいとリサリサに言ってJ・D・エルナンデスも降車した。ホアキンも足元を確かめながら降りる。後列の車からは若手の調査員が降りてきた。次の瞬間、地鳴りのような音が足元から這いあがり、一同の耳や皮膚を揺さぶった。

瞬きするかしないかのうちに、調査員が足元に消えた。

突如として地面に開いた穴に、飲みこまれた。

砂塵と轟音(ごうおん)とともに、地表がえぐれるようにへこみ、なだれを打って崩れ落ちた。

砂や石が高く舞いあがる。上半身どころか頭のてっぺんすら残さずに、調査員の体がまるごと滑落していた。

「おい、どうした――」

J・D・エルナンデスはとっさに調査員の名を呼んだ。無事を確かめようとしたが返事はない。呼び声はそこに開いた穴に吸いこまれる。

今のはなんだ、なにが起きた？　落とし穴(アグヘロ)か？　しかしそんな規模ではない。近くにいた調査員とともに穴の淵(ふち)に駆けよったが、地面にできた直径二メートルほどの縦穴に落ちた調査員の姿が目視できない。あまりに深い。底が見えない。シャベルで掘って土や草で掩蔽(えんぺい)した子どもだましの悪戯(トラヴェスーラ)とはわけが違う。これは地盤の陥没だ。頭上からの爆弾投下でもここまで深い穴はうがたれない。これは奈落だ。

「おい、なんだ、なにが起きたッ！」オクタビオが叫んだ。

「わからない、これはいったい――」J・Dは身を固くする。

「落とし穴(アグヘロ)か、なんかの工事の跡とかじゃねーのか」

「――これはッ！　そんなに生易しいものじゃない」

「だったら自然現象かよ、ここの地盤はどうなってんだ」

散らばっていた調査員が仲間を助けようと戻ってくる。そのうちの一人が、ふたたび地面に生じた陥没に巻きこまれた。

最初の現象よりもはっきりと見えた。チョークの白い線をまたぎ越そうとして、崖際で足先を滑らせたように叫びながら落ちていった。すぐにその絶叫も聞こえなくなる。つづけざまに逆の方向からも悲鳴が聞こえたが、振り向いてもそこに調査員の姿はなかった。

そこにあるのは、穴、穴、穴――

「だれも一歩も動くなッ！」J・D・エルナンデスが叫んで、オクタビオもホアキンもびくっと静止する。「ただの陥没事故じゃない、天災の類いじゃないぞ。これは罠（トランパ）だ、これは――」

攻撃だ。

だれの？

請負屋（ポジエーロ）か。連中が仕掛けた陥穽（トランパ）なのか。

落とし穴は、大型の獣を捕らえるための狩猟手段であり、近代の戦争でも戦術のひとつに数えられる。グアテマラでも武装反乱軍（FAR）や人民解放軍がゲリラ戦法として多用している。自陣に攻めてくる敵軍への応戦として、張りめぐらせる警戒線として、撤退の置き土産として。しかしこの落とし穴は、穴の深度や隠蔽性のどれをとっても人の手で仕込めるものではない。攻撃だとしたら鉄の蝿（バラ・インビジブレ）に比肩するものだ。秘められた「驚異の力（ラ・マラビジャス）」がふたたび発動されているとJ・D・エルナンデスは直感していた。ではその原理は、法則は？

ホアキンが、おお・お・ああ！　と熱帯の鳥のような声を上げた。しきりに地面を指差している。そこには丸い囲み、三角形や四角形の囲み、チョークの白線で標(しる)したいくつもの図形があった。それにしてもこんなにあったか？

「なにが言いたいかわかるぞ、ホアキン、たしかに私も見た！」J・D・エルナンデスは応じた。「これは特殊な攻撃だ、チョークの線で囲ったところを踏んだら、落とし穴に落ちる！　もういちど言うぞ、チョークの内側を絶対に踏みつけるなッ！」

「だけどおれ、もう踏んじゃってるけど……」

オクタビオがひきつった声で言った。

「なんだと、そのまま動くな！」

視線を転じれば、地面を踏んだオクタビオの左足はたしかに白い線の内側にあった。ところが陥没は起こっていない。あやまって地雷を踏んでしまったようにオクタビオは硬直して立ちすくんでいたが、ホアキンがすかさず足元を指差し、自分でも右足を持ちあげて相棒の体勢を真似してみせた。

オクタビオは血の滴る右足を抱えたまま、左足一本で立っていた。

もしかしてこれは、石蹴り遊び(ホップスコッチ)か――

遅れてオクタビオも声を上げた。「わかっちゃった、これってつまり〈けんけんぱ(ラユエラ)〉だろ！　アンティグアのがきんちょだって石畳の上で遊んでらあ。チョークの囲みを両足で踏まないかぎりは、片足跳びで進んでいるかぎりは安全ってことだよな。わかっちまえばたいしたこたぁねえや」

はからずも見習い二人のおかげで、起きている現象の法則の一端をつかめた。ホアキンもＪ・Ｄ・エルナンデスも、残りの調査員たちも急いで片足立ちになった。車にいったん戻れ、戻ったうえで落ちた者の救出手段を講じようとＪ・Ｄ・エルナンデスは指示を送った。散っていた調査員がけんけんで戻ってくる。こいつはどういう現象なんだとオクタビオが言った。うちのセニョーラも蠅男もよっぽどだけど、こいつはいよいよ魔術とか魔法陣とかの次元じゃあないか！

「うへーっ、本当に底が見えねえ。落ちた連中はどうなったんだエルナンデスさん、地球の裏っ側まで落ちていったのか」

「わからない、とにかくここを離れなくては……」

「おい、見ろよ」

オクタビオとホアキンが同時に叫んだ。片足立ちのままでＪ・Ｄ・エルナンデスは目を疑った。屈んでいる人影もない、チョークも見えない。にもかかわらず前方の地面に、スーッと石灰の白い粉が引かれていく。大ぶりの輪が曲線を描いてきっちりと結ばれ、つづけてその隣に四角い囲みが横並びに描かれる。大小の図形が、線をところどころ交差させながら地面の蕁麻疹（じんましん）もさながらに、浮きあがったまだらな発疹（ほっしん）のように次から次へと増殖していくではないか。

あたかも不可視の亡霊が、チョークで線を引いていくように。

落とし穴（アグヘロ）をうがつ魔法陣が、数限りなく殖（ふ）えていく。

めまぐるしく円と円とが重なりあい、四角形の一辺が五角形の一辺と交差して、幾何学模様もさながらに殖えていく。チベットの曼陀羅（まんだら）のように敷きつめられていく。地面には白線の囲みを踏まずにいられる余地がほとんど消されていた。

「うおおッ、両足をつくなよ、片足で戻れッ！」

「片足跳びぐらいなんてことねえ、踏むもんか」

「迂回（うかい）するな、片足で突っきれッ！」

指示をしながらも自身が体勢を崩しそうになる。降ってわいた動揺も手伝って、片足立ちを保ちつづけるのは決して容易ではなかった。砂埃（すなぼこり）が舞い、視界がかすむ。たかだか二十メートルほどしか離れていないのに、帰還するべき車が遠い——と、そのとき左足にドスッと鈍い痛みが走った。斜めに体が傾（かし）ぎ、体勢がさらに崩れて両足をつきそうになる。

「エルナンデスさん、あ、足——」調査員の一人が叫んだ。なんだこれは——左腿（ひだりもも）に錆びた鎌の尖端が突き刺さっている。こんなものがどこから飛んできた？

「くそっ、やっぱりだれかいる」オクタビオの声にも焦（あせ）りがうかがえた。「片足跳びでッ、いられなくなるようにッ！　攻撃してきてやがる！」

　驚くほどたくさんの鎌が、手斧が、ナイフや熊手が飛んでくる。凶器になるありったけのものが投擲されている。どこから投げてきているのか、混乱と砂煙のなかで目視がままならない。少なくとも投げているのは一人ではない。集落のそこかしこに散らばって、廃屋や木の陰に隠れているらしい。目をやったところに人影がよぎったように感じても、すぐに引っこんで姿が見えなくなってしまう。こうなると集落そのものが罠であるかのようだ。複数の気配が、招かれざる来訪者をなんとしても穴の底に叩き落とそうと波状攻撃を仕掛けてきていた。

　たえきれずに調査員が叫んだ。向こう脛に手斧を食らって片足立ちを保ちきれなくなり、もう一方の膝が落ちかけて、かろうじて手を突いた。それでも罠は発動する。たちまち轟音とともに地面が抜けて、調査員がまたひとり呑みこまれた。

「手を突くのもだめだ、地面との接地点はひとつだけだ」

「お、うおお、あぶねえ」

　飛んできた手斧をかわしたオクタビオが、次の瞬間、逆の方向から襲ったナイフを無事なほうの左足に食らった。いきおい横向きに崩れたが、うおおッとひと吼えして、白線の外のわずかな隙間に手を突いてぎりぎりで持ちこたえた。

　すぐさま体勢を立て直すと、鎌で負傷して身動きのとれないＪ・Ｄ・エルナンデスの腋の下に自分の首を差しこみ、全身を肩に担ぎあげた。戦場や火災現場において傷病者を徒手で運ぶときの搬送方法だったが、オクタビオはこれを片足だけでこなしている。二人分の体重を傷ついた左足だけで支えてぴょんぴょんと跳んでいく。

「オクタビオ、君も、君だって左足を……」

「ちくしょう、エルナンデスさん、こんな攻撃にどう対処すりゃあいい！」

「退避だ、とにかく車へ戻れ」

「ホアキン！　お前は無事かよぉ」

オクタビオの声に応えて、お・おおっとホアキンが叫んだ。

ホアキンも体の数カ所にしたたか傷を負ったようだが、それでも飛んでくるナイフや斧を敏捷(びんしょう)にかわし、だれよりも早く車に接近していた。

「あ、どうした、ホアキン？」

おっ・おお・お・おおおっ。

「なんだ、車がどうしたって」

お・お・お！

ホアキンが叫んでいる、なにかを訴えている。

「エ、エルナンデスさん、あれって――」

「あれは、車のまわりに――」

「チョークが」
停まった四駆車を囲いこむようにして、今まさに、白いチョークの線が引かれているではないか。この罠（トランパ）の仕掛け人が、目に見えない亡霊が、これまででも最大の四角形を描きだそうとしている。

おのずとJ・D・エルナンデスにも察しがついた。この陥穽（トランパ）は二足歩行の人間だけに作動するものじゃない。そして車の接地点は、四つ——

チョークの囲いが完成したその瞬間、かつてない崩落が起きた。車底の下の地面が粉々に砕けて噴きあがり、空気がひび割れ、轟音とともに弾（はじ）けた。重力と圧力が、真下の穴に向かって車体を引きずりこむ。砂塵と土くれの滝のように、棚氷が海に落ちるように瓦解していく。リサリサの乗った車が——

崩落の衝撃波でJ・D・エルナンデスは息ができなくなった。地盤の裂ける音はあたかも大地の阿鼻叫喚（あびきょうかん）のように耳を聾（ろう）した。これじゃあ戦争だ、と調査員のだれかが言った。さもなくば戦争の戯画（カリカチュア）だ。なんの能力も持たずに「驚異の力（ラ・マラビジャス）」と対峙するのがどういうことか、見習いの二人も肌で思い知ったにちがいない。行く手のどこに死の罠（トランパ・デ・ムエルテ）が敷かれているかもわからない、地面さえも信用できない、戦争の霧のなかへ——飛来する凶器と榴弾（りゅうだん）の渦のなかへ丸腰で臨むようなものだ。

オクタビオの肩から下りると、J・D・エルナンデスは濃霧のような砂塵のなかへ飛びこんだ。他の調査員や見習いを声で制して、みずから上司を追って底なしの穴に飛びこもうとした。穴の下からの反応があと少し遅ければ、実際に身を投げていたかもしれない。下へ下へ降っていくはずの塵(ちり)や砂や車の破片が、飛沫(ひまつ)のように舞いあがり、頭上を越えてガラスの粉のような光輝となった。淵に立った者たちは穴から噴きあがる風のようなエネルギーを浴びる。するすると布の先端が伸びてきたかと思うと、つかんで引き上げるまでもなくリサリサその人が、びよ――――んんッ、と棒高跳びで跳躍でもするように戻ってきた。かすり傷のひとつも負わずに戻ってきた。

「ホアキン、おれは、こんなに非現実的なものは見たことがないよ」オクタビオが茫然(ぼうぜん)とつぶやいた。

強力な発条(ばね)のようにも使えるのか、限界まで伸びきったマフラーで穴から躍りあがったリサリサは、そのままマフラーの先端だけを地面につけて直立する曲芸まで披露した。接しているのはチョークの線の内側だったが、接地点はひとつ。セーフだ。

「あんたはこんなもんでは死なないのか」

「そのようね」

「教えてくれ、どこをどう鍛えたらそんな離れ業をやってのけられるんだ」

「車をだめにしてしまった。エルナンデス、わたしたちは歩いて帰らなくてはならないのかしら」

「ミセス、これは例の能力者の攻撃です。この短い時間で調査員が五名も奪われた。ただちに退却して対策を練らなくては……」

「退却？　そんな必要はありません。ちょうど声をかけようとしていたところよ」リサリサは奇抜な姿勢のままで説いた。「おかげでまたひとつデータを増やせた。こういう局地戦では、まずは戦闘の性質を見極めなくてはなりません。この戦いは姿を現わさない相手による伏撃。それに対してこちらがなすべきは、索敵。この力は広範囲にわたって威力や持続性を保つことができないようね」

アンティグアの実例を見てもわかりますね、とリサリサはつづけた。これらの力の発動者はかならず有効範囲内のどこかにいる。現われたいくつかの穴も、それぞれの位置によって崩落の程度が違うことがわかる。規模の大小や浅深に目に見えて差異がある。威力のきわだって大きな穴が開いた方向に建っているのは――

そうかわかった！　最後まで話を聞かずにオクタビオが片足跳びで走りだした。遅れてホアキンがあとにつづく。たがいに申しあわせなくても向かう方角はおなじ。両足の負傷もなんのその、オクタビオは片足でざっざっざっと力強く地面を蹴って広場の片隅の貯水タンクに達した。錆びた表面をよく見れば覗き穴が開いている。上部の蓋に通じる梯子をあっというまによじ昇ったオクタビオが、タンクの内部を覗きこんで叫んだ。おい、いたぞ！　人がいるぞ！

調査団のファイルに「石蹴り遊び（ホップスコッチ）」と記録された能力の発動者は、その日のうちにスピードワゴン財団の保護下に入った。彼女はメスティーソで、彼女はまだ十三歳だった。

暗い穴のような瞳孔の、開いていく音が聞こえるようだった。

あらゆる希望を失い、虚無に落ちた面差し。唇の甘皮を食べすぎて血が滲（にじ）んでいる。カナリア色の天然の巻き毛が、回転草（タンブルウイード）のように汚れてふくらんでいる。黒ずんで垢（あか）じみた両頬には涙のわだちが残っていたが、財団による聴取で流すぶんはとっくに涸（か）れて残っていないようだった。

「よくないかなって思ったんだけど、政府の兵士でもゲリラでも、他のだれであっても、集落を探りにくるやつがいたらみんな突き落とせって。待ち伏せして、アリジゴクみたいに陥穽（トランパ）を張りつづけてろって。あたしはあいつらと一緒に行きたくなかったから、置いていかれるならそれでもいいかあなって」

かれこれ三ヶ月、入浴も洗濯もしていないというイザヘラ・メナ＝メナは、アンティグアの怪物（モンストロ）のように拘束衣を必要としなかった。オクタビオに発見されるやいなや脱力して、貯水タンクの底でうっすら嗤笑（わら）ったという。そのまいっさいの抵抗をせず、おなじく置き去りにされた数人の未成年とともに保護されるにまかせた。手斧やナイフを投じていたのはこの子たちだったが、イザヘラが闘争心を失ったとたん、地面に生じた落とし穴（アグヘロ）はふさがった。元からそんなものはなかったかのようにただの地面に戻った。落ちた調査員たちは離れた木立に倒れていたが、転落による物理的ダメージは消えておらず、崖下に落ちたらこうなるという重傷をそのまま負っていて、体じゅうの複数箇所を骨折、そのうち二名は数ヶ月の休職を余儀なくされていた。もっと巧みに執拗に罠を敷かれていたら被害はこの程度ですまなかったかもしれない。あたしはチョークを出すの、と財団の拠点に連れてこられたイザヘラは言った。

「よくないものなのかな？　これがなんなのかはわからないけど、チョークで囲ったところを片足以外で踏んだ人は、落とし穴に落っこちるの」

「いつからそんなことができるようになったの」

「できるのは、あたしだけ。他の子はあたしの命令を聞いていただけ」

グアテマラ市の大きな廃墟が財団の支部に造りかえられていた。医療機器が充実し、押収した証拠を調べるための検査設備もそなえている。壁に貼った地図にはメモがピン留めされ、新しかったり古かったりする資料の束が積みあげられている。証人の取り調べに使われている部屋にはオクタビオとホアキンが見たこともない、嘘発見器だか電気椅子だかもわからない装置が置かれていた。感情の麻痺（まひ）しきったようなイザヘラは、怖がるでも安堵（あんど）するでもなくよるべない視線を漂わせていた。

「あなたがそのチョークを出せるようになったのは」リサリサがみずから質疑に臨んでいた。精神科のカウンセラーのようにイザヘラをソファに座らせ、自分は椅子で足を組んでいる。「請負屋（ポジエーロ）と出会ってからじゃなかった？」

「あたしの家族はメキシコに行こうとしたの。だけどあいつらに騙されて、持っていた古めかしい弓矢で射られた。よくないよね、よくないことばっかりするんだよ。生き残ったやつは使える、そうじゃないやつはおさらばだって。あいつらはそう言っていた。父さんも弟も射られてすぐに毒がまわったみたいに死んじゃって、なぜかあたしだけが生き残って、あそこに連れていかれた」

瞬きの前、苦楽を分かちあえる家族。新天地への希望。森の鳥の期待をあおる囀（さえず）り。瞬きの後、家族の血と悲鳴、背後から飛んでくる矢の音。それはイザヘラの肩をつらぬいて、死のかわりに人智を超えたものを彼女に残していった。

次の瞬きの後、闇にとりこまれてイザヘラの世界は動いていた。外光の差さない場所に閉じこめられて、おなじように連れてこられた複数の男女と肩を寄せあって過ごした。粗末な食事しか与えられず、だれもが寝そべったりうなだれたりして、あくる朝になると死ななかった者は起き上がり、だけどすることがないのでまた部屋の隅にうずくまる。だれもが怯（おび）え、だれもが慄（ふる）えていた。

数えられただけでも十五人はいた。その全員がおなじように「矢」につらぬかれて生き残ったのかはわからなかった。あいつらに連れだされて、戻ってくる者も戻ってこない者もいた。イザヘラはなんらかの詮衡に通ったようで、あるときから監禁部屋に戻らず召使のように働かされていた。

隣の部屋でイザヘラの受難に耳を傾けていたオクタビオは、めずらしく謙虚な面持ちでホアキンに耳打ちした。――なあ、こんな話を聞いて、自分の身に起きたことじゃなくてよかったと思うおれは残酷なのか？

「これも戦争、この娘にとっての戦争だ。この国じゃあどこへ行っても、戦争だ。おれたちのどっちかがあっちの椅子に座ってたっておかしくなかったんだよな、そうだろホアキン？」

疲れはてたイザヘラは眠りにつき、医療班にまわされた。その日の夜、J・D・エルナンデスに付き添われてブリーフィング・ルームに入ってきたリサリサは、待機させていた調査員と見習い二人をあらためて見渡した。落ち着きはらった鷹揚な面差しは、説教の話題をたっぷり抱えて演台に上がってくる司祭のようだった。

「ファビオ・ウーブフにもまして、イザヘラはわたしたちが追っているものに関する多くの示唆を与えてくれました」

そこまで言うと、壁面に貼られた世界地図の一点を杖の先端で指し示した。グアテマラから南へ下った南米大陸の山岳地帯、ブラジルとペルーの国境のあたりだ。

「さかのぼること七年前、一九六六年にペルーを襲ったマグニチュード8・1の大地震の影響で、山岳地帯にも大きな地殻変動が起こりました。首都リマとハイウェイで結ばれたプカルパから東へ四十キロ、大規模な沈みこみ現象が起きた一帯に地質調査に入ったある研究機関の作業員たちが、突如として正体不明の病を発症、ほとんどの者が変死をとげたのだけど、わずか三名ほどが自然発火、放電といった異常な身体変化現象を見せたといいます。彼らは地質調査の過程で、地表に露出したなんらかの鉱物にふれたことによって未知のウイルスに感染したものと考えられます。おそらくは地中に眠っていた病原体が、地殻変化によって地上に放たれた。このウイルスは多くの場合、宿主を怪物用のジャンバラヤのようにしてしまうのだけど、数パーセントの宿主のなかでは特異的に作用する。劇症をともないながらも人間の本来の魂や意識に侵食し、組成そのものを上書きしてしまう──わたしはそんなふうに考えています」

これまで世界に蔓延（まんえん）してきたあらゆる伝染病がそうであったように、病原体と人がめぐりあうのは時代の帰趨（きすう）、ある種の宿命、とリサリサは言った。両極地方や未開の地、原生林、洞窟の奥深くから運ばれてきた病原体は、宿主の生存にとってごくまれに有益に働くが、みずからの体の急激な変化を御しきれない者がほとんど。古くからそうやって人間とウイルスは共生関係を築いてきた。脳に作用する細菌であろうと腸で働くバクテリアであろうと、わたしたちはすでに数億数兆もの微生物の乗り物になっている。

「あるいはこの鉱物由来のウイルスは、ペルーだけで掘り起こされたものではないのかもしれない。全地球的な深い地層から現代によみがえり、人類の行く末を不可逆的に変えてしまうものなのかもしれない。結核やマラリア、インフルエンザと出会った世界が、それ以前の世界へは戻れなかったように」

「……なあ、ずっとなんの話してんだ、お前ついていけてる？」

要領を得ないオクタビオが、隣のホアキンに耳打ちする。他の調査員はすでにある程度の事情を聞かされているようだが、財団の活動目的について語る言葉がどこへ転がっていくのか、新入りの立場では見当もつかない。聖書（ビブリア）の文体のように荘重で、鋼鉄のように冷たく硬いリサリサの口調に、オクタビオもホアキンも固唾（かたず）を呑まされていた。

「わたしは財団の顧問の座についてから、長い年月をこの件の調査に費やしてきた。それでわかったのは、さらに遠い過去にこの鉱物の存在を知り、ペルーあるいはどこかの発生地で採取して運びだした者がいるということ。人間存在を変容させるウイルスの発生源として、鉱石を〈矢〉の形に加工したということ。これこそが彼女をつらぬいた〈矢〉です。その鏃（やじり）はつまり未知の鉱物とおなじ物質でできている」

リサリサたちはかねてから国境をまたいで調査を進めてきたが、これまではあくまで不確定な言説にすぎなかった。当事者の証言や証拠といった血肉をそなえておらず、長きにわたってバミューダの三角海域やバビロンの空中庭園とおなじように噂や物語のなかにしか居場所のない存在だった。こうして今日、イザヘラ・メナ＝メナと対話するまでは。

「だれが、なんのために〈矢〉を生みだしたのか――」

オクタビオに、ホアキンに、すべての調査員たちに、世界の秘密に関する巨大な問いを投げかけるようにリサリサは言った。

ブリーフィング・ルームにいる者のすべての呼吸が、血流が、その瞬間だけ止まったかのようだった。ホアキンとオクタビオはたがいに顔を見合わせて、意識の縫い目がほころんだような自失の色を相手の表情に認めていた。

「ある完璧なる神のような力を求めた者。脈々といにしえより生きてきた血族、あるいはその系譜につらなる者が、知られざるウイルスの真価を察知し、鉱物から〈矢〉への加工を謀った――研究者や識者からの進言を総じて、わたしたちはそのような仮説を立てています。それこそ常人の持ちえない時間感覚をそなえた者が、来るべき世界を遠望して、古くからの神秘を掘り起こすことで過去と未来とを架橋したのです」

おそらく一本や二本ではない、数本の「矢」が作られているはずですとリサリサは言った。そして「矢」というものが有する性質から、あまねく世界を横断し、貫通して、戦場や紛争地帯といったところにも突き立つように出現しているのでしょう。

「あの娘が、イザヘラが証言してくれました。加工された〈矢〉のうちの数本は、彼女たちをあのような惨(むご)い目にあわせた請負屋(ポジエーロ)の——アルホーンという領袖(りょうしゅう)が所有しているようです」

　アルホーン。

　初めて耳にするその名を、オクタビオが噛むように復唱した。

　このグアテマラに同時多発的に現われた異常な力を、人智を超えた能力を目覚めさせるのは、過去から飛来する「矢」——イザヘラだけではない。ファビオ・ウーブフも、他にもたくさんの標的(まと)がその尖端に射貫かれているのだろうか。

　アルホーンという男は、能力に目覚める者を増やしてどうするつもりなのか。私兵のように組織して王国を築きたいのか。既成の価値の紊乱(びんらん)者となって社会や国家の転覆を狙うのか、あるいは密入国の斡旋(あっせん)につらなるビジネスへの投資か？　いずれにしてもただの違法業者ではない、世界に手配されるべき最重要指名手配者にほかならない。リサリサは二つの掌(て)を天秤(てんびん)の皿のようにかざして言った。アルホーンは「矢」によって人を篩(ふるい)にかけている。射られて淘汰(とうた)されるか、それともあらたな生命力とともに蘇生(そせい)するか——

「わたしたちの役割は、出まわった〈矢〉を残らず財団の管理下に置くこと。さしあたってこの中南米でアルホーンとその配下の者たちを捕らえ、所有しているすべての〈矢〉を回収します」

グアテマラの夜は、頭上を埋めつくす星々と、この世の涯（はて）のような暗い地平線に囲まれていた。

リサリサによる「矢」の話にすっかりあてられて、ブリーフィングを終えてから施設のテラスに出てきたオクタビオは、外気にふれても頬をひくひくと痙攣（けいれん）させていた。瞼の動きが緩慢になり、うなだれて言葉もとだえがちになる。あごを胸元に落とし、手足を水平にかかげれば磔刑像のようにも見えそうだ。感情がどうにも波立って落ち着かないらしい。ホアキンもそんな相棒の姿は見たことがなかった。

それでも二人の間には、無言でも伝わる意思がある。ホアキンにはおのずと理解できた。オクタビオはこう言いたいのだ、これはおれに向かって起きている異変だ。おれのために開かれた驚異だ。たったいま行動と決断を求められているのはこのおれだ——

鉄の蝿（バラ・デ・モスカス）が飛んでいる。どこからか翅音が聞こえる。落とし穴（アグヘロ）のけたたましい崩落の音もこだましている。

オクタビオとホアキンの内側では、非日常の残響がくりかえし響きわたっている。混乱、絶叫、涙、吐瀉物（としゃぶつ）、戦争の霧。両目を閉じればめくるめく戦いの情景が瞼の裏を塗りつぶす。頭上をふり仰ぐと、夜の天幕はさながら無限の深さをそなえた穴のようだった。天地が逆さまになり、知らないうちに体が浮きあがって、深淵（しんえん）に吸いこまれていきそうだ。ホアキンは空に落ちていかないように両足を踏みしめていたが、かたやオクタビオは口元に皮肉な笑みをほのめかせていた。

「つまり、それぞれに違う能力が目覚めるってことだろ。その〈矢〉に選ばれたら……」

オクタビオがそこで口を開いた。ホアキンはその横顔に危険な兆候を嗅ぎつける。決して直情なだけではない、オクタビオのきわめて厄介な性分が首をもたげていた。飽くなき野心と力への憧憬。あらゆる希望が蒸発してしまったからからの大地で、昼も夜も渇いて死ぬように眠る——そんな現実を脱け出せるならどんな犠牲も厭わないと吼えたてるときのオクタビオだった。

「おれはどっちだと思うよ、ホアキン。おれがその〈矢〉に射られたら、ころっと逝っちまうのか、それともとんでもない能力に目覚めるのか。あんな話を聞かされたら、だれだってそう考えるよな?」

オクタビオ、ろくでもないことを考えるのはよせよ——喉と口の境目までせり上がってきたものを確かめるようにホアキンは手で首元をまさぐったが、相棒をたしなめる返答が言葉を結ぶことはない。

「あんな話を聞いたら、そりゃざわつくだろ?」

脈打つ鼓動が、動悸が、二人の体の奥底でそれぞれに激しくなっていた。たしかに扉は開かれた。あんな話を聞かされたら元の世界には引き返せない。巨大な眩暈のなかを回りつづけているようでもあったし、すこしずつ癌細胞に侵されているようでもあった。

地平のはるかな遠方には、ほのかに白いような赤いような火が揺らめいているのが見えた。北東の森の方角だ、石積みの塔と遺跡の方角だ。するとあれは田畑を焼きはらう野火か――しかしその火は、まばゆい希望のように燃えてはいない。たくさんのことが過ぎ去ってしまったあとの溜め息のように、遠い前世の記憶のようにこころもとない残り火だった。ホアキンはそぞろに足元を泳がせる。みずからの体がそのまま音もなく夜の幕を破り、ちぎれた凧のように飛んでいってしまいそうだ。そんなおぼつかない浮遊感を押しとどめるかのように、オクタビオがその手でホアキンの肩に触れた。疼くような高揚を隠しきれない顔がホアキンに向けられていた。名づけようもない心情を宿した瞳の色が、引き結ばれた唇が、肩の強ばりが、片時もとどまることなく変化する面差しが、かつてあったことがないほどに雄弁に語りかけてくる。このおれが、おれがどこまで行けるかはわからないけど、友よ、お前も行けるところまで一緒に行かないか？

第2章

サン・ファン・デ・ルリガンチョの悪霊

Fantasma de San Juan de Lurigancho
in Peru
1974

Ⅳ

一九七四年、ペルー

聴こえるだろうか、その叫び（グリート）が？

神なき時代に生を享（う）けたあらたな「王」を、ここでもう一人紹介しなくてはならない。世界の辺縁をなぞるように流浪して、一九七〇年代の初頭に祖国に戻った一人の帰還兵を――すでにお気づきかもしれないが、彼もまた「驚異の力（ラ・マラビジャス）」に深く囚われる現地出身者の一人である。名づけえないその力を、その類いまれな像（ヴイジョン）を、「悪霊（ファンタスマ）」と呼びならわした最初の人物でもあった。

オイル・ショックの遥（はる）か以前、石油と鉱石の採掘業で財をなした一家に生まれた。彼が十七歳のときに父親が亡くなったが、三男だったので鉱山や土地などの有価資産は相続せず、家督を継がなくてもよかったので国軍に志願入隊した。北軍分遣隊（アグルパミエント・デ・ノルテ）の第三十三歩兵隊に配属となり、エクアドルとの国境紛争ではサルミージャ川を挟んだ敵領内のエル・オロ県へ進軍した。領土を侵されたエクアドル国境警備隊の反撃は凄（すさ）まじく、熱帯林にひそんだ彼はマラリアやチフスにやられ、蛆を湧かせる同胞を目の当たりにした。敵兵を殺し、諜者（ちょうしゃ）が潜んでいるとおぼしき村落を掃討した。食料の徴発、家屋の焼却、見境のない銃殺。捕虜の最期に見開いた目が、少年の後頭部に咲いた銃痕の花と重なりあって脳裏に焼きついたが、それよりも赤痢（せきり）による肛門括約筋のゆるみで軍服を汚してしまうことのほうが気がかりだった。停戦協定が結ばれて除隊となり、それからブラジルやメキシコを旅してまわった。ありついた日雇い労働で酒代を稼ぎ、本を読み、ひとところに落ち着かずに移動を重ねた。酒場の用心棒やぽん引きもやった。麻薬の密輸や密入国の請負屋（ポジェーロ）にも顔が利くようになった。旅行者のガイドや地質調査の助手もやった。その間、みずからの来し方行く末に思いをはせたことはない。有産階級の出身である彼にとって、悪臭の去らない路地裏はそもそも無縁の地であったが、それでも落ちぶれたと自身で感じたことはない。大金を稼いでも女を抱いても喜びはなく、周りにいる人間は動く死体（カダベル・エン・モビミエント）にしか見えなかった。これは従軍経験のせいか？　違う。戦地におもむく前から、入隊を志望する前から、幼少のころからずっとそうだった。家族や友人までもが歩く死体（カダベル）にしか見えないということは、自分もそうだということだ。おれはどうやら空っぽだ。おれは巨大な空洞だ。うがたれた洞（うろ）の奥からは、ゴォォオオオォォォォォ……、と素性の知れない叫び声（グリート）が上がってくる。みずから名づけた「絶叫する魂（アルマ・グリタンド）」の正体をようやく突き止めたとき、彼は四十九歳になり、数十年ぶりに故郷に帰ってきていた。

　生家には戻らず、首都の郊外にあらたな拠点を置いた。国内のいたるところに出没して、近隣諸国にも足を延ばした。その日、彼はリマの北のサンタ・ロサにいた。聖人の名を冠された港町で、西向きの窓の外には太平洋が見渡せた。鉱滓（こうし）をたたえた大きな桶（おけ）が揺すられているように、広大な海にたえまなく銀色の瞬きがたゆたっている。砂煙がもやのように漂う海岸線を、痩せた犬の親子がさまよい歩いていた。

このあたりは中産階級が暮らす住宅街だ。大きな窓がある寝室で、半裸になり、ベッドの背にもたれかかって海景を眺めていた彼を、訪ねてくる者があった。玄関の呼び鈴は鳴らなかった。音もなく扉が開き、寝室に入りこむ外光の量が増す。それでも灯りをともさない室内は薄暗くて、予期せぬ訪問者の顔も逆光で見えなかった。

「だれだ」

起き上がらずに訊いた。声をかけてもすぐには近づいてこない。一歩二歩、遠慮がちに室内に入ってきた。恵まれた体つきの大男で、薄くつながった眉の下では暗い眼差しが光っている。彼を迎えにきたようだが、憮然として口を利かない。護衛としてはこの上なく有能な男なんだがと彼は思った。厳めしいそのあごは普段からみだりに上下しない。放っておけば世界が終わるまで黙っていられそうな男だった。

「サントスです。ボス」

ようやく口を開いたかと思えば、微かに声が震えている。締まりのない顔つきだった。ハウスダストでも気になるのか、鼻をすすっている。

「サントス。ドス・サントス。いったいどうした、そんな腑抜け面で迎えにくるなよ」

「こんなところで、なにをしているんですか」

「見てのとおりだよ。ゆっくりさせてもらっている」

「戻っていただかないと、そろそろ……車を待たせてありますので」

「お前も一息入れろ。冷蔵庫に酒があるから、好きなのを取れよ」

かれこれ数日はこの家にいる。過ぎていく時間は酒精でぼやけている。三日は籠もっていただろうか、転がった瓶の本数からしてそのぐらいだ。換気されていない寝室には湿気と埃と、独特の臭気が吹き溜まっている。ベッドのシーツにも酒をこぼしていたが、彼はなおも瓶からじかに酒を飲み、皿に載せた漬物の薄切りをつまみあげてムシャリ、ムシャリと齧った。そろそろ去るべきなのはわかっていたが、去りがたい。もうしばらくこの家の住人と寛げる時間が欲しかった。

「こういう時間にこそ、おれは頭が冴えるんだ」だから彼はごねた。口を開いたはずみに髭にへばりつく何日か前の食べ滓がシーツに落ちた。「思索しえないものについて思索する、そんなひと時こそが貴重だ」

「服を着てください」サントスはしつこかった。「ここはあなたのいる場所じゃない」

「お前も思考しろ、たとえば〈戦争〉や〈殺人〉についてだ。その本質はなんだ？」

「おれには、わからない、そんなことは……」

「戦争も人殺しもその本質は、非対称性だ。行為と結果が等しかったためしはねえ。銃の引き金を引き、火炎放射で村民を焼き殺した兵士が、引き起こされた結果に釣りあうだけの深い思想や葛藤をそなえていたと思うか。天秤の片側に、積みあがった屍を載せてみろ。その反対側になにを載せたら水平が維持される？　この国の将軍たちでは軽すぎる。かといってちょび髭の総統でもおばちゃん面の国家主席でもおなじことだ。どれほどの大量虐殺や粛清の命令者であっても、そいつ自身には重さも深みもねェ。そこにあるのは軽すぎてどうにもならない自己愛や狂信や意地だけだ。わかるかよ？　天秤が水平になったためしは有史上一度もねえんだ」

彼が話しているあいだも、ドス・サントスは視線を彼の顔に固定している。目を離せないわけではない。あえて他の場所を見ないようにしているのだ。

「だからこそ戦争はなくならねェ、殺人課の遺体安置所は今日も満杯だ。深みや重みのなさこそが逆説的な錘になって、あらゆる同族殺しはつねにこの世の普遍でありつづける。〈絶叫する魂〉を引きずり出すのに必要なのも、その軽さだ」

おれは解放したいんだ、と彼は言った。

「お前には、その意味がわかるな」

「ええ」

「お前はそれに選ばれた。だからおれはここにいるんだ」

「他にも数人、待たせてあります。舎房に入れてあります」

「あ、そう？　そういうことなら、ぼちぼち戻るとするか」

われ知らず声が弾んだ。おもむろに立ちあがった彼は、そいつを取ってくれとドス・サントスに言った。ベッドの右側に落ちているのは、洋弓銃（クロスボウ）だ。グラスファイバー製の弦（げん）とチタンで作らせた特注品。あとはどこにやったっけと寝室を見まわして、ややあって見つけた。彼はベッドの左下に倒れた夫婦（ラ・パレハ）に突き立った「矢」を引っこ抜いた。ラグマットに血の染みがひろがっていた。重なりあった夫婦（ラ・パレハ）の体にもところどころ散っている。動揺を押し殺すように息を呑んだドス・サントスは、寝室に入ってからずっとベッドの左側を見ないようにしていた。

臨月の妊婦と、その衣をはだけさせてお腹に耳をあてた夫。

腹のふくらみの真ん中から少し下に、豆のさやの筋のような線が一本入っている。

刺さっていた「矢」は、夫の側頭部から入って、妻のふくらんだ腹を貫通していた。

脱いでいたシャツを羽織り、手首に金時計を塡（は）める。彼は身支度をしながら複雑な浮き彫りの施された鏃（やじり）に見入り、ラグマットの上の夫婦（ラ・パレハ）を見つめた。物憂い溜め息がこぼれる。この家へは押し入っていない、玄関から招き入れられたのだ。しかし彼にとっては残念なことに「矢」は若い夫妻（パレハ・ホーベン）にあらたな命をもたらさなかった。

「わが子の寝息を、腹を蹴とばす音なんかを聞かせてやろうと思ったんだけどな、これといって反応はなかったようだ。射貫いてからもしばらく待ったが、夫婦（ラ・パレハ）のどちらにも発現はなかった。胎（はら）の児（こ）にも期待をかけたがだめだ、なんにも起こらなかった」

たしかにその矢は――夫の頭部から入って腹の皮と脂肪をつらぬき、さらに子宮の奥へ――ただ一度の射出で親子三人の命を奪っていた。

気の向くままにサンダル履きで出かけていって、見ず知らずの家の戸を叩き、洋弓銃(クロスボウ)から矢を放つ。彼が好んで選ぶ標的の選び方だった。崩れそうな表情をかろうじて保ち、唇を結んだドス・サントスとともに寝室をあとにする。リビングには家具が散らかり、飾り棚から物が落ちている。硝子の破片が散らばった床には、ひとつ、ふたつ、血溜まりができていた。矢創(やきず)を負った老夫婦(パレハ・デ・アンシアノス)が事切れている。あと数日でおじいちゃんおばあちゃん(アブエロ・イ・アブエラ)になるはずだった二人――一家全滅だ。彼はこの家の一人ひとりを追いつめて、洋弓銃(クロスボウ)を向け、充分な時間を費して射止めていった。壁からは額装された写真が落下している。床に落ちて亀裂が入っている。この写真が一家全員の遺影となっていた。肩を寄せあってまぶしそうに笑っている家族の写真には、二世代の夫婦と、それから彼の配下になる前のドス・サントスが写っていた。

「ここは、おれの実家です」

サントスは、堰(せ)き止めていたものを吐きだすように言った。

「あ？　んなこたぁわかってる。もしかしてお前、ただ実家に帰ってきただけか」

「迎えにきたんです、あなたを……家族とは縁を切っていましたから」

そうは言いながらもかなりつらそうだ。絶縁していたとはいえ、すべての思い出を断ち切れるはずもない。混乱と動揺、悲憤、嘆きや罪悪感があふれては消え、顔じゅうの筋が不憫（ふびん）なほど波打っている。まったくなんてこった（アイ・ディオス・ミオ）、と彼は天を仰いだ。

「つくづく残念だ。お前は類いまれな発現を見せたから、だからこそ時間をかけて待ったのに。血縁や親等、生育環境が発現に影響を与えるのかを試さないとならなかったからな。お前の親も姉夫婦もはずれだったところを見ると、あくまで個人の資質によるのかね。つまるところ〈絶叫する魂（アルマ・グリタンド）〉の持ち主かどうかが分かれ目なんだろうな」

興味はつきない。女も子どもも例に漏れず、年齢や人種も問われない。これまで三桁（けた）に上る標的を狙ってきたが、発現率は二割にも達していない。無駄打ちを避けるために、徒労感をおぼえないために、彼としてはそろそろ確度の高い法則をつかんでおきたかった。ひとつがえの洋弓銃（クロスボウ）と「矢」によって、あらゆる他者の虚（うつ）ろな空洞に手を挿しこみ、表に出られなかった叫び（グリート）をこの世に引きずりだす。これこそが彼に与えられた役割であり、その他のビジネスや組織拡大はあくまで付加価値にすぎない。おのれの言葉どおりに深みの欠如を、普遍的な軽さを体現して、この世界をあらたな地平へ連れていく。

サントスの家を出たところで、戸口に塵が舞いあがった。殺気立った気配が充満している。彼らは囲まれていた。サンタ・ロサ市警察の警官隊が詰めかけ、車両などを楯にしながら拳銃をかまえて「武器を捨てろ、二人とも動くな！」と尖（とが）った声を浴びせてくる。数方向を車や人の壁にふさがれ、向かいの屋上や窓際には狙撃手も配置されているかもしれない。警察の手配書のなかでも最重要危険人物(ペルソナ・マス・ペリグロサ)がまさに目の前にいることを、詰めかけた全員が把握しているようだった。

「なんだァいきなり、やぶからぼうに！」おのずと声が荒くなった。「お前、尾行でもされてたんじゃあないか。この野郎、警官隊をぞろぞろと引き連れてきやがって」

「そんなはずはない……ボス(エル・ヘフエ)が長居するから通報されたのでは」

「おれなもんかよ、お前だろうが」

ドス・サントスの眼光も鋭くなっていた。

彼は鼻から息を抜くと、肩をすくめてみせた。

「こいつらは、お前が始末をつけろ」

そうして彼は、傲岸(ごうがん)に言い放つ。路地につむじ風が吹きこんだ。塵が舞い、家々が軋み鳴る。雲が太陽を隠して路地を翳(かげ)らせ、彼とサントスの周りの闇の色が濃くなった。

「お前の〈悪霊(ファンタスマ)〉を出してみろ。少しはうまく使えるようになったんだろう？」

「わかりました(シ・セニョール)、アルホーン」

彼の名を呼んだドス・サントスの背後で、濃密な霊気が脈打つ。耳の中で血潮がうなり、立っている地面が揺れる。世界の端をつかんでメリメリと捲(まく)りあげるように壮大で、破壊的な災厄(デザストレ)の予感が降ってきた。すりきり一杯に水を満たしたコップへとどめの針を落とすように、それは次の瞬間、決壊した。

大地が破られ、空を絞りあげるような凄まじい絶叫（グリート）が轟（とどろ）きわたった。

「そうだ、解放しろ」アルホーンは、勅令（ちょくれい）のように告げた。

追憶のはじまりは、いつだって色のないシーンから幕を開ける。
塗り絵（リブロ・デ・コロレアル）のようなものだ。記憶の奥底にある場面を呼び起こそうとすると、まっさきに白黒（モノクロモ）の情景が甦（よみがえ）り、思い出すにつれて少しずつ着色されていく。だけど急（せ）くのは禁物で、記憶があやふやなのにこうだったはずという色に塗られてしまうこともあって、あべこべに着色の正しさに気をとられていると、出来事の細部がぼやけかねないので注意が必要だ。アンティグアの孤児（ウエルファノ）たちにとっても、原初の思い出はいつだって白黒（モノクロモ）だった。孤児（ウエルファノ）たちはそれを、どこかのだれかが撮った八ミリフィルムのように漫然と眺めるのだ。

ありったけの手の指を使わなくても齢（とし）を数えられたころ、お母さん（マドレ）とお兄ちゃん（エルマーノ）を亡くした男の子が教会の施設に連れられてくる。

髪の毛がやぼったくふくらんで、鶏（とり）がらのように手足の細い男の子だ。彼はふてくされ

ていて、彼は独りぼっちだった。

　ずっと昔にお父さん(パドレ)はどこかの戦場で頭をひっこめそこねて死んだ。お母さん(マドレ)とお兄ちゃん(エルマーノ)は自動車の事故だった。男の子も後部座席に乗っていたけど、男の子だけが助かった。身寄りがなくなって孤児院(オルファナート)に入れられてからも、男の子はときどき発作を起こすように、小さな暴風雨(トルメンタ)のように荒れ狂い、三日つづけて泣きじゃくり、そのあと三日ぶっとおしで眠りつづけた。新しい暮らしに慣れてきても、急に食事がのどを通らなくなったり、ふさぎの虫をこじらせたりしていた。教会の礼拝堂でシスターは男の子に説いた。

——我慢なんてしなくていいんですよ。他人の目なんて気にしないで、悲しいときは悲しんだらいい。めいっぱい発散して、泣きたいだけ泣いて、しばらくすると自分の胸の奥だけでそっと悲しめるようになります。悲しみはふだんは心の屋根裏部屋に大事に取っておいて、ときどき出してきて偲(しの)べるものになります。悲しむのはみっともないことではないけれど、いっぱい悲しんだらあとは心の奥にしまっておくもの。悲しみとは財産だけれど、あなたの目的ではないんです。

　就寝の時刻になると孤児院(オルファナート)の灯りは消える。男の子は暗闇に閉ざされるのを恐れていた。ラジオを切るみたいに眠りに落ちて、気がついたら朝だったという日ばかりではない。どうしても眠れないときはベッドの下の空間も、天井の木目模様もすべてが悪夢の温床になった。だからある夜、ベッドから這(は)いだすとふらふらと廊下に出て、食堂の前を通りすぎ、広間を抜けて、運動靴を履いて屋外へ出ていった。

朝はまだ遠かった。街路に人の気配はなかった。男の子はすぐそばの丘に登って、地平線の向こうに上がってくる太陽を待った。その丘は市街を一望できる高所にあって、大きな十字架(ラ・クルス)がランドマークになっていた。地面の砂に落書きが残っていて、落ちているゴミのなかには輪ゴムで木の枝をくくった十字架(ラ・クルス)や、布をまるめて紐で固めたサッカー(フトバル)のボールもあった。男の子は砂の上にゴールエリアの線を描くと、落ちていたボールでペナルティキックをして時間をすごそうとした。だけど練習にも遊びにもならない。シュートをしてもかならず決まるし、ゴールキーパーになったところでだれも蹴ってはこない。当たり前だよね、ペナルティキックは一人でするものじゃない。だれかとするものだ。たとえば兄と弟でするものだ。

おれ、兄ちゃん(エルマーノ)っていなくなったりしないもんだと思ってた。

シスターは言っていた。「さしあたって、他の子と仲良くしなくちゃいけません」

孤児院(オルファナート)で男の子は浮いていた。友達を作りなさいとシスターになんべんも言われていた。だけどできない。だれも近寄ってこないし、男の子からも近寄らない。だれにも兄ちゃん(エルマーノ)の代わりはできないし、一緒に遊びたくなる子もいなかった。だけどこういうときは？　一人じゃできないことをするときは？　追いかけてくる悲しみから逃げきりたいときは？　そういうときにはどうしたらいいんだろう。

厚い雲が月の光をさえぎって、丘の上の暗闇が濃くなった。暗いのはへっちゃらだ、なんにも怖くはない。夜よりも目を閉じたほうが暗い。涙でかすんだ両目をつぶると、夜よりも暗い瞼の裏の暗闇が現われる。それは光と無縁の闇だ。本物の闇だ。そこには重さがあって軽さがある。濃さがあって薄さがある。そこにはいつも色だけがなかった。

暗闇に呑まれると人はものが見えなくなると考える。視界をふさがれると恐れる。だけど本物の闇は、視界をふさがない。暗闇はそのとき、目の延長になる。窓のかわりになる。

そこで物音が聞こえて、男の子はハッと目を見開いた。こんな夜中にだれだ？　子どもにいたずらする浮浪者（テポローチョ）とかなら急いで逃げないといけない。だけど現われたのは大人ではなかった。視界に映ったのは小さな人影だ。自分よりも体の小さな男の子だ。

真夜中の丘に立つ、もう一人の男の子。

この子、どこの子だ？

おっかなびっくり近づいてくる。ゆっくりと遠慮がちに、だけどこちらの顔を見つめて、涙で滲んだ視界にたしかな像を結んでいく。その子はどういうわけか一言も口をきかなかった。だけどそのときは、その静かさが心地よかった。他のだれかがいてくれる実感がありがたかった。その子はあとから孤児院（オルファナート）に入ることになる新顔で、生まれつき言葉を発することができないのも後日に知った。だけど不思議とその夜からすでに、黙っていてもその子がなにを言おうとしているのかはわかるような気がした。

もう一人の男の子は、足元に落ちていた布ボールを拾いあげた。

それからゴールエリアを見た。たぶんこう言いたいんだ。

つまんないなら、ぼくが相手をしようか?

「うん、キーパーやってよ」

それがオクタビオとホアキンの、最初の出逢いだった。遠い日の記憶のなかで、オクタビオの追想のなかで、ホアキンにだけは最初から色がついていた。


オクタビオが女の子(ムチャチャ)とお医者さんごっこをするときは、ホアキンが病人か死体の役をやった。初めて酒を飲んだ夜には二人ともシャツを脱ぎ捨てて、焚き火のそばで二人ぶんの影を狂ったように躍らせた。あるかなしかの信仰心を見切って神学校をドロップアウトするのも、裏通りでのしあがっていくのも、故郷から旅立つときも二人一緒だった。

「おれはスラム街が嫌いだよ、ホアキン」

自分たちの力で、自分たちの外の世界に活路を拓いて、たどりついたペルーでは貧民街で廃品回収に汗を流した。脳味噌(のうみそ)をアイスクリームにする炎天下に、廃物でいっぱいの荷車を引きながら、自分たちの影とともに未舗装の道路を往き来していた。

サン・フアン・デ・ルリガンチョ——リマの東にある非合法街区(バリアーダス)。傾斜が激しい山の斜面の段々畑(アンデネス)のような地形に、不法居住者の建てた小屋がひしめきあい、細い階段や通路が狭い家の隙間を縫うように通っている。コンクリートや煉瓦(れんが)で建てた家屋、廃材を接(つ)いだだけの小屋が並び、細い路地には百の蛇がわだかまったような配水管や盗電のケーブルが交差し、洗濯物を干すためのたこ糸が渡されて、ゴミをまとめて投棄する金網が張られている。聖画がペンキで壁に描きだされ、マリア像を祀(まつ)った道端の祠(ほこら)があり、色褪(あ)せた木々には一度も雨が降りそそいだことがなさそうだった。甘辛い空気のなかで蠅(モスカ)が狂喜乱舞し、たえまなく漏水が滴るせいで路面は湿気(しけ)たビスケット(ガジェータ)のようにふやふやで、ほとんど崩れかけの段差も多かった。息苦しくなって頭上を見れば、密な建物と建物の間に切り抜かれた剃刀(かみそり)の刃面(はづら)のような空が見えた。

「新しい市街(まち)」とは名ばかりの、貧困な未開拓地(プエブロ・ホーベン)。首都の外れのスラム。

大気は汚染されて、煙が充満し、通りから遠近感を奪っている。

ようこそ(ビエンベニードス)、ここにはいろんな声の響きがあふれている。

途切れない喧騒。虫の集(すだ)き。残飯争いをする鼠の大騒ぎ。

夜と昼。肉と骨。鉱物が砕ける音。

チョウセンアサガオ(ダチュラ)のにおい。

生者だけでなく死者も騒いでいる。

過剰さ。色の氾濫。交わりと祭り。

宗教と伝説。

神と王。

オクタビオが痺れを切らしてわめいた。

「こんなことなら地元にいたほうがましだった！」

お・おお・おお、とホアキンは答えた。ぼくはわりと好きだけどなあ。

「どこがだよ、バーカ。こんなの釜ゆで地獄にハエたかり地獄、ばばあのわめき声地獄に、靴の中がジャリジャリする地獄、おれたちここでなにやってんだ地獄、各種地獄の詰めあわせじゃあねえか。下っ端だからってこんなところに配置しやがって」

たぶん、ぼくたち以外だとあやしまれるからじゃないかな。

「お前よォ、馴染んでんじゃねーよ」

こういう仕事、向いてるのかもしんない。

「この擬態はいつになったら解けるんだ」

あ、一ソル見っけた。

オクタビオはうんざりしていたが、ホアキンは「擬態」に適性を発揮した。街区のあちこちで廃品を回収し、鉄屑や瓶はまとめて業者の換金所まで運んでいく。使えそうな廃品はきれいに磨いて、荷車に載せて行商のように売り歩いた。

オクタビオ&ホアキン商店のメニュー表はこちら。鉛筆五本：一ソル。赤鉛筆五本：二ソル。未使用ノート：二ソル。ハンカチ：二ソル。靴下五足：三ソル。お守り各種：三ソル。おしゃれサングラス：七ソル。懐中電灯：九ソル。まだ使えるリュックサック：十ソル。まだ使えるヌンチャク：十ソル。知らないおっちゃんの見合い写真：十三ソル。頭がゆらゆら揺れる聖母像：十五ソル。プロレスラーのセルロイド人形（ルチャドール）：十五ソル。流行りの歌手（カンタンテ）風のかつら：十五ソル。かっこいいコンドルの置き物：二十ソル……

あんまり売れなかった。まれに売れてもほとんどオクタビオのその日の飲食代に消えた。屋台で買っていたのは麦芽乳やインカ・コーラ、ビニール袋に入った豚肉の塩漬け、挽（ひ）いた段ボールの味がするハンバーガーはオクタビオの不興を買った。稼ぐために廃品回収をしているわけではなかったので、こんなはした金いらねーよ、とオクタビオはいつも投げ銭した。盲いた傷痍軍人（しょういぐんじん）のブリキ缶に投げると、硬貨の落ちる音で金額がわかるらしい軍人が、どうもありがとさん！　と陽気な声を響かせた。

集めたいのは、金ではなくて生きた情報だった。

オクタビオとホアキンは、地元住民に間違えられるほどにサン・フアン・デ・ルリガンチョに通いつめた。スピードワゴン財団の調査員見習いとして、現地の噂や証言を集めてまわり、そこに潜んでいるはずの男をあぶりだすために。

J・D・エルナンデスによると、財団の調査員に加わるためにはまず教習期間が設けられ、身体検査、視診、打診、聴診、X線、粘膜をこそいだりする生検、護身術や諜報術の習得、長距離ランニングやボクシングのスパーリング、それらの各項目で資格と適性が「可し」と認められてからようやく採用となるが、特例としてアンティグアで現地雇用されたオクタビオとホアキンは、およそ半年にわたって移動の車や宿舎でも学習やトレーニングの時間をつねに義務づけられていた。

オクタビオはうっとうしがったが、ホアキンのほうは並外れた努力を重ねた。教わった知識を復習し、J・D・エルナンデスの指導には従順に服して、財団の綱領はその一言一句を暗記した。創設者のロバート・E・O・スピードワゴンの教えや信条を諳んじて、リサリサことエリザベス・ジョースターの一族の戦いの系譜も詳解することができた。いまは「驚異の力」について判明しているかぎりの知識を勉強中。切磋琢磨してたちまち素質を花開かせ、貸与されるいかにも組織のエージェントらしい黒スーツと黒サングラスも、車輪のロゴ入りの作業着もシャキッと着こなした。型にはめられないオクタビオのぶんもすすんで型にはまり、あらまし死に物狂いで急成長を果たしていた。

「ありがたくて涙が出るね、朝から晩まで荷車を引いてへとへとなんだよ」オクタビオのほうは座学はからきしだった。「お勉強はまたにしてくれ、エルナンデスさん」

リマの支部に戻ってくるなりオクタビオはぶうたれた。ペルーでも空き家を改装し、調査員や研究員が詰める拠点が置かれていた。資料や医療機器や検査設備が持ちこまれ、職員がめいめいのデスクでペンのお尻を噛んだり、顕微鏡を覗きこんだりしている。「君もホアキンを見習え」J・D・エルナンデスは言った。「現地調査だけが仕事じゃない、デスクに向かう時間こそが業務の大半を占めるんだから」

「報告日誌ならホアキンがつけるって。どうしてもお勉強しろってんならそろそろあれを教えてよ。セニョーラが使う奇蹟の技を」

「あれは、厳しい専門訓練を要するものだ」

「水の上を歩けるとか、他人を操れるとかって本当なのかよ。エルナンデスさんも使えるのか」

「私は、波紋使いではない」

「リサリサの他にはいねーの？」

「軽く言うな、波紋とは……」

J・D・エルナンデスがそこまで言ったところで、おあ！　とホアキンが挙手して、身ぶり手ぶりで学習の成果を知らしめた。「波紋」とは東洋の仙道に伝わる秘術を承継し、リサリサやその先人が発展させた呼吸法で、素質のある者が修練を重ねてはじめて習得される。呼吸を律し、血流の循環をコントロールすることで太陽光とおなじ波長の生命エネルギーを生みだす。このエネルギーを放出して「波紋疾走（オーバードライブ）」という物理攻撃に転化できるようになるには、さらに血の滲むような鍛錬（たんれん）が不可欠となってくる。

「ホアキン、よくできました。そういうことだからお前のようなポッと出には無理」

切って捨てられたオクタビオは、唇をひん曲げてムニャムニャと異論を唱えた。

「だけど、おれたちは危険な相手を追ってるわけだから。〈驚異の力〉の使い手とは丸腰じゃわたりあえないだろ。おれたちにも修業させといたほうがいいって。おれも使いたいし。習得しとけばなにかと役に立ちそうだし」

「簿記の資格みたいに言うな。素質があればあの人が見抜いているはずだ」

「だけどセニョーラだって日常でちょいちょい波紋を使ってるぜ。こないだなんてホテルの朝食で、エッグスタンドの生卵に人差し指を当ててさ。卵白だけがボイルされてて黄身はナマってやつを美味そうに食べてたよ。なあ、ホアキン」

おお・うあー、とホアキンが同調した。あれはおいしそうだったね。

「だよなー。そもそも〈波紋〉と〈驚異の力〉はどっちが強力なんだ」

「それは、使用者の資質と力量によるだろう」

「たとえば、そのどっちも使える人っていないの？」

「まだいません。少なくとも財団の知るかぎりでは」と答えたのはJ・D・エルナンデスではなかった。

リサリサが来ていた。あちゃあ、どのへんから聞いてたかな？　オクタビオは指揮官の心証を害したんじゃなかろうかと心配したが、リサリサは意に介さずに「ではみんな、席についてて」と一同にブリーフィングの開始をうながした。

あいかわらずヒールの踵は高いですね。なんかこの人、ちょっと若返ってきてないか？　女王蜂のように巣の外へはめったに出ないが、それでも調査の前線に出張っているからか、白銀色の長髪からも背筋の伸びた立ち姿からも、たおやかな強度を増した生気がそれこそ「波」のように放出されている。凛とした引力のようなものに会議嫌いのオクタビオすら視線を惹きつけられた。

「では、報告を」

リサリサのひと声で、働き蜂たちは数日間で集めた蜜や花粉をせっせと献上する。

ブリーフィング議題（i）、「驚異の力」の分析について――

研究部門のウェルメル・ドミンゴが指名された。オクタビオやホアキンはまともに話したことのない内勤の職員だが、白衣の左胸に留められた長方形の金バッジに名前が刻印されている。整った顔立ちで体形もまずまず、『フォーブス』の表紙を飾っていてもおかしくない元奨学生の学者といった風情だった。

「えー、オホン……」咳払いをしてドミンゴは報告をはじめた。「私たちはグアテマラで遭遇した二名の能力者に対する聴取と研究、各地から上がってくるサンプルを含めた比較分析を進めています。行動科学、精神医学、民俗学、生体力学、超心理学などの各分野の専門家ともデータにもとづいて意見交換を重ね、一連の事象について予測的・定量的計算をおこない、これによって数値化できない部分の定性的判断をまとめました」

うんうんなるほど、と頷きながらオクタビオは毎分の首を振る回数を数え、どのぐらいのペースなら謹聴のふりができるかを試していた。学校の授業とおなじだね、こんなふうに自分とは無関係の小難しい話がつづくと、前の日に放映されたサッカーの試合結果や、直近でありつけそうな女の子とのデートを考えてしまうものだった。

「……個々によって発現する事象は異なってまして、その影響力や攻撃性、持続力、影響範囲、本人にかかる負荷なども誤差を越えた数値となっています。ひとつの共通項として──これは医学や心理学の観点からも検証しなくてはなりませんが、能力を発動するときに特異なヴィジョンが顕在化するという当事者の言を得ています。これについてはエルナンデスさんから」

立ち上がったJ・D・エルナンデスがドミンゴの話を引き継いで、

「私が面会を重ねたファビオ・ウーブフは、みずから命名した〈蝿の王〉を発動するとき、本人の分身のような、影のような存在が現われたと語りました。この分身はたしかに実体をそなえていて、ただし自分以外には目視も認識もできなかったと」

「ふむ、ただの幻覚ではないということですか」

リサリサが訊いた。真偽のあやふやな報告だが、否定材料を探している様子はない。

「本人の言葉を借りれば、それは〈昆虫の複眼をそなえた王侯貴族〉のような姿をしていたそうです」

「あちゃあ、そりゃ妄想だ」

オクタビオは口走っていた。蝿の貴族だって？　あのいかれぽんち(トントポーラ)のキチェ族の言うことだ。まともに取りあっていられない。「それ(いい)が見えない他人に、それ(いい)のことを話すのは難しい、とファビオは言いました」J・D・エルナンデスは報告をつづけた。

「視覚疾患、意識障害による幻覚、アルコール中毒や薬物の離脱症状による幻視の可能性もありますが」ドミンゴがいくつかの症例を補足した。「彼の場合、中脳辺縁系のドーパミン神経に過活動が見られました。他にもシャルル・ボネ症候群という障害でも複雑幻視は起こりえます」

「それ(いい)は無気味な声で啼(な)き、見えない鎖で縛るようにファビオ自身に働きかけてくる。そうなると彼自身は恐怖や不安にさらされて、脳髄が毛羽立つような感覚に襲われ、湧きあがる衝動に身をゆだねずにいられなくなったそうです」

「ファビオの〈神聖恐怖症(ヒエロフォビア)〉の具現化、ということなのかしら」

リサリサは静かに息を吐き、もうひとりの能力者についても言及した。

「イザヘラ・メナ＝メナは〈あたしはチョークを出すの〉と言っていました。彼女によるとそのチョークは、手のひらにいきなり現われて、ひとりでに動いて地面に線を引き、使っても使っても減らない魔法のチョークだったと」

「彼女もまた、彼女にしか見えないヴィジョンを見ていた」

「二人の主観によれば、〈驚異の力〉は実体をそなえたヴィジョンによって媒介され、本人以外にも物理干渉を加えるということね。対策は？」

「能力者と交わる際にどのような影響を及ぼすかは、サンプルが足りません」

「わかっているのは、それが〈矢〉によって抽き出されたということ――」


つづけて議題（ii）、「追跡対象」について――

報告者として、アキ・マルセラ・デ・ラ・ベーガが立った。たっぷりと脂肪をつけた日系ペルー人で、たまねぎのような鼻先に半月形の眼鏡をかけている。このおばさんは中南米でフィールドワークを重ねる考古学者で、嘱託の調査員ながらここにいる彼女以外の全員の知識を足したよりもこの国の歴史や地理に関する知識が豊富だった。

「あたしたちは、フェルナンド・アルホーンの写真を入手しました」

配られたのは、八年ほど前に採掘会社の同僚が撮ったという写真だ。わずかに青みがかった写真には、たくさんの採鉱労働者に囲まれた男が写っていた。彫りの深い面立ちで瞳は虹彩の部分が翠色、頬やあごの線は鍛冶屋が鍛えたように鋭い。アクション俳優にもぽん引きにも、露天商にもギリシア神話の登場人物にも見える。腕や首や胸元には大青を煮出して彫った刺青が氾濫していた。蜥蜴。鷲。茨。稲妻。十字架。神聖文字。射撃の標的。綴りのミスが心配になるほど長文の革命思想のスローガン。アキ・マルセラいわく、話をすれば非常に気さくで弁が立ち、知能もすこぶる高く、哲学書などを好んで読みふけるような一面もあったという。

「ずっと尻尾をつかめませんでしたが」アキ・マルセラは言った。「あたしたちは各国の諜報機関とも連携して何年もこの男を追ってきた。基本情報は固まってきました。十代のころから従軍し、除隊後には放浪生活を送りながら、数えきれない違法行為に手を染めてきた。密輸や密入国の請負屋、強盗や誘拐団を組織化。暗殺や毒殺による政治工作、極左過激派への支援といった未確定の噂も含めて、悪事のストレートフラッシュを狙って手札を集めているみたい。この男が地質調査のガイド役を通じて〈矢〉の存在を知り、これをいずれかの経路で入手した。現在ではあちこちで〈矢〉を濫用し、能力の発現した者を集めて準軍事組織めいたものを築こうとしている」

オクタビオは食い入るように写真に見入っていた。

この男が、アルホーン。

オクタビオの目の底が沸騰しているのを、ホアキンは見逃さなかった。

忘れるな。網膜に焼きつけろ。あらたな生かそれとも死か――人間を篩にかける「矢」を手にしているのは、この男だ。

「無節操、軽薄、空虚」リサリサも写真に見入っていた。「どこまでも深みに乏しい。といって猿山のボス型の犯罪者でもない。わたしはあなたたちが生まれる前からおばあちゃんだったから、この男よりもはるかに悪辣な、天変地異そのもののような存在とも相まみえてきた。だけどこの男からは、むきだしの欲望や悪意といったものが感じられない。この世界のなにもかもが虚ろな彼の瞳に吸いこまれて、決して出てこられない。底なしの奈落に手足が生えて這いまわっているみたい」

「そのとおりです、リサリサ」アキ・マルセラが言った。「この男の思惑には計り知れないところがあります」

「アルホーンにも……」J・D・エルナンデスが口を挟んだ。「この男にも〈驚異の力〉は目覚めているのでしょうか。彼は自分自身にも〈矢〉を使ったのか」

「その点に関して、先ほどの議題とも通じることですが」アキ・マルセラは他の調査員に機材の準備をうながした。「密入国がらみで国境警備隊に取り押さえられたり、空港で足止めを食らったり、他国の警察で取り調べを受けたりして、アルホーンは収録された音声をいくつか残しています。ペルー警察や国防情報局に保管されていたこれらの素材から、〈驚異の力〉について述懐しているとおぼしき箇所を編集して、ここに用意しています」

アキ・マルセラの指示でオープンリールのレコーダーが再生される。録られた空間の音がにわかに甦った。国境警備隊の尋問室のようだ。熱帯の鳥や虫の音のアンビエント。呼気と衣擦れ。資料の紙をめくる音。雑音に交ざって男の声が聞こえてきた。酒嗄れしたハスキー・ボイスが、淡々とよどみなく質疑に応じていた。

アルホーン：あんたもどうせ、言い逃れやはぐらかしだと思っているんだろうな。
取　調　官：ははっ、だれでも〈悪霊(ファンタスマ)〉が入ってきたなんてぬかす輩(やから)にはそう思うさ。
アルホーン：違うね。入ってきたなんて言っちゃいない。そいつはおれのなかから出てきたんだ。火事の煙みたいに黒々と濁っていて、目を凝らしても形がわかりゃあしねェ。ずっとおれのなかで叫んでいたのはそいつだった。
取　調　官：たまに起きるよな、視界の端っこに人影が見えるたぐいの錯覚が。
アルホーン：そんなつつましいもんじゃねえ。そいつはしょっちゅう現われて、体の前に張りつくみたいに立っていたこともあった。そんなときは黒ずんだ煙のなかに、顔が見えた。人の形が見えた。そこでわかった。ああ、こいつはおれの肖像なんだって。
取　調　官：薬物中毒じゃないなら、ホラー映画に毒されたありきたりな妄想だ。
アルホーン：肖像ってよりも、似姿(にすがた)、といったほうが精確かな。そいつはおれによく肖(に)ていた。以来、そいつはおれの五感の延長として働くようになった。

アキ・マルセラがそこで一時停止をかけた。
「ざっと聞いたかぎりでは、頭のネジが掌(て)に山盛りになるほど抜けた狂人の戯言(たわごと)にすぎません。だけどここで言っている〈悪霊（ファンタズマ）〉は、先ほどの特異なヴィジョンとも符合してきませんか」
「みずから〈悪霊（ファンタズマ）〉と表現しながらも、それを使役していたことを仄（ほの）めかしている」リサ
リサが目を細めた。「このときすでに、彼は〈矢〉を手に入れていたと考えていいのね」
「おそらくは。ここからさらにまわりくどい物言いになりますが」

アルホーン：おれは感覚の網をひろげて、獲物がかかるまで網の中心にぶら下がっていりゃあいい。
取　調　官：へーえ、蜘蛛（くも）の巣みたいだな。
アルホーン：たしかに蜘蛛だな。放射状に五感をめぐらせて、獲物がかかってから動きだす。
取　調　官：向こうから寄ってくるわけか、あんたの餌食（えじき）になるあわれな虫が。
アルホーン：おれはそこにかかった獲物を、巣の糸がわずかに跳ねる感触で察する。世界はそういう感触であふれていて、他のものが入りこむ余地はねえ。
取　調　官：あんたには、普通の人間と違う世界が見えているってわけけか。
アルホーン：おれの世界には、つねにおれたちがいるのさ。思考も感覚もこれに合わせて裁（た）ち直され、繕（つくろ）われて、真新しいものになった。それまでの感覚は細切

れにされて、この肌で、この五感で感じとれるものに新生した。あんたはどうだい、〈悪霊(ファンタスマ)〉の声は聞こえるか？　もしも聞こえないならこのことをどう伝えりゃあいい？　んなこたぁ無理だ。

取　調　官：もういい。請負屋(ポジエーロ)の小悪党が、気味の悪いことをべちゃくちゃと……

アルホーン：悪とか善とかは個人の内実に関わらねえ。行為の結果こそが悪で、善だ。

取　調　官：どうせ何年かは檻のなかだ。そこで能書きを垂れていろ。

アルホーン：ああ、そいつはよくねぇな。それは避けてえ。

取　調　官：ふん、悔やむのが遅すぎるな。

アルホーン：こいつを解放したのに、おれが行動を制限されてたら世話ねえ。

取　調　官：どれだけの人間が、非合法な国境越えの犠牲になったと思ってるんだ。

アルホーン：おれたちのほかにも、解放を望んでいる声はごまんとあるんだ。おれたちは解放され得る、それを証明していかなくちゃな。

アキ・マルセラは再生を止めた。

録音素材のなかでアルホーンは、相手を煙(けむ)に巻いて、言葉でもてあそんでいた。たしかにそこには、舌の窪(くぼ)みにたえず悪意の毒を溜めている気配があった。あからさまに唾(つば)することはなくても、口の端からいやでも滴るような腐蝕性の毒。残響が耳に痛痒(つうよう)を与えている。頭のなかを素手で撫でられたような不快な感触があった。
「漠とした言葉を使っていても、アルホーンは〈矢〉の効果について、能力の発現につい
て理解していて、実地にその可能性を験していると考えたほうがよい。この男にもっとも
接近していたのが、わたしの直属の特殊調査官でした」
リサリサの一言で、ブリーフィング・ルームの空気が電位を上げて、つかのまの沈黙の
底に火花が滞留した。J・D・エルナンデスやドミンゴが、アキ・マルセラが、調査団の
上位メンバーがそれぞれに視線を交わしあう。不測の事態、喫緊の命題――本来であれば
このブリーフィングにも同席していてしかるべき特殊調査官の二名がいない。その理由は
オクタビオとホアキンも最近になって聞かされたばかりだった。
「わたしとこの二人の調査員は、たびたびペルー入りしてきた」リサリサが言葉を接いだ。
「アルホーンの拠点がリマにあることは確実視されていたから」
調査の指揮を執っていたリサリサは、ある事情からリマを離脱した。アルホーンは国内
外にその足跡を残していて、グアテマラから届けられたJ・D・エルナンデスの報告書を
無視できなかったからだ。アンティグアでは「驚異の力」の貴重な事例をつかみ、有望な
若手とも邂逅することができたが、しかしペルーに戻ってくるなり、残していった調査官
が二人とも消息を絶ったことを知らされた。
「生え抜きの有能な調査官たちです。よほどの非常事態でもないかぎり、わたしや財団と

の連絡を一方的に絶つことはありえない」

　リサリサの語尾がわずかに震えた。リサリサの特命によって調査対象に臨み、リサリサの身辺警護も担っていた人材だという。セニョーラの護衛人(グアルディアス)ってところかとオクタビオはホアキンに耳打ちした。かっこいいね、リサリサ親衛隊(グアルダエスパルダス・リサリサ)！　ところがそんな二人が消息を絶ってすでに数ヶ月が経過し、だれもが心の底で最悪の想定をしているのがうかがえた。

「あの人たちは、不在のリサリサに代わって調査指揮を執っていました」アキ・マルセラは責任を感じているようだった。「危険な地区にはみずから足を運んでいましたが、ある日を境に支部に戻らなくなりました。音信も途絶えました」

　さすがに望み薄じゃあないかとオクタビオはつぶやいた。ホアキンは暗い眼差しを泳がせる。深追いしすぎたということなのか、一線を越えてアルホーンに接近しすぎたことで帰還できなくなってしまったのか。

　歳月が経過するごとに、消息不明の日数が増すごとに、調査団のだれもが心の準備をしなくてはならなくなる。アキ・マルセラやJ・D・エルナンデスは通夜の席のような沈痛さを隠せていなかった。音沙汰がないのはつまりそういうことではないかと――ただ一人、リサリサだけは追悼の準備をはじめるつもりがないようだった。

　瞳を伏せることなくリサリサは、アキ・マルセラに訊いた。

「最後に出入りしていたのが、郊外のスラム。そうでしたね」

「ええ、そこに一味の拠点があるのではないかと」

「こちらではバリアーダスと呼びましたね」

「そうです、非合法街区です」

「二人は調査でそこへ」

「細かい所在地の特定はできていませんでしたが、リマの郊外にはいくつかのバリアーダスがあります。あの二人は集まった証拠や証言から当たりをつけて、かなりの確度でそこに活動の拠点があると見ていたんです。犯罪の巣窟ですので行動には警戒を呼びかけていたのですが」

「わたしには、わかるのです。殉職者に数えるのはまだ早い。二人は生きています」

一片の曇りもなくリサリサは断じた。そこに希望的観測の湿り気はなかった。つづけて一同に説いた、なぜその二人だけが特殊調査官なのか——

「二人は〈波紋〉を使います」

リサリサ自身が師範となり、心血を注いだ修練を重ねて、スピードワゴン財団でも超常現象に関する事案を担ってきたという。ある時期までわたしは、とリサリサはつづけた。一般人と結婚生活を送っていて一線を退(しりぞ)いていたので、その意味では二人こそが「波紋」の正統な継承者だった。あるいは拉致(らち)され、幽閉状態に置かれて命の危機に瀕(ひん)しているとしても、最後の火はまだ消えてはいない。

「財団にとってもこの任務においても、決して失ってはならない人材です。バリアーダスの潜入調査には人員を割いていますが、引きつづきアルホーンの所在を探るとともに特殊調査官の二人の安否も探り、必要とあらば救出してください」

オクタビオは同席した調査員の顔を見まわし、かたわらのホアキンで視線を止めた。

おまえはどう思うよ？　オクタビオの目が訊いていた。そこにあの兆候が現れている。

波紋使いでも「矢」に射られたら選別されるのか？

オクタビオは唇を舌で湿（しめ）した。衝動を疼かせて腰の据わりが悪くなっている。月の下で刃物を見つめているような危険な兆（きざし）が、ホアキンからいっさいの楽観を奪っていた。またそれか、当たり（テ・ケマス）かはずれ（フリヨ）か、オクタビオが気にしているのは本当にそればかりだ。

VI

あくる日も、そのあくる日も、バリアーダスへ向かった。

当たり（テ・ケマス）か、はずれ（フリヨ）か。

サン・ファン・デ・ルリガンチョの他にも調査は入っている。そういう意味でもここははずれ（フリヨ）なのかもしれない。山の斜面にぎちぎちに並んだ家屋や建物は、カラフルではあってもすべてが見すぼらしいぼろ家で、犯罪組織とその首領（エル・ヘフェ）がねぐらにしそうな建物は、敷地面積においてもグレードの面でも見当たらない。たとえ目くらまし（カムフラヘ）になるとしても、国境を越えて暗躍する大物犯罪者（グラン・ヴィヤーノ）がこんなところに住みつくかよ。おれがアルホーンなら住まないね！　オクタビオは飽きずに不平不満を吐きつづけた。

たしかに犯罪の巣ではあった。革命で生まれた軍事政権下のペルーでは農地改革や企業の国有化が進み、人口も増加の一途をたどっていたが、オイル・ショックで経済が打撃を受けると暴動や社会運動が盛んになり、郊外にはたくさんの新興スラム地区（プエブロ・ホーベン）が展（ひろ）がっていた。農村で貧しさをかこった地方出身者（カンペシーノ）が首都に移住してきても、低賃金の日雇い労働にしかありつけず、バリアーダスに漂着するしかない。そこでは強盗、傷害、窃盗、誘拐、一時誘拐とあらゆる犯罪が横行していて、迷いこんだ無用心な旅行者は、カモだ、カモ！とたちまち身ぐるみをはがされる。タクシーに乗っていても油断は大敵で、信号待ちでいきなり強盗が相乗りしてきて車内で身ぐるみをはがされる。さんざんな目に遭わされて病院に駆けこんでも、その病院で所持品を盗まれてやっぱり身ぐるみはがされるありさまだった。

廃品回収の荷車を引きずっていたのは、部外者として嗅ぎまわるのではなく街と同化するためだ。透明になるという感覚が肝心だった。半透明でもいい。すると路上の天使たちが頬笑む。探している事実の断片を拾うことができる。オクタビオとホアキンは――ずっと路地で呼吸をしてきた二人は――そのことを肌で理解していた。

噂から噂へ、情報から情報へ、細い糸をたぐり寄せるように路地を歩きまわった。

家屋のはざまを縫うようにつながった通路や階段は、荷車つきでは通過できないところもあった。あばら屋が密集する一帯の裏手には、放置された緑の広場があり、バリアーダスの猫たちの採餌の場になっていた。ポリエチレンの容器に残飯が盛られている。首輪をつけた猫はいないが、さては導きの天使はおまえらか。アルホーンの飼い猫はいねーのか、とオクタビオは去っていく猫を追いかけてどこかへ消えた。

ホアキンは大きく深呼吸をした。このあたりにもちゃんと緑があるんだな。

乾燥して水っ気はないが、鳥類や昆虫など、さまざまな生き物の気配が感じられる。

野生動物の踏みわけた跡。靴底がなめらかに凹凸している腐葉土を踏んだ。草の尖端が靴下をつらぬいて足首を刺す。

一匹の猫がなにかを察して耳とひげを立てる。現われたもう一匹の猫との喧嘩が始まった。ホアキンはそれを目撃する。猫の額には三すじの黒い毛が怒りの象徴のように生えている。フウウアアアッ、フギャアアァッと鳴き、飛びかかる。相手となった茶系の縞柄のほうは迷い猫だ。樹木を引っ掻いたり、おしっこの噴霧を飛ばしたりして猫はマーキングする。縄張りを破ったよその猫には、容赦をしない。

領土の主張をしたがるのは、人間もおなじだった。

ある日の夜半、この広場でオクタビオが暴漢に襲われた。

食料を買いに行ったホアキンに荷車を押しつけて、一人で広場に足を踏み入れたところで、出し抜けに襲撃された。

暗がりに潜んでいた男たちが、十数人がかりで囲んできた。背後から押し倒され、複数の足に踏みつけられて、野球のバットや鉄梃(かなてこ)で手かげんなしに袋叩きにしてくる。なんだこいつら！　暴漢たちの目を見ればすぐにわかった。このなかに「驚異の力(ラ・マラビジャス)」の持ち主はいない。こいつらはただの路上のならず者だ。

万国共通でどこにでもいるちんけな乱暴者(アルボロタドール)、金次第でなんでもするチンピラ(デフエクトーソ)。壊れた世界で壊れた人格と行動規範を養った、油紙のように火の点きやすい連中だ。懐かしいね、地元では自分たちも得物をふるって鼻息を荒らげていた。接触してくるのが遅すぎたぐらいだ、これは縄張りを侵したよそ者への見せしめか。

急所をかばいながらもオクタビオは好きにやらせてやった。蹴りつけてきた足をつかんで股ぐらに拳を突きあげ、立ちあがって隙の多いやつから順番に殴りたおし、顔を蹴る。眼窩(がんか)に人差し指を突き立て、口元を殴りつけ、歯と眼をつぶす。顔を踏みつけ、靴の底に鼻梁(びりょう)の砕ける感触を味わう。頭のなかで反撃のシミュレーションをしながらも殴打されるにまかせた。なぜならこういうのを待っていたからだ。これは土地のつながりに食いこめるまたとない好機だ。

頭に打撲傷を負わされ、ひがら目になって片耳から血が流れた。へばりきったところでゆっくりと広場へ入ってくる人影があった。ホアキンではない、地元の警察官だ。好色そうなアフターシェーブローションの臭いをまきちらし、警帽をあみだ被りして、映画のギャングが履くようなツートンカラーの革靴が見えた。警邏のさなかに通りすがって喧嘩を止めに入った、というわけではないことはすぐにわかった。

「雄鶏ちゃんが、あっちこっちを突っつき回ってるって」

倒れたオクタビオを覗きこむと、警官はくわえ煙草の赤い火を跳ねあげた。ぬるりとした撫で肩で、頭部がやけに小さくてコブラめいている。襲わせたのはこの警官にちがいない。滑りを帯びた視線がオクタビオの全身を這いまわっていた。

「お兄ちゃん、くだらねえ商売もしてるんだろ。なにをしようがあんたの自由だがよ、地元に礼儀を通すのを忘れちゃあいけねェな」

こちらが恥ずかしくなるほどあからさまだった。地廻りのチンピラが吹っかけてくるならいざ知らず、警官がミカジメ料を要求するのか。稼ぎの見込めない廃品業者が相手でもはねられる上前をはねておこうというのだから恐れ入る。売上の七割を上納するのがここらの相場だと警官はうそぶいた。

「なあ、本当のことを言いなよ」警官は腰を落としてしゃがみこんだ。「おまえはどこから湧いてきた。なにかを探ってるんじゃねーのか」

「ああ、このへんだと流れ弾（だま）じゃなくて〈流れ矢〉が飛んでくるって聞いたから」

　オクタビオはにらめっこを買って出た。カマをかけたその瞬間、警官の目に気色ばんだ動揺がよぎったのを見逃さなかった。なんか知ってやがるな——悪ずれした警官が土地の犯罪集団と裏で握っているというのも珍しい話ではない。

「この街区の、バリアーダスの主（あるじ）が〈矢〉を射るんだろ」

「どうもわからねえ、お前、なんの話をしてるんだ」

「その人に、お目通りを願いたい」

「ワルに憧れる田舎者（カンペシーノ）ってところか、よそを当たりな」

「あんたがつないでくれるなら損はさせない。耳寄りの話があるんだ」

「さっきからだれのことをぬかしてるんだ」

「わかってるだろ、アルホーンだよ」

「け！」と警官が体を起こし、立ち小便でもするような気軽さで腰の吊革（ホルスター）から拳銃を抜いた。安全装置を外してオクタビオの眉間に銃口を突きつけてくる。お兄ちゃん、気安くその名前を言っちゃあまずいよ。警官はそう言って片方の目を細めるともう片方の目を見開いた。すんなり売上を渡しておけばすんだのによォ？

こういうやつはあっさり撃つぞと本能が教えていた。そして遺体はたいてい街区の外には出ない。それでも退(ひ)けずにオクタビオは説得をつづけた。

「あーあ、いいのかな。ここで撃っていいのかな」

「特に問題はねえな」

「だからさっきから言ってるだろ、耳寄りの話があるんだって。聞きそびれたらアルホーンが損をする。致命的な損失が生じる。短気をおこしてズドンとやったらあんたが大目玉を食らうことになるぞ」

慎重かつ大胆に、オクタビオは釣り糸を垂らして相手の目の前でそよがせる。差しだすつもりの交換条件はスピードワゴン財団の面々には聞かせられないものだった。悩みはじめている警官は、すぐ後ろに控えているチンピラたちの目も気にしている。そうそう、人の口に戸板は立てられないもんな。

「連絡の手段があるなら訊いてみりゃあいい。おれはこのあいだペルーに来たばかりだけど、地元で凄(すご)いものを見た。〈蝿男(オンブレ・モスカ)〉と〈落とし穴(アグヘロ)〉のことで至急、耳に入れたい話がある。それだけ言えばアルホーンには伝わるはずだ」

うひー、言っちゃった。

賭けではあったが、数十分後、使いに出されたバイクの男が戻ってきて、警官はパトカーの座席にオクタビオを押しこんだ。ロールスロイスの迎車じゃないのは残念だし、頭には目隠しのフードを被されて人間電球のフィラメントのようにいつ粉砕されてもおかしくないありさまだったが、それでも最寄りの警察署に向かっていないのはわかった。連れていくつもりだ、アルホーンの居城に――

オクタビオの乗ったパトカーが立ち去ると、ホアキンは隠れていた物陰から顔を出して、夜の帳が下りたスラム街によるべない視線をさまよわせた。

連れていかれた、オクタビオが――

あらまし意図は伝わった。警官との折衝のさなかにも、どっかで聞いてんだろ？　と言わんばかりにオクタビオは声を張っていた。切れる手札は切って、リサリサやJ・D・エルナンデスたちに後ろ肢で泥をひっかけるような交換条件を出してまで、オクタビオは目標までの距離を一足飛びに縮めるつもりだ。

「お・おあ・ああお・あ」

ホアキンは声を上げた。行くなよ、オクタビオ。

行ったらだめだ、とホアキンの本能が警鐘を鳴らしていた。

暴走が、逸脱が、はじまっている。オクタビオの危険な性が鎌首をもたげている。

早まるなよ、オクタビオ。立ちつくしていたホアキンは次の瞬間、夜道を駆けだした。激しく上下に振動する荷車を引きずりながら、塵と煙を散らして車が走り去った方角へ、息もつかずに傾斜を上りつめていく。坂道を、階段を、砂利と土の道を、上へ。上へ。上へ。上へ。上へ。

VII

サン・フアン・デ・ルリガンチョの山頂を回りこんだ崖沿いの高地で、車から降ろされた。フードを外されたオクタビオは、視界に展がった景観に目を見張らされていた。

近くから見ても建物の全体像はつかめない。それだけ大きいのだ。来た道を戻って見上げようにも急傾斜の丘が邪魔をする。そもそもここはリマ側の裾野からは見ようにも見られない地形に隠されている。移動の体感だけで判断するとしたら、頂を越えてさらに崖際を移動したさきに建っている。ダクトや骨組みが露出し、継ぎ接ぎの改築が施され、増築に増築をくりかえして棟と棟がブリッジでつながれている。地の底から噴きあがる濃淡の煙に巻かれたバリアーダスの城砦は、うずくまる太古の怪物のような奇観で見る者を圧倒していた。

間違いなくここは一味のアジトだ。こんなにアジト然としたアジトもそうはない。するとここはアルホーンが従える私兵でいっぱいなのか。アルホーンの居室にたどりつくまでに五人とか六人とかの側近を撃ち破らなくちゃいけないのか。そのうちの何人かはすでに「矢」に射られていて、蠅(モスカ)の大群や落とし穴(アグヘロ)のような飛び道具や仕掛け罠を使ってくるのかもしれない。かたやオクタビオは底知れない危険を前にして、くそっ、どこまでいっても丸腰だ。

ここまできたら後戻りもできない。城砦の外には傭兵(ようへい)風の男たちが立哨(りっしょう)や巡回に出ていて、その全員が当たり前のように武装している。

門衛たちにオクタビオを引き渡すと、コブラ面(づら)の警官は建物には入らず、停めたパトカーの前で煙草を吹かしはじめた。腰に山刀(マチエテ)をぶらさげた門衛に身体検査をされて、門をくぐってからも数人が前後左右についてきた。城砦の内部はアジトにおあつらえ向きの廃工場風で、ダクト類の露出する壁に挟まれた鉄格子の床を歩かされた。

格子の隙間から確認できる私兵たちは、卓を囲んでカードをしたり食事をしたりしていて、有事の緊張感のある者は見当たらなかった。継ぎ目だらけの鉄格子の床は上ったり下ったりしながら交差し、直角に曲がり、多数の階段とつながっていて、案内なしではあっというまに迷子になりそうだ。高い天井からは水銀灯が下がり、青白く明滅する建物の内側を歩いていても敷地面積はうかがい知れない。外観も合わせて判断すると城砦は北と南の二棟に大きく分けられて、数基のブリッジで連結されている。たったいま歩かされているのは北棟だ。工場の回廊のようなエリアを抜けると様相が変わり、壁面にレリーフや飾り棚をあしらわれた廊下に足を踏み入れた。舟形の天井ではシーリング・ファンが廻っていて、硝子製のガスランプが壁に設置されている。廊下は大きな部屋の扉に突き当たり、ここまで連れてきた傭兵の一人が立哨に耳打ちして、オクタビオを室内に通した。ここはどういう広間なのか、濃淡のさまざまな赤と黒に塗られ、晩餐会(フィエスタ・デ・セナ)のように縦に細長いテーブルが置かれているが、壁や天井ではダクトや排水管がむきだしになり、床もコンクリートの打ちっぱなしだ。熟しすぎた果実のような臭い、鉄臭さと火薬の臭いが充満している。机の上では球形のシェードをまとったランプが点々と火を灯し、数段高くなった広間の奥には厚手で半透明のカーテンが幾重にもかかって、向こう側を見通せなくなっていた。傭兵が声をかけると幕の向こうで物音がして、一人の男が姿を見せた。その瞬間、オクタビオはうなじに鳥肌が立つような武者震いをおぼえた。こめかみで脈動がうるさくなり、頭の奥では『ワルキューレの騎行(ラ・ヴァルキリア)』の前奏がフルオーケストラで鳴り響きはじめた。現われたのはスピードワゴン財団が総出で探している男——

アルホーン、その人だった。

おれ、やっちゃった。

これは、当たり(テ・ケマス)も当たり(テ・ケマス)、大当たり(グラン・フエゴ)だ!

むきだしの刺青の上にガウンをまとったアルホーンは、羅紗(らしゃ)張りの長椅子(ソファ)に腰を下ろして来客を見つめた。夜の泥濘(でいねい)から上がってきたばかりのように暗さの滴る姿だった。右手で招きよせられ、近づいていくあいだも嵐雲に向かっていくように全身の毛が逆立つ。途中で止まらされ、背後にいる傭兵に肩を押されて、ひざまずかされる。なにごとかの頂に立つように艶のない翠色の瞳がオクタビオを見下ろしていた。

「で、お前はだれだ。なにを知ってるって？」

アルホーンの問いが、槍のように突き立てられる。

「おれはグアテマラから来ました」オクタビオは単刀直入に切りだした。

「そこでなにかを見たのか」アルホーンが片眉を上げる。

「伝言したとおり、おれは鉄の蠅をあやつる男とチョークで落とし穴をつくる娘を知っている。あの二人と戦ったんです。ご存じですよね」

「お前にはそれがいいい見えたのか」

「と、言いますと」

「鉄の蠅ってのは知らねえが、落とし穴の娘のほうはよくご存じだ。お前にはそのチョークが見えたのかと訊いている」

ははーん、例の〈悪霊〉のことを言ってやがるんだなとオクタビオは察した。ちゃんと授業を受けておいてよかったね！　あらかじめ仕込まれた知識をもとにオクタビオは言葉の撒き餌を慎重にめぐらせた。

「どうだったかな、落とし穴を避けるのに必死だったんで。だけどあの凄まじい力の研究は進んでます。ある機関がずっと追っていて……おっと、どこのどういう機関かは言えませんけどね。おれはそこに雇われて情報を集めてまわってます」

「どこだそりゃあ、中央情報局(CIA)か、国防情報局(DIA)のあたりか」

「だから言えませんって」

「言えよ、この野郎(イホ・デ・プタ)」

「ここでの取引次第ですよ。おれは昔から交渉が得意なんです」

「お前のようなごろつき(ピカロ)が、あれと戦(や)りあっただと？　それでどうして自分の足で立ってられるんだ。おれは取引するためにお前を呼んだんじゃねえ、あと一言でもえらそうな口をきいたら、その舌を引きちぎってネクタイにしてやる」

アルホーンは探るような目つきのままで、億劫(おっくう)そうに鼻から息を抜いた。オクタビオは相手が期待していそうなとおりに不安な表情を浮かべてみせた。

顔の裏では血潮が騒いでいて、歯の奥がずきずきと疼いた。ここでひと吠(ほ)えしてアルホーンに飛びかかり、歯を立てて頸動脈(けいどうみゃく)を嚙み破ったらすぐさま傭兵たちに蜂の巣にされるだろうが、それはそれで英雄(エロエ)になって後世の人に尊敬されるかもしれない。そんな未来への憧憬(しょうけい)もかすめはしたが、ここはもっと地に足のついた道を選ぶべきだ。

「おれはこうして、他のやつらが持ってこられない情報を持ってきたわけです。どういう組織があなたを追っているかも教えてあげられる。危険を冒してるわけだから、見返りはあってしかるべきじゃあないですか」

値踏みするようなアルホーンの視線からオクタビオは目を逸（そ）らさずにつづけた。

「おれは、野良犬みたいに餌を探して路上を這うのも、だれかの飼い犬になってハッハッハと舌を垂らして撫で撫でを待つのもどっちも嫌なんです。そういうのはもう嫌だ。人生と呼べるほど長くは生きてないけど、それでも自分の人生が欲しい。たとえばいま目の前に、まったく異なる世界に通じた二つの扉があるとしても、おれは正しい扉を選ぶ自信があります」

アルホーンは尊大な笑みを浮かべた。いったいなにを仄めかしているのかな、とその目が語っていた。

「豪胆なのか、それとも頭が鈍いだけか、よくわからねえやつだ。ずいぶんと体格がいいが、お前の言葉を鵜呑（うの）みにする根拠はどこにある?」

あるいは潜入した工作員の類いではないかと勘繰っているのかもしれない。身元を信用できない者が現われるのはそれこそ日常茶飯事なのだろう。常日頃から命の危険にさらされる大物犯罪者（ペルソナ・ペリグロサ）は、あらゆる所作に嘘発見器（ポリグラフ）の機能を内蔵している。

「つまりお前は、寝返りたいってんだろ」

「寝返るだなんて、やだなー、人聞きが悪いなあ」

「所詮は犬ころだ。裏切り者がこっちの手を噛まない保証はねえ」

「おれは、どちらの損にもならない取引をしたいだけです」

「新しい人生とやらを迎えて、それでどうしたい？」

「あなたの兵隊になるとは言ってませんからね。どういう力を得られるかによります。ところでおれのこの体は、サッカー（フトバル）とレスリング（ルチャ）で鍛えたもんだけど、あなたはスポーツはたしなまれますか？　見たところフェンシングの金メダル選手って感じだけど、他には……アーチェリーとか似合いそう」

「スポーツはやらん」

アルホーンは唇をゆがめて笑顔を作った。仄めかしの意図はたしかに伝わっている。そうだよアルホーン、おれが求める見返りはお前に「矢」を使わせることだ。この居室には見当たらない、懐（ふところ）に隠している様子もないけど、金庫にでも入れてあるのだろうか。オクタビオは焦（じ）れったくて叫びたくなった。お前は不特定多数の人間に矢を放つのをやめられないイカレ野郎（ロコ）なんだろ。利害は一致してるんだからさっさと射ろよ。

「あえて言うなら……狩猟と、戦争だな」

「は？　狩りならまだしも、戦争がスポーツですか」

「ああ、少なくともおれは、新しい時代の戦争を始めようとしている」

「わしゃわしゃと集まっている傭兵はそのためですか」

「これからの時代、戦争は国と国がするものじゃなくなる。民間と民間が、個人と個人がするものになる。領土や国境や民族のアイデンティティを賭けた戦いでも、神々に殉ずる聖戦でもない、戦争はどこまでもスポーツ化する。団体競技の側面もあるが、基本は個人競技だ。人的損耗はスポーツにつきものの怪我とおなじになる。戦争に負けないために必要なものはなんだ？　戦略と兵站（へいたん）と、弾薬の蓄えだ。恥知らずの裏切り者で、しかも弾薬になるつもりもない野郎（ミエルダ）の願いをかなえるほど暇じゃあねえ」

　あれ、機嫌を損ねたのか。倦（う）んだようにアルホーンが腰を上げたので待ってくださいと追いすがった。ついてこいと目顔でうながされたので、あとを追ってカーテンをくぐると、そこに打ちっぱなしの石室のような空間があった。腐った果実のような異臭はここが発生源だ。どういうわけか体感温度が急に上がり、耳の裏に響くほどの動悸がしはじめた。毛布をかぶせられた三つの小山が並んでいる。骨董品（こっとうひん）ですか？　と希望的観測で見ようとしたけど、オブジェや彫像であれば布地が波打つことはない。右端の毛布をめくると椅子に座った男が現われた。責めさいなまれた壮年のインディヘナだ。肘（ひじ）かけと脚部に手足を縛られ、手の甲に杭を打たれ、裸身のそこかしこに創傷（きりきず）や熱傷（やけど）の火ぶくれができていた。男はなかば意識を失っているようで、肩をすぼめてウゥゥ……とうめき声を漏らしている。

「あっさり昏倒（こんとう）しねえように、覚醒と失神のはざまで意識のレベルを保つのがコツだ」アルホーンはさっきまでの会話と変わらない調子で言った。「体を毛布で覆って体温を下げないようにしている。鹿の角や蹄（ひづめ）の削り屑から精製した嗅（か）ぎ塩も有効だ。そのぶん麻酔（アネステシア）は使わねえ。覚醒させたうえで傷は与える」

アルホーンは他の毛布も取りのけていった。メスティーソ系の男たちが皮膚を削がれ、爪をむしられて、片耳や足の指を切断されている。加虐の程度こそ異なるが、そのいずれにも「矢」で射られた傷痕は見当たらなかった。射撃の標的にしたわけではないのか、するとこれは単なる仕置きか、さもなくば趣味や娯楽としての拷問なのか。

「三人ともお前の先客だ」

「この人たち、なにをしたんですか」

「聞きたいか？　精神と肉体をとことん追いつめて、怖れや苦痛によって極限状態に置くことで発現の可能性が高まる、そんな仮説がおれのなかにあってな。試行錯誤の連続だ」

「なにを言っているのか……とにかくお取りこみ中だったんですね」

「せっかく手を休めて話を聞いてやったのに、くだらねえ戯言を聞かせやがって」

アルホーンが話すあいだに椅子の男は、引きこもっていた心の地下壕から戻ってきて、戻ってもおなじ顔が目前にあることに悲愴の色を浮かべた。アルホーンはかたわらの盆に載った工具箱から槌と釘を選び、男の親指の爪に打ちこんだ。椅子の男が体をしならせ、汗をはね散らしながら叫んだ。アルホーンは柄がある剃刀を選び、頰の皮を薄くまんべんなく削いだ。そのすべてをアルホーンは手際よくおこなった。制止しようとしたが、アルホーンの視線に射すくめられた。喉の奥に込みあげる嘔吐感をオクタビオは必死で飲みこんだ。こんなこともおれはできるよと見せつけられて、ひけらかされているのはわかっていたが、わかっていても効果は絶大だった。

「この手のひきあいは多くてなあ」アルホーンは言った。声の響きには聞く者をどこかへ引きずりこむような荒みがあった。「この客人らはメキシコの極右武装組織の幹部で、組織の合併をほざいておれの首に鎖をつけようとした。ここに来てしばらくは威勢よく吠えていたが、すぐに娘っ子のように泣きべそをかきだした。いまじゃ畜生同然にうめくだけだ。そろそろ頃合いではあるが、もうすこし瀬戸際を攻めてみようかとも思っている。この男はいまではおれを好きだと思うよ、縛めがなくてもかしずくだろうな。最後には選別されることになるが、たとえ選ばれなくても文句は言うまい」

たぶんここはバリアーダスの心臓部なのだとオクタビオは思った。狭苦しい空間で血と絶望とが生産されて、ポンプのように外へ外へと循環していく。蜷局を崩した大蛇に巻きつかれているように身動きができなかった。

「こいつらはおれを狂信者と罵ったが、おれはどんな神も信仰していない。うやうやしい聖典に記された神の茶番を模倣しない。おれは自分のなかの〈声〉にだけ耳を傾ける。これまでに数えられない老若男女を殺してきた。射殺し、焼き殺し、餓死させた。凍死させ、溺死させた。苗のように致死性の細菌を植えつけもした。たまには情けもかけた。ずっとおなじ音楽を聞かせていると人はたやすく狂うし、気まぐれに慈悲を見せるだけでも正気を失う。額ずいて尻尾を振って、伴侶や娘や息子の命も差しだすようになる。おれを追う組織があると言っていたな、来るなら来るがいい。これまでに大勢がなぞった轍を深めるだけだ。おまえの欲しがる見返りならくれてやる、だがこの連中のあとだ。お前の口がここで組織とその責任者の名を吐いたあとだ」

列に並べ、とアルホーンは言っているのだ。またの機会にしますとオクタビオは急いで踵を返したくなった。とめどない饒舌にふれているとそれだけで拷問を受けている心地がした。椅子の男が絶叫して、嗚咽と慟哭をくりかえす。慈悲としての死を希う。それでも「矢」は出てこなかった。選別の前のお戯れはつづくようだった。

ああ、なんてこった。

控えていた兵士たちがボスの目配せでオクタビオを床に押しつけた。抵抗して暴れたが、数人がかりで圧しかかられて拘束される。その様子を眺めるアルホーンの翡翠の瞳は、無限の深さをもった深淵だった。

おれは知らないうちに落ちていたとオクタビオは嘆いた。眩暈がして体が傾ぎ、縁から転げこんで。どこかで後ろに退がらなくちゃいけなかったのに、後の祭りだ。

連行されて、コンクリートで塗り固められた独房のような部屋に放りこまれた。鉄柵の窓がついた扉を閉ざされ、外側から施錠された。これは混じりけなしの幽閉だ。

独りになってからオクタビオはさんざん毒づいた。あのクズのなかのクズ、やたら芝居がかった狂人め、完璧なまでのゲス野郎（カナーラ）め。この独房はようするに保管庫かよ、今度食べるための栗鼠（りす）の頬袋（ほおぶくろ）かよ、くそくらえってんだ（クエ・テ・フォル・ユン・ペス）！　拷問を受けていた男たちのように、連行されてきた多くの人間が――アルホーンにとっての「標的」が――他にもこの城砦の内部でおなじ目に遭っているんだろうか。

廊下の壁にすえられたガス灯の光が差しつける独房で、しばらくじっとして、周囲の音や気配に耳を澄ませた。物音や話し声は聞こえない。無気味なほどに静まり返っていた。疑いようもなく自分の選択でこうなった。うん、その点は認める。はっきり言って裏切りや寝返りも辞さないかまえだった。それでもオクタビオは自身の判断を悔やまない。想定外の方向に転がったならそこから軌道修正をしたらいい。おれの名はオクタビオ。体力自慢のヘラクレスってだけじゃあないんだぜ？　城砦の門からこの独房までくっついてきた傭兵からは、揉みあうさなかに、持ち前の手癖で鍵束を盗んでいた。鉄の柵は根元から揺らしたら抜けた。小窓から手を出して、鍵を一つ一つ試していくと五つ目でゴトッと鋳鉄の錠前が落ちた。よしよし。

廊下に出たとたん、数人の兵の背中が見えたので引っこんだ。鼻面からそろりそろりと顔を出して、駆けだして直角に折れた廊下に駆けこむ。息を殺し、身を強ばらせ、営舎のような棟の廊下を進んだ。破損したダクトからところどころ水が滴り落ち、割れた窓の硝子片が飛散している。端のとがった大ぶりな一片を拾いあげて、いざというときのために裾に隠し持った。

折よく洗濯室があって、私兵たちが着ている迷彩の作業着があったので着替えて、帽子を目深にかぶった。よしよし。オクタビオは一兵卒になりすまし、階段の踊り場や二棟のブリッジで番をしている男たちをやりすごす。連中はそんなに警戒していない。くわえ煙草でカードをして、下品なジョークで笑いあっている。あまちゃんどもめ。おかげで探りまわるのもお茶の子さいさい(ムィ・ファシル)だ。

盗みだせるなら、盗みだしてやる。

アルホーンは「矢」をどこに保管しているのか。

さしあたって、立哨や歩哨が多く出ている区画があやしかった。

偽装を見破られないように、奥へ奥へ、南側の棟に渡って階段を一番上まで上がり、廊下の端まで進んだところで、あからさまに牢舎じみた区画を見つけた。廊下の陰に隠れて様子をうかがう。倉庫のようでもあるが、壁の一部には古めかしい鉄格子も見えた。武装兵が十人から二十人は詰めている。これだけの大人数で守っているのはここだけだ。オクタビオの位置から室内の様子は見えないが、見るからに監獄なので「矢」を守っているわけではなさそうだ。そうなるとここにいるのは「標的」のほうか。

他にもいるのだ、備蓄庫に入れられた「矢」の獲物が。あの石室の椅子に座らされるかもしれない人間が――脳裏をよぎったのはリサリサの声だった。強くたおやかな声音が耳にこだまする。セニョーラ、おれは忘れていたわけじゃないですよ、いやほんとに。あそこにはスピードワゴン財団の特殊調査官も幽閉されているかもしれない。

甦ったのは、リサリサの声と眼差しだけではなかった。そういやお前はどうしてる？ アンティグアを発ってからこんなにも長く離れていたことはなかったかもしれない。

オクタビオはその場で思案した。物陰から顔を出して警備態勢をうかがい、壁際に引っこんで呻吟した。あれだけの人数と装備にもなると突破するのは無理だ。首尾よく全員を倒せたとしても、騒ぎになって他の兵が殺到しておじゃんだ。だったらどうする？ オクタビオは心の声にしたがった。城砦の外を見渡せるテラスや窓を探し、南北の棟に架かるブリッジに出てきて、戸外の暗がりに視線を配った。そこにいるのか？

屋外に注がれるのは月明かりだけだ。街灯は点っておらず、双眼鏡も持ちあわせていないが、それでもオクタビオには確信があった。

お前も来てるんだろ？

真っ暗な屋外にかすかに動くものがあった。暗闇に目が慣れてきて、もぞもぞとうごめく影の輪郭がくっきりしてくる。城砦から二十メートルほど離れた斜面に、だれかいる。お前だな、ホアキン？ おれを乗せた警察の車を追いかけてきたのか。間違いなくホアキンだ。だけどあっちからこっちの姿は目視できないだろう。

オクタビオは一計を案じて、裾にたくしこんでいた硝子片にガス灯の光を反射させてみた。これならいけそうだ。スパイごっこだの密林探検ごっこだの、幼いころはその手の遊びを飽きずにくりかえした。振り返ってみれば他愛もないものばかりだったが、ホアキンとなら山あり谷ありの波瀾万丈(はらんばんじょう)な冒険の時間をすごせた。言葉を持たないホアキンだったので、この手の意思疎通の手段も真剣におぼえて現実味の向上に努めたものだった。

　オクタビオはかつてを思い出しながら、硝子に光を反射する時間で単点と長点をつくった。・・・・・(トントントントントン)、・－(トンツー)、－・－－(ツートンツーツー)、・・－(トントンツー)、－・(ツートン)、・－－・(トンツーツートン)、・－・(トンツートン)、・・(トントン)、・・・・(トントントントン)－－－(ツーツーツー)、－・(ツートン)、・(トン)、－・－・(ツートンツートン)、－－－－(ツーツーツーツー)――辛抱づよく反射をくりかえして長文を送り、間隔を空けて、おなじ文をくりかえした。

送ったのはこんな文面だ。南端ノ最上階ノ部屋ニ捕虜アリスグニ救出サレタシ。伝わったか？　手薬煉(てぐすね)を引いて待っていると、ややあって懐中電灯の明滅が見えた。わずか一語だけの応答があった。

　了解(シ)。

　頼んだぞ相棒、とオクタビオは念じた。

　ホアキン、おまえの出番だ。

VIII

オクタビオは無事だ。懐かしい通信手段で、送られてきた文言以上の意思をホアキンは解読した。進入経路が見つからずに建物の周りを右往左往していたが、おかげでなすべきことがはっきりわかった。この建物に捕らわれた人たちを救出するのだ。

あいにく南棟は崖に沿って建っていて、外壁はそのまま断崖の下までつながっている。建物の周りには巡回の兵や門衛がいて迂闊に近づけなかったが、崖があるぶん南端は手薄だ。ホアキンは急勾配を回りこむかたちで灌木のはざまを抜けて、金網を乗り越え、南棟の壁の手前にたどりついた。

頭上にうっすらと明かりが点っている。あそこだとホアキンは直感した。高さは二十階ほどで、かたや崖のほうは底が見通せない。荷車からとっさに持ってきたのは懐中電灯ぐらいで命綱になりそうなものはなかったが、このぐらいやってやれないことはない。侵入して内部の様子をうかがい、その場で救出できればよし、難しくてもJ・D・エルナンデスたちと合流して対策を講じることはできる。そのためにもまずは斥候だ。

壁と崖のあいだの細い足場をつたって、壁の真下にまで移動した。

全身の筋を伸ばして、準備運動を終えると両足の靴を脱ぎ捨てた。

よし、行くぞ。

いち・に・さん(ウノ・ドス・トレス)で跳んで、出っ張りに指をかけた。

懸垂(けんすい)で体を引きあげて、煉瓦の隙間に足を差し入れ、その上のダクトの縁をつかむ。

夜陰に乗じてホアキンは垂直の壁をよじ登りはじめた。バリアーダスの牙城に挑むように、上へ。上へ。上へ。上へ。上へ。

怪盗ホアキン参上。肩胛骨(けんこうこつ)が盛りあがり、細くてもしなやかな筋肉がギュンギュンと収縮する。あっというまに三階か四階の高さまで登ってきた。建物の壁はところどころ金属の柱を支(か)っていて、支柱と支柱のあいだは横棒でつながれ、これが梯子の役割を果たしてくれた。梯子がないところは出っ張りにたよって、上へ。上へ。上へ。上へ。

ぼくは、こういうのは得意なんだ。

外壁にこれだけの凹凸があれば、命綱だっていらない。

オクタビオならこう言うだろう。おれは二十階建の建物もよじ登るフリークライミング(エスカラダ・リブレ)の王者だ!

ちょっと図に乗ったところで、ボルトの緩んでいた配管がズコンッと外れて、左足を滑らせた。右手が出っ張りにかかっていなかったら落ちるところだった。調子に乗るなとホアキンは自分を戒める。しくじったら崖の下まで真っ逆さまだ。

背中に汗がつたった。下は見ないようにしていたけど、かなり高いところまで登ってきたはずだ。それなのにおかしい、ある高さからゴールの灯りになかなか近づけなくなった気がする。知らず知らずのうちに高度で体がすくんでいるのだろうか。

　雲が出てきたのか、夜陰が濃くなって、外壁の凸凹がよく見えなくなってきた。体勢を崩さないように手を上に伸ばし、つかめる突起はないかと探っていたところで、指先で触れた壁がネバッとした。うわ、なんかいやな粘（ねば）り気。しかも触れた指がすぐに壁からはがれない。濃厚な樹液のような化学物質のような、すごくニチャニチャしたものが壁と指のあいだで無数の糸を引いている。よく見ると顔の右横の壁にもゴムを溶かしたような無色透明の粘着物がへばりついている。鳥もちのような粘度の、昆虫の吐く糸より太くて水道管にしては細すぎる管が、網の目状に壁を被っている。そこで異変が起こった。ネバネバに触れた指先が、蛍光塗料を塗られたように淡い黄緑色に光りだし、網の目の全体が闇に浮きあがるようにおなじ色に発光しはじめたではないか。方角の知れないどこからか、気色の悪い音が聞こえてきた。

　エクエ・ヤンバ・O（オー）——

たしかにそう聞こえた。エクエ・ヤンバ・オー？　スペイン語の言葉ではなかった。エクエ・ヤンバ・オー。エクエ・ヤンバ・オー。未知の部族が唱える呪文（コンフーロ）のようにも、獣の咆哮（ほうこう）のようにも聞こえる。肉感をそなえているようでいて、しかし一帯に空襲を告げる警報音のように硬い人工的な響きもあった。ホアキンの危機感をあおるようにそれは反復される。エクエ・ヤンバ・オー。エクエ・ヤンバ・オー。エクエ・ヤンバ・オー。

あきらかにこちらを威嚇（いかく）している。激しくがなりたてるような音ではなかったが、領土侵犯を察した蠍（さそり）が尻尾を跳ねあげたような、刺針（ししん）から神経毒を注入してくるような侵蝕性の高い音だった。これはまぎれもなく警告音だ。

発光する網の目が生き物のように振動している。エクエ・ヤンバ・オー。エクエ・ヤンバ・オー。ホアキンはいやおうなく状況を察した。ぼくは探知機のようなものに触れてしまったのか、これは石蹴り遊び（ホップスコッチ）のときとおなじ、なんらかの「驚異の力（ラ・マラビジャス）」の発動だ。

こんなときに、垂直の壁にしがみついているときに！　いや、だからこそ発動されたのだ。発光する網をまとった壁面がこころなしか傾きはじめた。錯覚ではない。たしかに背中の下へかかる重力が増すのを感じる。建物が崖に向かって傾きはじめている。

このままでは、落ちる。

へばりついてじっとしているだけでは、落ちる。

無理な体勢からホアキンは、左斜め上のダクトに飛びついた。ところがそこにも発光するネバネバは張りめぐらされている。そのすべてが粘度を残したままで有刺（ゆうし）になっていた。鉄条網のように渦を巻き、刺（とげ）のひとつひとつがそそり立って、壁にしがみついた侵入者に切っ先を向けてくる。

「お・おおお・おおおおおお・おおおおおおッッ――」

手のひらや指先、手首、腕、首から胸元のいたるところに鋭い刺(とげ)が刺さり、針の返しが食いこんで皮膚を裂いた。全身をざくざくと刻まれながらもホアキンは、出っ張りから出っ張りへ、足場から足場へ、傾斜の強まる壁を勢いまかせに登っていくしかなかった。

「おお・おお・おおおッ」

痛すぎる。腕も足もつらすぎる。どうしたらいい？

すでに全身は血だらけ、発光するネバネバだらけだった。

これは幻覚ではない。ホアキンは学んだ知識を呼びさました。奇術師に幻影を見せられているわけでもない。その証拠に目を閉じたところで痛みは癒えない、斜め下にかかる重力も消えない。ぼくは「驚異の力(ラ・マラビジャス)」の攻撃を受けている。だとしたらファビオやイザヘラのように、能力を使っている何者かが近くにいるはずだ。

だけど、どこに？　外壁にしがみついているのはホアキンだけだったし、窓際から覗(うかが)っている人影もない。「驚異の力(ラ・マラビジャス)」の能力や発動条件は千差万別。この「エクエ・ヤンバ・O」は――ホアキンがたったいま命名した――おそらくあのネバネバの網を建物の外壁に張りめぐらせ、触れた者に対して作動する。鋭利な刺を帯びて、建物を引っ張るように傾がせ、侵入者を振るい落とす。あたかもセキュリティ・システム(システマ・デ・セグリダード)のような能力だ。するとこの南側の壁だけではなく建物全体に網が張られていると考えるのが妥当だ。それだけの広範囲にわたるなら能力を使っている当人は近くにいないんじゃないか。能力者が気づいているかによらず、本人との距離や時間や、寝ているか起きているかにもよらず、感知型で自動的に発動するものなのかもしれない。

あるいは本人にしか見えないという「悪霊（ファンタスマ）」が近くにいるとか――

ぼくの目には、なにが見えていて、なにが見えていないのか。

可視のものと、不可視のもの。

ぼくたちは、どこに分類の線を引いたらいいのか。

突起物に両手でぶら下がって、ホアキンはそこで上に進むことも下に退くこともできなくなった。壁は崖に向かっていよいよ百二十度ほどまで傾いていた。もう落ちる。この角度では落ちたら最後だ、運良く壁の下のダクトに引っかかることもない。崖の下まで一直線に転落する。この手を放したらおしまいだ。

指先はぼろぼろで、腕や手首のいたるところから血が噴きだしている。腕や足の筋肉が張りつめて感覚がなくなりつつあった。エクエ・ヤンバ・オーの警報音はつづいている。たぶんこれが鳴りやまないうちは能力の発動は収まらない。あきらめて退散するのがいちばんだが、退散＝墜落だ。だったら初志貫徹で上まで登りつめるしかない。

ホアキンはあらためて瞼を閉じた。ダクトをつかんだ両手のうちの右手をあえて放して、背中の下に垂らし、グーパーグーパーと掌を閉じたり開いたりする。突起をつかみなおして、今度は左手でおなじことをくりかえした。呼吸を深めて、落ちていた腰を両手で壁に引きつける。ここだけの話だけど、ぼくは追いこまれてからが強いんだ。

言葉にして、だれかにそれを伝えたことはないけど。

オクタビオにも打ち明けたことはないけど。

五感のいずれかを奪われたり、深傷を負ったりすると、感覚がかえって研ぎ澄まされる。暗闇でも光が見える。水の中でも呼吸ができる。どこへでも望んだところへ行ける、そんな気がする。

数万本の針のように全身の神経を外の世界にめぐらせて、大気に漂う塵や粒子や音やにおいをあまさず感知できるようになる、そんな気がする。

これって、逆境に強いってことだろ?

壁にへばりついたホアキンは、呼吸を止める。瞬きを止める。鼻毛すらもそよがせない。深々と心を静めて、次の瞬間、それらすべてを解き放つ。傾いた壁を蹴り、離れた右方向の横棒に飛びついた。瞬きと呼吸を止めているあいだは有刺の網による痛みも寄せつけない。傾斜はすでに百四十度から百五十度、流れる血や汗の粒が目から耳の方向へ垂れてくる。それでも息を止めて、瞬きを止めて、全身のすべてを発条に変えて、上へ。上へ。上へ。上へ。上へ。

飛びつくべきダクトや縦樋(たてどい)、わずかなブロックの隙間や突起が自然とわかる。数ミリの凹みを支点にして、次の跳躍力を得ることができる。

筋肉が連動しあって、強靱なひとつらなりの運動体(ムスクロ・エン・モビミエント)になっていく。

張りつめた神経が、ホアキンにさきがけて壁登りの軌跡をなしていく。

息をするな。瞬きをするな。このまま上まで登りつめろ。建物の上部になるほど撓(しな)るのか、角度はとうとう百八十度。つまり地面と平行、もはや壁ではなく天井だ。背中の下へと重力はかかるが、ホアキンは腕を曲げて息まない。肘を伸ばして両足でバランスを調整する。横棒をつかめたので両足を壁から放し、雲梯(うんてい)のように腕の力だけで前方向に進んだ。目標までたどりついたが、明かり採りの窓は嵌(は)め殺しになっていて開閉できなかった。だけどその先に長方形の換気孔があったので、ブランコのように反動をつけて足で蹴りつけると外蓋が外れた。両肩がかろうじて通るダクトに潜りこみ、手のひらを吸盤にしてよじ登って、真横に折れたところで足がようやく水平の床にありついていた。

すごくない？

ホアキンはそこで溜めていた息を吐いた。筋肉の悲鳴が、全身の痛みが甦ってきた。

エクエ・ヤンバ・Oの妨害(エスカラダ・リブレ)をはねのけて、極限まで傾いた壁登りを達成しちゃった。ぼくはフリークライミングの王者なんだぜ、とオクタビオには自慢しなくちゃならない。途中からどうやって登ったのか、自分でもよくおぼえていないほどの離れ業の連続で、城砦への侵入を果たしていた。

換気ダクトを這い進んでいったところで、三半規管が狂うような眩暈をおぼえ、傾いでいた世界が元に戻るのがわかった。エクエ・ヤンバ・Oはあくまでも外壁の侵入者を追い落とすために機能するものなのか、ホアキンには解明のしようもなかったけど、とにかく局面を乗り越えられたのは事実だ。指先の粘りをダクトになすりつけ、ホアキンは耳の奥からエクエ・ヤンバ・Oの残響を追いはらった。

息を凝らしてダクトの中から室内を覗きこんだ。空間のひろがりが感じとれる。薄明かりの中に横たわっているのは、毛布をかぶった十五人ほどの捕虜だった。そこは牢舎というよりも隔離病棟めいていた。マットレスのむきだしになったベッドが二列に並び、消毒薬と藁(わら)と鉄屑が混ざったような臭いが充満している。しばらく様子を見ていたが、見張りの兵は室内にはいないようなので、ホアキンはダクトの内蓋を外し、眼下の空間へと静かに飛び降りた。


数人が、天井から降ってきた男に気づいて顔を上げた。だけど過半数はベッドに臥(ふ)したままだ。眠っているのか、起きる体力もないのか。

呼吸や脈拍を測る計器や、点滴の管につながれた者もいる。ここはやっぱり病室だ。視察孔つきの扉の外からは、立番をしている私兵たちの話し声が聞こえる。姿を見られないように姿勢を低くして、ベッドの陰に潜みながら捕虜の気配をうかがった。

「もしかして、スピードワゴン財団の人？」

ホアキンの作業着のロゴに気がついて、小声で語りかけてくる者があった。車輪(ルエダ)を象(かたど)ったスピードワゴン財団の章(しるし)。おなじロゴの野球帽をかぶった若い女だ。ホアキンを見つめながら上体を起こして、両手足の縛(いまし)めを解くように頼んできた。

「新人さんか、そうだね」

あ・おあ、唇を指差してホアキンは頭をふった。

「言葉がしゃべれないのか。どうした、ひどい傷だけど……」

おお・あ・おお、指先で皮を裂かれる手ぶりをしてみせた。

「ここに潜入するまでに〈驚異の力(ラ・マラビジャス)〉に襲われたのか」

ホアキンは肯いた。

この人で間違いない。この人は事情をよく理解している。

「君はたった一人で、命がけで救助に来てくれたんだね」

黒目がちの瞳が濡(ぬ)れて光っていた。拘束を解くとわざわざ帽子を外して、ホアキンの手を握りしめてきた。黒と白だけの線画で描かれたような女だ。薄いながらも整った目鼻とひょろりと細長い首が、脆(もろ)そうな気配に輪をかけている。五指の露出するようになったアーム・グローブ(グァンテ・デ・ブラソ)のようなものを右腕にはめていて、肘の上まで地肌を隠している。前髪はおかしなふうに不揃いで右側だけ刈りあげたようになっていた。垢じみた顔を手でぬぐうと、彼女の白い頬にひとなすりの煤の汚れが残された。

「わたしはサーシャ。サーシャ・ロギンズ。リサリサのお抱えの調査官だ」

廊下の見張りに会話が漏れ聞こえることを警戒して、ホアキンが持っていた紙とペンで意思の疎通を図った。サーシャ・ロギンズは南欧の出身で、リサリサとは祖父の代から深い交流があるという。リサリサに鍛えられた「波紋」の継承者にして、だれよりも信頼を置かれている護衛役。それがいまは打ちひしがれたようにうなだれ、疲弊し、あてどなく此岸を漂う傷んだ流木のようにやつれきっていた。

おたがいの身に起こったこと。これからなすべきこと。急いで共有しなくてはならない話題は多かった。筆談による言葉の交換にもサーシャはすぐに順応してくれた。

サーシャ：たしかにそれは能力の発現だ。よくぞ一人でしのいだね。
ホアキン：だけど能力者は、捕まえられていません。
サーシャ：このアジトには、他にもアルホーン子飼いの能力者がいる。
ホアキン：ここから出ないと。だけど調査官は二人なのでは？
サーシャ：彼は、助からなかった。

右隣に横たわる男にサーシャは視線を傾けた。ベッドの下端から両足がはみだすほどの大男だったが、かぶせられた毛布が身じろぎや寝息で波打つことはない。熾火のような最後の命の火すらも燃えていなかった。

「彼はグスターヴ。グスターヴ・シャウロ・メッシーナ」

サーシャは、墓碑に銘を刻むように言った。

サーシャ：持ちこたえていたけど、昨日、息を引き取った。

ホアキン：アルホーンにやられた？

サーシャ：わたしたちは二人そろっていながら、アルホーンの側近の男の「驚異の力(ラ・マラビジャス)」に手も足も出なかった。それでここへ連れてこられた。わたしは拘束されていたし、彼を動かせなかった。脱出しようにもできなかった。

ホアキン：だけど出ないと。あの「矢」の標的にされちゃうかも。

サーシャ：そうじゃない。それは違う。

ホアキン：なにが？

サーシャ：わたしたちは、予後を観察されているのよ。

これを見てくれと書きつけると、サーシャはふいにシャツの胸元を引き下ろしてみせた。

驚いてどぎまぎするホアキンは、白磁のような肌にできた生々しい傷痕を見せられた。心臓の上、乳房の裾野に矢で射られたとおぼしき傷ができている。すでにサーシャは射られている――調査官の二人は二人ともおなじ時点で射られたという。結果として、サーシャ・ロギンズは助かった。グスターヴ・メッシーナは助からなかった。

サーシャ：ここに閉じこめられている皆がそうだ。ここはあの「矢」で射たあとに放りこんで経過を観察するための監房だ。十人中五人は死ぬ。三人は明日死ぬ。生き延びるのは一人か二人。

ホアキン：あなたにも、なにかの能力が？

サーシャ：わからない。彼が日に日に衰弱していくのを見せられて、それどころでは……だけど見えるようになった気はするんだ。

ホアキン：もしかして悪霊（ファンタスマ）を？

サーシャ：悪霊（ファンタスマ）ね、そう呼んでいいかも。驚異の力（ラ・マラビジャス）を使う者には、影のような霊のようなものが姿形を結んでかたわらに立つ。

ホアキン：おなじことが財団でも話されてました。あなたにはそれが見える。

サーシャ：動物だったり人だったり、不定形だったり怪物じみていたり、十人が十人とも違うけど、本人にしか視認できないわけでもない。悪霊（ファンタスマ）を出す者には、他の悪霊（ファンタスマ）も見えるようになるみたいだ。
ホアキン：どのぐらいの数のそれを見たんですか。
サーシャ：この部屋に出入りしていただけでも、十（ディエス）。たぶんもっといる。
ホアキン：そんなに！　アルホーンの悪霊（ファンタスマ）は見ましたか。
サーシャ：わからない。見たかもしれない。とにかくあの男はとんでもない異常者で、煽動家（せんどうか）だ。矢を使って能力者を増やすことに執着し、自分の命令で動く軍事組織を築こうとしている。ここで見たものをリササに伝えないと。
ホアキン：どうやってここから出ましょうか。
サーシャ：君がこの手を解放してくれた。この目はレーダーにもなる。
ホアキン：だけど、廊下にたくさんいますよ。
サーシャ：問題ない（ノ・アイ・プロブレマ）。

眠りについた友に黙禱（もくとう）を捧げたサーシャは「迎えにくるからな（ブエルボ・エンセギーダ）」と静かにささやいた。帽子をかぶりなおすと立ちあがる。その横顔は、複雑な結晶のように張りつめている。

IX

鉄格子の床に、男たちが次から次へと倒れこんだ。

ズサッ。ズササッ。中身の詰まった雑嚢(ざつのう)のように卒倒する。弾痕や創傷はどこにもない。血は飛んでいない。外傷も見当たらないのに、揃って戦闘不能に追いやられている。

波紋疾走(オーバードライブ)——

サーシャ・ロギンズの呼吸は練られていた。自由になった手でエネルギーを放出し、触れるだけで私兵たちの体を内側から揺らす。流しこんだ波紋で血を振動させて、正常な循環を堰き止めて、体の機能と意識を奪っていく。蹴り足や拳の突きなど体の接触によって波紋は流しこまれるが、熟練の使い手になると物質にも媒介させる。サーシャの右腕のアーム・グローブ(グァンテ・デ・ブラソ)に見えていたのは幅広の組み紐を巻きつけたもので、これを適切な長さにしゅるるると解いて鞭(むち)のように使った。全長にすると二十メートルはあるだろうか。長尺のミサンガとでもいうべきそれはリサリサのマフラーとおなじ稀少(きしょう)な素材を編みこんだものだという。月日をまたいで幽閉されていたとは思えない。呼吸は律され、体の関節は柔軟に動き、放出するエネルギーはあらゆる反撃を寄せつけない。めまぐるしく動きまわり、壁を蹴って跳ぶその姿は、若き日のリサリサってこんなふうだったのかもとホアキンの想像をたくましくさせた。

「動ける人はついてきて。先を争わずにわたしに従ってください。移動できなくてもかならず救出に来るから。みんなもう少しの辛抱だ」

数分足らずで見張りの全員が床を舐めさせられていた。サーシャとホアキンが先導して、監房に入れられていた七、八人とともに移動をはじめる。南棟の廊下は枝分かれして、溜まり場や階段の手前には私兵がたむろしている。ここから階を下って北棟に出なくてはならないが、出口にたどりつくまでにどのぐらいの交戦を強いられるのか。「できるだけ接触は避けたい」とサーシャは言った。「そのうち例の能力者にも出くわす。そうなったらどうなるかまったく予測がつかない」

あくまでも出会いがしらの戦いを避けて、たとえ時間がかかっても見つからないことを最優先にして出口を目指す。そんなふうに示しあわせて、廊下の陰から陰へつたい、無人の螺旋階段を見つけて足音を立てずに一段一段を下りた。ホアキンも隠密行動は得意なほうだけど、サーシャはサーシャで気配の消し方をわきまえていた。呼吸を静めて、ユキヒョウのように無音で進んでいく。連れだった「矢」の犠牲者もだれもが緊張感を保ち、騒ぎたてることなく追随していた。

これならいけるかもしれない、交戦しないで脱出できるかもしれない。期待が高まりはじめたところで「おおーい!」と呼び止められた。声がしたほうを見ると、迷彩の作業着をまとったオクタビオがぶんぶんと手を振っている。そればかりかホアキンのほうにうるさく突進してきた。しーっ！　しーっ！　声も足音もでかすぎるよ！

「ホアキン、うまくいったか！　おれの狙いが的中したな。おれたちの以心伝心（テレパシア）はまったく神業級だよなあ」

「あれ、だれだこのねえちゃん（ムチャチャ）。どこから現われたんだ？」

　モールスで通信したから以心伝心（テレパシア）ではないんだけどね。とにかく声がでかいって。

　オクタビオは不遜（ふそん）な視線をサーシャに這いまわらせた。

「ねえちゃん（ムチャチャ）ではない。わたしは特殊調査官だ。君も財団の新人なのか」

「あんたがリサリサ親衛隊（グアルダエスパルダス・リサリサ）の人？　うひょー女だとは。もう一人はどこだよ」

　緊張感をいちいち損ねる物言いにサーシャも眉をひそめている。

「助かったのは、わたしだけだ」

「あ、そう……そりゃあ聞いて悪かった」

「君たちは二人だけで侵入してきたのか」

「というか、最初に体を張って潜入したのはおれだからね。アルホーンと面会したあとでこいつを手引きしたんだよ」

「アルホーンに会った？　だったら君も〈矢〉に射られたのか」

「それが、取りこみ中で……〈矢〉は出してこなかった」

「見たところ、君も負傷しているが、〈驚異の力(ラ・マラビジャス)〉と遭遇したのか」

「あーこれは、ここに乗りこむためにチンピラに殴らせて。細かい傷は建物のなかを探ってるうちに機械のギザギザとか有刺鉄線とかに触っちゃってさ。狭いところに潜りこんだりもしたから」

あ、それって「エクエ・ヤンバ・O」かもしれない。ホアキンは相棒の体じゅうの傷を注視した。殴る蹴るの暴行の痕が目立っていたが、たしかにホアキンと似たような切り傷や擦過傷もある。屋外に指示を送ったあとでオクタビオも建物を探っていたらしい。高所に上がったり、窓から窓へと外壁をつたったりしたのか、それともあの能力は建物の内部にも敷かれているのか。見たものと体験したことを突きあわせて現状を確認したかったが、つづくオクタビオの発言でそれどころではなくなってしまった。

「ずっと探してたんだけどよォー、どこにも〈矢〉が見当たらない。アルホーンめ、後生大事に寝床にも持ちこんで、抱きしめて眠ってるんじゃないか。だから避難でもしなきゃならなくなったら、〈矢〉を抱えて飛びだしてくるんじゃねェかって」

「避難？　避難ってなんのことだ」

「厨房があったから、ガス栓をちょいとね」オクタビオが得意げに指をひねった。「火事が起きるように細工してきてやった」

「ガス漏れを起こしたってことか」

「そうそう、脱出の目くらましにもなるだろ」

オクタビオの謀り(たばか)によって、静穏のもとの脱出計画はおじゃんとなった。


最初の爆発が起きて、バリアーダスの城砦が大きく振動した。

この規模からすると、液化石油ガスのボンベに火が燃え移ったらしい。

そうなると小火(ぼや)ではすまない。バリアーダスの城は可燃性の物質であふれかえっている。

ホアキンたちは監房まで戻り、動けない者たちを車輪つきの担架に乗せて避難しなくてはならなくなった。出会ったばかりのオクタビオに「おまえはバカなのか(ケ・ベルトゥード)」と言い放ったサーシャは、言語道断の暴挙におよんだ新入りにマッターホルンから吹き下ろす猛吹雪のような罵詈雑言(ばりぞうごん)を浴びせた。さしもの打たれ強いオクタビオも、けちょんけちょんに毒づかれて人の体(てい)をなさなくなっていた。

「このぼんくら(ボルード)、カボチャ頭(カラバーサ)、なにが悲しくてミミズほどの分別もない単細胞と組まなきゃならないんだ。アルホーンの一味のほかにも建物に人がいるとは一ミリも考えなかったのか？　脱出経路に火が移ったらわたしたちだって危険だ。エルナンデスはなにを考えてるんだ、こんなあんぽんたん(トントボーラ)を現場に出すのは一万年早い」

避難者の一人をおぶったオクタビオの反論は、九割が「ぐぬぬ」とうめくだけだった。

とにかくこうなったら混乱のどさくさで出るしかない。少しずつ煙が充満しつつあり、遠くで殺気立った声が飛びかっている。夜の削り滓のような黒い灰が舞い、熱せられた窓がピシッピシッと音を鳴らし、膨張する空気に負けていまにも砕け散りそうだ。二度目の爆発が起こり、視界が激しく震え、ホアキンたちも引っくり返りそうになった。煙にあぶられて涙目になり、口や鼻の粘膜がずきずきと痛んだ。消火や避難で散っていったのか、鉄の網がついたエレベーターの前から見張りが消えていたので担架ごと乗りこんで階を下りたが、ブリッジの手前の側廊でちょうど階段を上がってきた私兵たちと遭遇してしまった。捕虜どもだ、ここにいるぞ！　銃をかまえながら駆け寄ってくる。ああ、こうなることは避けられなかったのか。オクタビオが背中の避難者を担架に下ろす。私兵たちに目を凝らしていたサーシャが口走った。こいつらに「悪霊(ファンタスマ)」はついてない。

「わけねえ、〈驚異の力(ラ・マラビジャス)〉なしの雑魚(ざこ)なんざ！」

オクタビオは一歩も退(ひ)かず、ためらいなくまっしぐらに突進する。武装兵たちの予想した展開とは違っていたようだ。なんなんだこいつ、銃に丸腰で向かってくるのは大たわけ(オタリオ)かスーパーマン(エル・オンブレ・デ・アセロ)のどっちかだろ！

銃口を向けられたが、下腹部に体当たりをして銃身を斜め上に逸らし、天井の漆喰(しっくい)を降らせた。相手の膝の皿を蹴り割り、腰を旋回させた上段蹴りで頭に一撃を食らわせた。さらに二人、三人と襲ってくる。二の腕がパンパンに張った職業軍人風の男が大ぶりの山刀(マチエテ)を振りおろす。オクタビオは左にかわす。つづけざまの振り下ろしで、壁にこすれた刃面が火花を散らす。相手が山刀（マチエテ）を引き戻したとき、あやうくオクタビオの肩に刃が当たりかけた。ひぇー、こんなのが急所に当たったらイチコロだ、首に当たれば首を刎（は）ねられる。それでもオクタビオはすくむどころか勢力を増す。獰猛（どうもう）に吠えると、得物を突きこんできた相手の腕をつかみ、関節を曲がらない方向に曲げて、落ちた山刀（マチエテ）をいただいて相手の胸をズバッと斬り裂いた。

　だれよりも主役を張ることにこだわる英雄主義者（エロイスタ）が、ありついた見せ場を逃すまいと勇躍する。死角を突いて近接戦に持ちこみ、奪った山刀（マチエテ）で斬り、レスリング（ルチャ）の反り投げまで繰りだして床に叩きつける。おれは白兵戦ならいけるんだぜ、見直したか？

　その間、サーシャも止まってはいない。手首の組み紐を解くと、なめらかな動作で兵のあいだをすり抜けていく。その足は自分が行きたくて敵が来てほしくない空間を自由自在に往き来する。動きはしなやかで力強いが、細身の体を躍動させるのは踵と腰だった。反撃を浴びるような愚は犯さず、相手を戦闘不能にするのに必要なだけの波紋疾走（オーバードライブ）を流しこんでいく。こういう局面を打開するには、集中することだ。死なないように集中すること。立ち止まるな。戦闘だけにとらわれずに先へ進め。避難者を誘導し、担架を押しながらひたすら出口を目指した。少なくともサーシャの目が異物の影を認めないうちは、奪った山刀（マチエテ）と組み紐だけでも乗りきれそうだった。

　ところがそんな希望も、ブリッジに達したところで水泡に帰した。

通せんぼをするように、大勢の私兵が人の壁をつくっていた。

その先頭に、鋼鉄の像のように一人の巨漢が立ちつくしている。

巌のような相貌を細かい苔のような無精髭が埋めている。黒々とした髪は縮れてふくらみ、ひいでた額は生え際がやや後退している。窪んだ眼窩にはめこまれた瞳はどこか悲愴に翳っているが、一度見ると決めたら背中まで貫き通そうとするように片時も視線を外さない。建物の温度は体感だけなら摂氏五十度にも上がっていたが、進路をふさぐ大男だけはどこまでも冷ややかで、そそりたつ氷棚に見下ろされているようだった。

サーシャが衣服の上から「矢」の傷痕を押さえた。こいつだ、と震える声で告げる。他の連中にはドス・サントスと呼ばれていた。アルホーンの最側近にして鉄の忠誠を誓っている信奉者。わたしとメッシーナを捕らえたのはこの男の「驚異の力」だ。

「お前たちが、火を放ったのか」

立ちはだかったドス・サントスが言った。武者震いするオクタビオ、ホアキンも固唾を呑んでいる。進路をふさいでいるのは能力者だ。起きる現象や被害に先んじて能力者が姿を現わし、正面から対峙してくるのはこれが初めてだった。

「たしか奇妙な術を使う二人組だったな……」その目がサーシャに注がれた。「女のほうが生き残ったのは意外だが……お前の力の発現はまだ見せてもらってない。どんな能力に目覚めた？」

「わたしは目覚めていない」

「それはない。お前は選ばれた。選ばれなかった相棒とは違う」

「わたしが使う力は、厳しい修練でみずから獲得したもの。恐怖を克服して、意志の力で鍛えたものだ。それだけがわたしの力だ。他にどんな力も得ていない」

揺さぶりをかけているのか、亡きメッシーナのぶんも波紋使いの誇りを叫ばずにいられないのかもしれない。サーシャはかたくなに相手の言葉をはねつける。アルホーンの追随者というだけあって、ドス・サントスは火事や爆発よりも「矢」によるサーシャの能力の発現を是非したがっていた。

「あなたのボス（エル・ヘフエ）はどこへ？　この火事で一足先に逃げだしたか」

「答える必要はない。一人も逃がすなと言われている」

「全員を生きて帰す。そこを通せ」

「帰さない。最初からうまく御（ぎょ）せるとはかぎらないが、通りたいならここで見せてみろ。お前の〈悪霊（ファンタスマ）〉を――」

ブフオオオオォッと象のような呼気を吐いたドス・サントスは、荒ぶる古代の戦士が戦いを前に名乗りを挙げるように、みずからの魂を鼓吹（こすい）するように号（さけ）んだ。

緑の家（ラ・カーサ・ヴェルデ）――

絶叫したわけでもないのに、声の尻尾がこだまのように鼓膜で反響した。

頭の上に専用の雨雲が垂れこめたように、ドス・サントスの周囲が暗く翳った。

暗灰色(あんかいしょく)の煙のようなものが漂い、四方の風景がドッドッドッドッと激しく脈打つ。

おかしい。熱を帯びた空気が変質している。息絶えたばかりの焼死体に頬ずりしているようだ。

サーシャだけではなく、オクタビオもホアキンも意識を目に集約した。ドス・サントスのすぐ後ろになにかがいる?

視界が揺れて、ブリッジが大きく軋んだ。また爆発か、それとも地震か、大地の心臓が盛大な不整脈を起こしたような地鳴りが聞こえる。つづけざまの拍動は打たれるたびに大きくなり、オクタビオやホアキンの立つ世界を根底から揺さぶった。温度が上がり、眩暈が強度を増す。足の裏にたしかに近づいてくる振動を感じる。なんだ、なにか来るぞとオクタビオが叫んだその瞬間、視界に映る風景が一変した。

凄まじい間歇泉(ヘイセール)のようにブリッジの床を突き破って、そのまま龍のように天井部を貫通したのは、木だ。気根を幹に巻きつけた幾本もの巨木。複雑に枝分かれしながら湾曲し、おたがいの先端をからみつかせて繁茂する。荒波のような根、根、根、根、足元で波打つ根がタイルを弾き飛ばしながら生長し、ブリッジの床を凸凹の林床に変えていく。左右の壁を被(おお)いつくしながら茂る気根が、人工のブリッジを見る見るうちにツリーハウス(カーサ・デル・アルボル)に変えてしまった。ドス・サントスの半径十メートル四方に、「森」が出現していた。

神の時計（エル・レロホ・デ・ディオス）を早回しにしたかのようだった。オクタビオもホアキンもこれほど荘厳で、破壊と再生をめざましく凝縮した超常現象は見たことがなかった。魂に鳥肌が立つようだった。これが一人の異能によって果たされた風景なのか。

たしかに森だ。

そこに森が現われた。

ただし、感じのいい森ではない。木漏れ日の差しこむ憩（いこ）いの緑地ではない。

鬱蒼（うっそう）とひしめく木々に気根がからみつき、下草と低木が猛々（たけだけ）しく繁茂している。陽の当たる場所へ、栄養の多い土壌へ、雑草も蔓（つる）も気根も争いながら伸びていく。腐葉土の層に昆虫の死骸が埋もれ、羽化をとげずに芋虫が鳥に食（は）まれ、灌木と岩と苔があえぎ、樹冠からは落花がやまない。莫大な因果関係が連鎖しあう、たえまない緑の生存競争（ゲーラ・ヴェルデ）のるつぼとなった原生林（ボスケ・ナティーヴォ）だった。いったいどんな力が働いているのか、起きてはならないことが起きていた。驚きのあまりに立ちすくむ者、恐れをなして後ずさる者、避難者たちもそれぞれに動揺をあらわにしていた。

「あの大木が〈悪霊（ファンタスマ）〉なのかよ」オクタビオも喉をひきつらせた。「だけどこいつは、おれにも、他のやつらにもちゃんと見えてるぜ」

「森そのものは〈悪霊（ファンタスマ）〉じゃない」サーシャが答えた。「わたしが初めて襲撃されたときも木は見えていた。つまりこの森は実在の森。ドス・サントスの能力はおそらく地下茎に働きかけて異常な速度で生長させ、繁茂した木々を操るんだ。奴の〈悪霊（ファンタスマ）〉なら一瞬だけ見えた。本体から離れてササッと森に隠れた」

「寂（さ）びれた土地を緑化してくれるなら、地球に優しい〈悪霊（ファンタスマ）〉じゃあないか」

「そんなわけないだろ。気根だ、あの気根が襲ってくる——」

もはやブリッジは渡れない。サーシャが一行に退避をうながしたのと同時に、樹高五メートルほどの高さに垂れ下がっていた気根が生き物のように鎌首をもたげて、檻から出されたブラックマンバのように急襲してきた。

オクタビオが右腕をからめとられる。すぐさま山刀（マチエテ）で切断したが、枝分かれした気根が次々に襲ってくる。壁からも床からも、亡者の腕のように四方から伸びて避難者の首や腕や足首に巻きつき、締めあげて悲鳴を絞りだす。捕まったオクタビオの体が浮いた。宙吊りになり、複数の気根に巻きつかれて空中で磔（はりつけ）にされた。

「むおおおおっ、ホアキン、この根をぶった斬れえッ！」

オクタビオは山刀（マチエテ）を放り投げた。気根をつかんで宙に跳びはねたホアキンがそれを受け取って、ズババッと縛めを切断する。落下したオクタビオはふたたび山刀（マチエテ）を受け取ると、他の避難者にからまる気根を片っ端から断ち切った。サーシャとともに避難者をかばいながら退避するが、森はどこまでも追ってくる。たったひと巻きで人体を逆さ吊りにして、いったん吊り上げると他の気根も巻きついてがんじ搦めにする。煙の立ちこめる建物に絶叫が響き、濁り、混ざりあう。逃げても逃げても森の追撃はやまない。巨木がうじゃうじゃと肢(あし)を生やして追ってくるわけではない、追ってくるのはドス・サントスだ。本人とその「悪霊(ファンタスマ)」を中心として、燎原の火(グラン・インセンディオ)のように緑の領土が拡大していた。

「恐れるな、お前たちの力を解放しろ」

いつのまにかドス・サントスは空中に浮いていた。つながって累(かさ)なりあう気根を踏みつけて、横倒しにした梯子を渡るように宙を移動している。あんなこともできるのか、ドス・サントスはこの森を意志の力で完全に統御している。

「その女だけじゃない、監房から自分の足で出てきた者は〈矢〉に選ばれている。あたら恩恵を無駄にするな、お前たちはあらたな世界の住人だ。抑えずに解き放て！　おれの〈緑の家(ラ・カーサ・ヴェルデ)〉でお前たちのそれを引きずり出してやる」

こうなるとほとんどアルホーン憑(づ)きだ。ボス(エル・ヘフエ)のように限界まで追いこみ、一人ひとりの奥底で硬く身を縮めた存在を引き出すつもりなのか。細く伸びる森の手につかまれた避難者の若い男が、首を強く絞められて、口から血の泡を噴いた。そのまま見せしめにでもされるように縊(くび)られた状態でゆっくりと上昇し、首のみならず胴や足までギリギリと絞められる。海老反り(えびぞ)の姿勢になった男は、砂時計のように喉元を縊られて失神し、おびただしい気根に巻きこまれて密生した木と木のはざまへ引きずりこまれていった。

絞め殺しの木なのだ。

この森に生えた、すべての樹木は。

ペルーの熱帯雨林にも分布するクワ科イチジク属の常緑高木。他の植物や岩の基質にも巻きついて宿主植物を絞め殺すその性質は、太陽の光をめぐる生存競争が過酷な原生林に適応することで獲得されたものだ。種子が発芽すると苗は地面へと根を伸ばし、枝分かれしながらアスファルトやコンクリートを食い破り、他の植物を絞めつけながら樹冠を越えて日光を得る。気根は垂れ下がって地上に達すると、そこからまた根を生やし、やがて幹となるので、一本の樹木だけでも森林のように見えることがある。

あ・おああ・ああ！　ホアキンが一本の木の幹を指差した。

気根が巻きついた木の幹の表面がふくらんでいる。筋骨隆々のマッチョが腕を上げて腋窩を見せているように二股に分かれた箇所の、その肩の付け根の部分に大きな瘤らしきものがあり、木にじかに人の形を彫りこんだ木彫のように見えた。太い枝にしがみついた恰好で、荒縄のようにねじれた気根に巻かれている。いや違う……違う！　あれは彫られたものでもたまたま人に見える模様でもない。実際に人だったものだ。気根にさらわれるとその場で絞め殺されるか、ああして搦めとられて幹の表面にめりこむように同化させられ、木の養分となるのだ。他にも無数の埋めこまれた犠牲者が見てとれる。いずれもすでに血は通っていない。眼の色は白濁して、全身が干からびたように木とおなじ木肌色になっているが、ペルーのどこかの市警察の制服らしきものも確認できた。この森の餌食になった直近の犠牲者らしかった。この木は食人樹だ。

「本人を狙え！」襲ってくる気根をかわしながらサーシャが叫んだ。

「んなこと言ったって……」オクタビオは応じるに応じられない。

「サントスを叩かないかぎり、森の繁茂は止まらない！」

「だってあの野郎は、高みの見物だぜ」

突き破られた天井のさらに上、十メートルほどの高さでドス・サントスは眼下を睥睨(へいげい)していた。縦横無尽にうねる気根をみずからの手足の延長のようにふるいながら、高揚感や嗜虐心(しぎゃくしん)を燃やしているそぶりはない。与えられた使命を果たすために、ただ粛々と獲物を血祭に上げていた。

「おれもおなじだった、恐れるな」

避難者たちは散りぢりになっていた。もはや全員を守りきれない。宙吊りにされ、断末魔の叫びを上げる。残りわずかな数人をかばいながら後退戦を強いられたが、サーシャやオクタビオのあいだを縫うように、追い越すかたちで森の繁茂が拡大していく。

駆ける足を気根にさらいあげられ、巻きついた一本を断とうとしたオクタビオは、その寸前でブゥオオンと放り投げられた。そこで爆発が起こり、南西側の壁が衝撃波と熱風で吹き飛ばされた。繁茂する気根は床を食い破り、からみあう筋肉組織のように巨大な脚部が吹き飛んだ壁の隙間にズドンと通され、建物の外の斜面へと突き刺さるように潜りこんだ。急激な木の生長が速度と威力を増している。足元で盛りあがった気根に巻きこまれ、屋外へ伸びる根上がりに沿って落下した避難者を追いかけて、サーシャも滑り台を滑るように根の傾斜を降(くだ)った。

前と後ろ——水平方向で交わされていた戦いに、上と下——垂直方向の戦いも加わった。ドス・サントスはサーシャを追ってきた。空中に浮遊しながら、気根の窪みに落ちたサーシャと避難者を眼下に見すえる。波紋疾走(オーバードライブ)——サーシャはエネルギーを伝導する組み紐を放ったが、ドス・サントスに到達する前に気根にさえぎられて届かない。ドス・サントスも自在に空中を移動して、サーシャの長い射程に入ってこようとしなかった。

「その手技はもう見た。もうそれはいい」

眼下のサーシャにドス・サントスが吐き捨てた。

「学習しないのか？　二人がかりでも敵(かな)わなかったのを忘れたか」

「……他の避難者にも、〈矢〉で絶命しなかった者がいるのに」

「ああ、それがどうした？」

「あっさり絞め殺してもいいのか」

「苦境に立ち向かえず、自身を守ることもできないなら、それまでということだ。おれたちはそういう厳しい生存競争(ゲーム)のなかへ入っていく。そこに同胞や家族といった感傷は通じない。ただ戦え、運命を搦めとって日の光の差しこむところまで上がってこい」

たがの外れたドス・サントスの意思を体現するように、ゆらりと鎌首をもたげた数本の気根が、サーシャへと降りそそいだ。

オクタビオは、切っても切っても違う方向から伸びてくる気根との戦いに飽きてきていた。

「ちくしょう、サントスとかいうの、どこに行きやがったッ……」

おれが求める英雄（エロエ）の血戦はこういうのではない。だってそうだろ、森林労働者（トラバハドール）のように延々と伐採を強いられるのは違う。疲労はしだいに体を蝕（むしば）み、動きはどんどん鈍ってくる。ちょっとでも気を抜いたら気根に巻きつかれて絞め殺されるか、食人樹に磔にされて血や養分を吸われちまう！　いいかげんに突破口を見つけないとまずい。この森の弱点を、気根の法則のようなものを見いだすのだ。

看破しろ！　オクタビオは山刀（マチエテ）をふるいながらも意識を凝らし、がむしゃらに思考をめぐらせた。本能を解き放って、敵の急所を見極めようとする。おれにはそういうことができるんだ。感覚が鋭敏になってくると、戦っている相手の急所や弱点をズバリと見抜くことができる。路上で養った知覚、野性の勘、戦いのセンス。なんと呼んでもいいけどそういうものが、闇の向こうでぼんやりと光るような突破口を見逃さない……はずだったのに、果てしなく繁茂し、止まることなく降りそそぐ気根には通用しない。どんなに意識を凝らしてもなんにも見えてこなかった。

「ちくしょう、わからねえ……」

そうなると、森林業者(トラバハドール)の作業をつづけるしかなかった。


ホアキンは、この森の法則を見破りつつあった。

攻撃をかわしながら建物の陰に隠れて、大きく息を吐き、目を閉じる。神経を外の世界に張りめぐらせて、残像となって脳裏に軌跡を描く気根の動きを整理する。

この森の気根はそれぞれに役割があって、すべての気根がすべての仕事をこなしているわけではなかった。ざっと分類するとしたら(i)捕獲根、獲物に襲いかかって巻きつくベーシックな気根。(ii)防衛根、ドス・サントスへの攻撃を防いで足場にもなる気根。(iii)支柱根、木の幹に巻きついてその強度を上げる気根。(iv)呼吸根、攻防に関わらないで放射状に伸びるか、下垂して森に酸素を取り入れる気根。(v)同化根、捕縛した者を木の幹に縛りつけて同化させる気根。(vi)助手根、捕獲根を助けて鞭のように獲物を打ったり、逃げ足をさらったりする気根——大きく分けるとそんなところだ。

いちばんの働き手になっている捕獲根はごつごつと節(ふし)くれだって幾重にもからみつき、筋組織のようになっているので見分けやすい。数も多いし、助手根もついているので、捕獲根にかかずらっていても体力を消耗するだけだ。

狙い目は呼吸根だ。頭上にひろがった枝から垂れ下がる気根には、地面すれすれまで伸びる長さのものもある。通気組織なのでひげや巻きひげを生やしているのが目印で、呼吸根そのものは攻守のいずれの役割も果たさない。

うまく呼吸根をつたっていけば、ドス・サントスほどとはいかなくても、この森を自由に移動できるんじゃないか？　けっこう重要なことを見抜いた気がするぞ。オクタビオやサーシャとも共有したかったが、繁茂する木々に分断されて離ればなれになってしまった。森にはまりこめば迷子になるのは万国共通の法則だから――

オクタビオじゃないけど、こんなときに以心伝心(テレパシア)が使えたらどんなによかったか。一瞬でこの気づきを伝達できたなら、だれかが局面を打破してくれるかもしれない。ホアキンは瞼をきつく閉じて念じてみる。オクタビオ、サーシャ、聞こえるか。呼吸根だ、呼吸根が狙い目だ――

サーシャは樹幹の張りだしから五メートルほどの高さを転落した。気根の攻撃をかわし、避難者をかばうので精一杯だった。

抱きついて、覆いかぶさるように落ちた。避難者は十代半ばのメスティーソの少年だった。怯えきって涙と洟水(はなみず)で顔を濡らしている。もうだめだ、捕まっちゃうよ、と青息吐息で泣きついてくる。捕まったらぼくたちも絞め殺されちゃうの？

ドス・サントスが気根をつたって空中を降下してくる。あくまでも高みの見物の距離を保ったままで、頭上に浮かんで気根をふるう。なんてしつこい男なんだ！　別れた前妻に執着するあまり裁判沙汰になる暴力亭主さながらだった。サーシャを見込んでいるのか、もっとも反撃の目がありそうな相手から始末して、そのあとでゆっくり他の者にとりかかろうということか。

たてつづけに気根が襲ってくる。かわしきれずにサーシャは少年と引きはがされる。それぞれの手足を巻きとられ、二人とも宙吊りになった。

「わたしだけでいいだろ！　その子は離せ、その子はあぁぁッ……」

叫んでも無駄だった。捕らえた少年の喉首を絞める気根が、あごをつたって口の内側まで潜りこむのが見えた。他の気根もそれにつづき、すぐに少年の口の内部がぎゅうぎゅう詰めになった。からまりあう無数の蛇の玉のようになって、意識が飛びそうな少年の顔を内側からぶくぶくと波打たせる。少年はもはや悲鳴を上げることもできない。片方の目から血の色の涙があふれ、軒先の雨垂れのように地面に滴り落ちた。

濡れてかすんだサーシャの視界に、長い歳月をともにしたパートナーの最期が甦った。

メッシーナ、わたしは守りきれなかった。これからも二人で付き随(したが)うはずだったのに、あの人に——しかし二人がかりでも「驚異の力(ラ・マラビジャス)」には太刀打(たちう)ちできなかった。わたしたちは成す術もなかった。「波紋」は未知の異能を前に屈するしかないのか、あの人の首にもいずれ狂える森の魔手がかかってしまうのか。

わたしたちは無力だ。あまりにも無力だ。遠い空には暁（あかつき）の色が染みてきている。あと少しで夜が朝へと世界を明け渡す時間がやってくる。しかしその朝にロギンズとメッシーナはいない。視界が絶望の赤に染まりつつあった。気根が首を絞めつける。意識が遠ざかる。遺影でしか知らない祖父（アブエロ）の顔がふと脳裏をよぎったような気がした。

ミィィィ。ミィミィミィミィ。

ミィ。ミィ。ミィィ……

そのとき、小さな動物の鳴き声のようなものが聞こえた。

あまりにも弱々しい。かすれて消えそうな、瀕死で囀るような鳴き声。

遠ざかる意識の片端に引っかかってくる。ミィミィミィミィ。どこで鳴いている？

すぐ足元だ。空中から落ちて、気根の上で裏返しになったサーシャの帽子のなかだ。

ドス・サントスもかすかな気配を察したのか、気根の締めつけがゆるんだ。血の流れがギュンと首から上に戻ってくる。サーシャは瞬時に呼吸を整えて、組み紐を解いて波紋を放ち、気根を引きはがして少年を魔の手から解放した。みずからも首の輪っかを外して体を揺さぶり、遠心力で気根をふりほどいて足元に降りたった。

「なんだ、それは……」絞めつけをゆるめるほどにドス・サントスは小さな異変に意識を奪われている。「それがおまえの〈悪霊（ファンタスマ）〉なのか」

サーシャのそれは――裏返しになった帽子から生まれた。生まれたというよりも、孵った、と表現するほうが適切だったかもしれない。

帽子の内側にあふれているのは、数匹の鳥の雛だった。そんなところに手品のタネを隠したおぼえはない。というかこんなタネでは奇術ショーの観衆も喝采してくれないだろう。毛も生えておらず、目すら明いていない。薄桃色の地肌をさらし、もぞもぞと弱々しくうごめき、ほとんど嘴だけの存在となってミィヨミィヨと鳴きわめくだけだ。うっかり道端に落としたらだれかの靴の裏でたちまち圧死させられてしまいそうな、あまりに危うげな雛鳥だった。

あとからあとから、吹きこぼれるように孵っている。

もちろんそれは、現実に息づく雛鳥ではない。

「お姉ちゃん、それって……」

かたわらで少年が目をこすっている。彼にも見えているのだ。サーシャ自身にも、ドス・サントスにも見えている。あの「矢」の生存者には、見えている。

オクタビオは、ぶるッぶるッと武者震いした。

伐採にいそしんでいて、ようやくピンと来た。めまぐるしい気根の動きを追っていたところで看破した。

攻撃にまったく加わらない気根がある。垂れ下がっているのがそうだ。建物の天井全域を覆うほどに樹冠が拡がっていたが、垂れ下がる気根に跳びついて力まかせに下に引っぱってもちぎれなかった。これなら行けるんじゃねえか？　オクタビオの二つの瞳がめらッめらッと燃えた。腕の力だけで垂れた気根をよじ登って、ほッほッほッと樹冠の真下まで登りつめると、そこから横方向にほいッほいッほいッと類人猿のように飛び移った。

片手では山刀（マチエテ）をふるい、襲ってくる気根を斬って、斬って、斬って、首元に食らいついてきても腕力で引っぱがし、足首を狙われてもパッと下半身を上げてかわし、二本三本とまとめて襲ってきたらその二本三本をまとめて斬り捨てた。これだけ立ちまわれば森林伐採の技術もばっちりだ。伸びすぎたその髪やひげを理髪師（バルベーロ）も顔負けの技術で梳（す）いてやる！　オクタビオは持ち前の度胸と膂力（りょりょく）で、森とがっぷり四つに組み、アクロバティックな伐採がただの曲芸に終わらないように、確実に森の発生源を目指した。

おおッ、いやがった！

ドス・サントスは、爆発で吹き飛んだ壁の外に浮遊していた。

磔刑の見物でもしているのか、こちらに背中を向けている。狙うのはあの男の首だ。雄叫（おたけ）びを上げたいところを堪（こら）えて、余力をふりしぼって気根から気根へと飛び移った。森のあるじを守っていた気根が、気配を察してこちらへ向かってくる。森のなかでもひときわ太い筋肉の塊（かたま）りのような気根だ。肺いっぱいに空気を吸いこんだオクタビオは、次の気根へ飛び移るタイミングに合わせ、襲ってきた気根を踏みつけ、姿勢を崩さずに次の気根も踏んで――

跳躍した。

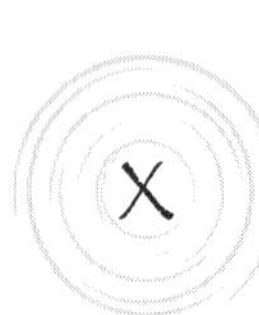

夜明けが近づくバリアーダスの城砦へ、数台の車が上がってくる。

黒煙と火の手が上がる建物から数本の巨大な植物の根が突きだして地面にめりこみ、壁面の大部分が蔓や気根で埋めつくされている。人工の建造物があたかも熱帯雨林に呑まれた古(いにしえ)の神殿のような奇観に変貌していた。壁の割れ目から突出して幾重にもからまりあった巨大な気根の下で黒塗りの車は停まった。運転手が回りこんで扉を開けるのも待たずに車外に降りたったのは、真珠色の踵の高いハイヒールだった。

あきらかに「驚異の力(ラ・マラビジャス)」が発現している。消息を絶ったオクタビオとホアキンを一晩じゅう探していて、ようやくホアキンが残していった目印を発見した。J・D・エルナンデスに寄り添われて斜面を上がったリサリサの視界には、気根の中腹にいるよく知った女と、その上空に浮遊する見知らぬ男が映った。

「エルナンデス、あれは……サーシャよね」

不覚にも声が震えた。齢をとって感傷的になったのは事実だった。

老いたリサリサの心中で忸怩たる思いがあふれ返る。わたしはロギンズの子孫を、大事な弟子を、またも目を離したすきに危機に陥れてしまったの？　波紋使いにとって死はいつだって身近な現実で、今も昔もそれは変わらないが、だからといってわざわざ招き寄せるようなものでもない。八十歳をすぎてこれ以上、自分よりも若い者が命を落とすところは見たくない。後家となって現場に戻ると決めたことも、サーシャの弟子入りを断らなかったことも後悔したくなかった。

「エルナンデス、あそこに浮かんでいるのは……」

「アルホーンではないようです」

「あの男の背中には羽が生えているの？」

エルナンデスは使っていた双眼鏡をリサリサに手渡した。

「飛んでいるわけではないようです。空中に伸びた植物の根に乗っている。本人を支えるように手や足にも巻きついていて……おそらく〈驚異の力〉を行使するアルホーンの手下ではないかと」

「おお嫌だ、肢の長い蜘蛛みたいでぞっとしない。だけどあの男はもがき苦しんでいるみたいね……なにかをおんぶしていない？」

「オクタビオです、彼が背中にしがみついている！」

捕まえたぞ、今度はこっちが絞める番だ。

オクタビオはドス・サントスの背中にしがみつき、腰にまわした両足を閂のようにロックして、その首を裸絞めで絞めあげる。隙間なく密着して、自分の首を肩に沈めこみ、森の木ではなく森の主人のほうと同化した。両腕は首根っこに食いこんでいたが、「……離れろ、この野郎ッ……」とあがくサントスが腕の隙間に指先をねじこみ、絞め落とされるかどうかの瀬戸際でしぶとく持ちこたえていた。

二人の体重がかかっても気根はちぎれない。むしろ殺気立ち、荒れ狂ってオクタビオの手足を搦めとろうとしてくるが、足首に巻きつかれてもロックは外さない。裸絞めの姿勢を崩さず、体をぎっちぎちに接着させて、臍下に気を集めて踏ん張った。

「絞めるなら絞めやがれ、体ごとおれを絞めたらおまえも絞まるッ！」

オクタビオは咆哮した。すると気根が口の中に這入ってきたので、がしがしと歯で食いちぎって防御した。むやみに大口は開けられない。絞める腕に怒りの感情を込める。おれはお前に寄生した。絞めるだけ絞めたら宿主は枯死、お前は窒息死だ！

かたやホアキンも、気根にぶら下がりながら相棒に近づこうとしていた。

ぼくは、オクタビオが跳ぶのを見た。

というかほとんど、空を翔けるのを見た。

われらがオクタビオ！　いざってときにはやる男なんだ。森の気根はもはやその大半がドス・サントスとオクタビオの元へ向かい、うじゃうじゃと蝟集して巨大な球のようになりつつあって、二人の姿を見通せないほどだったが、気根はかならずオクタビオを引っぱがそうとするはずだ。だったらその気根を一本でも多く斬り落とさないとならない。ここが正念場だと覚悟を決めて、つかめる呼吸根を探していたところで、お・おおお・おッ！　防御根に見つかって足をつかまれて、そのまま体ごと持っていかれる。ホアキンはぶぉんぶぉんと振りまわされる。


眼下に見つけた師匠に向かって、サーシャは喉をふりしぼって叫んだ。

高低差は三十メートルほどはあるか、十階のベランダから地上に向けて叫んでいるような様相だった。

「リサリサ……鳥が、鳥がッ……！」

「鳥がどうかしたの、とリサリサが言っています！」

本人の代わりにJ・D・エルナンデスが大声を返してきた。

「わたしも……わたしもあの〈矢〉に射られました。それでわたしだけの異能を、新しい能力を得たようです」

「それが鳥なの、とリサリサが言っています！」

「見えませんか、わたしには見える鳥の群れがいるんです。まだうまく飛ぶこともできない雛鳥で、だけど懸命に飛ぶ練習をしています」

　これがどういう能力なのかはわからない。無毛の雛たちはミィヨミィヨと鳴きながら、皮と骨だけの翼をぶきっちょに羽ばたかせて飛ぼうとして、ミ、とあえなく落っこちる。鳥類の本能にのっとっているようだが、あきらかに現実の鳥とは違っている。雛鳥同士で先を争うように、みだりに嘴で突っつきあって喧嘩し、騒ぎ、威嚇しあいながら、墜落をまるで恐れずに飛ぼうとする。もんどり打って落ちてきても、すぐにくるんと体を引っくり返し、二本の趾（あし）で踏んばってまた空を目指す。サーシャの目から見ても、底知れない生命の貪欲さにふれているようでどこか無気味ですらあった。それにどう見ても成長の速度が速すぎる。個体によってまちまちだが、尾羽や風切り羽がいつのまにか生えはじめ、数センチほど飛べる個体が現われていた。これがわたしの「悪霊（ファンタスマ）」――


　オクタビオは、奥歯をすり減るほどに噛みしめる。

　捕らえはしたものの、ドス・サントスは降伏しない。

　それどころか、気根ごと空の高みに浮上して、オクタビオに転落の悪夢を見せる。

地面は遥か彼方にあった。こんなところから落ちたら血をたらふく吸った蚊を叩きつぶしたみたいになるかもしれない。

怖じ気がオクタビオの脳裏に兆した。汲めどもつきない射幸心に駆られた末路が転落死か、リサリサやJ・D・エルナンデスを裏切りかけた報いなのか。腕の力がだんだん鈍ってきて、呼吸が乱れに乱れる。眩暈がその強度を増し、意識の縫い目がほころんだ。さっさと落ちろ、落ちなきゃおれが落ちる――

たとえ落ちても一人では落ちるものか。このまま気根ごとサントスにからみついて、たとえ落ちても地面にぶつかって砕け散る〇・〇〇〇〇一秒前までお前を絞めつけてやる。

森がいよいよ怒り狂ったように繁茂し、水平方向に延びた戦いの場をとてつもない烈震で揺らしていた。

あまりに長い夜だった。多くの者が生死の瀬戸際に立たされて、それでも夜明けを前にあるべき姿が揃っていた。地上にリサリサ。気根の中間地点にサーシャ・ロギンズ。もっとも高いところには敵を捕らえて離さないオクタビオ――

「彼が保ちません、波紋を練りなさい、とリサリサが言っています！」

J・D・エルナンデスを介して、リサリサが弟子に指示を飛ばした。

「あなたの道具で、あの男に波紋を流すのです、と言っています」

「だけど、あの高さでは届きません……」

声を返したそのとき、サーシャの腕に巻かれた組み紐の端がぐいっと引かれた。一羽の鳥がくわえて引っぱり、巻かれた紐を解いていった。

サーシャは目をみはった。これは——自分から思いついたことなのか、それとも無意識が鳥に命じているのか。

雛鳥から幼鳥へ、めざましい成長をとげた群体のうちの二羽が、解いた組み紐の両端を嘴にくわえると、パタパタ、ヨロヨロ……とおぼつかない飛翔で、今にも墜ちそうな羽ばたきで、それでも初めてのお使いに臨むように紐を運んでいくではないか。一端を眼下のリサリサの元へ。もう一端を頭上のオクタビオの元へ。「悪霊」が見えない者には、組み紐がひとりでに浮遊する超常現象のように映るのかもしれない。リサリサは介添えされながらも斜面を上がってきて、飛んできた組み紐をみずから迎え入れた。年月の長さだけではない多様な実戦経験をそなえる彼女は、それが届けられた意味を十全に理解していた。

リサリサにそれを届けたのは、キジ科に見える一羽だ。かたやオクタビオの元へ飛んだのは、嘴の大きなオオハシ科のような一羽。ヤマセミやカッコウ、シギ、インコとたくさんの種類の鳥が孵ったが、しかしそのどれもやはり現実の鳥とは体色や形質が違う。群体のなかでいち早く飛べるようになったオオハシにとってもオクタビオに至るまでの距離は長旅すぎた。途中で羽ばたきが弱くなり、カクンと落ち、かろうじて持ち直してパタパタと羽ばたいてはまた落ちる。梢(こずえ)に留まって羽を休めることもできず、それでも嘴にくわえた組み紐を離さずに、墜落で終わるとはかぎらない飛翔に賭ける。死とはかぎらない上昇を止めない。羽ばたいて羽ばたいて高い空へと向かっていく。

サーシャの右腕を覆っていた組み紐が、たわみをなくして張りつめている。オオハシもどきが飛びきれるか、組み紐の長さは足りるか、頭上を仰いだサーシャは鳥の飛行をはらはらしっぱなしで見守った。ほどなくして彼方の空が赤紫の色の階調を移ろわせ、バリアーダスの地平線が陽の光に縁どられたそのとき、組み紐が一直線にピンと張りつめた。ああ、あとちょっとで長さが足りない。オクタビオの元までは届かない。――と、そこでオクタビオを呑みこんだ気根の球体がガクンッと大きく揺れた。たしかにサーシャには見えた。気根の球の下部にホアキンがぶら下がっている。一人ぶんの体重が上乗せされたことで、からみついた気根の塊りがズズズズズ、ズズッとまとまってしなだれ落ちた。そこへオオハシもどきがたどりついて気根に留まると、ぴょこぴょこと跳ねあがり、オクタビオの肘の内側に紐を引っかけた。

つながった。

双眼鏡でリサリサも確認していた。練りに練られた波紋のエネルギーが、一〇〇パーセントの伝導率を有する編糸の一本一本をつたって迸(ほとばし)って来るのがわかった。歳月に蒸留された最高練度のエネルギーはあまりに強靭で、白銀色に輝き、温かくも懐かしかった。中継地点で組み紐をつかんだサーシャも流しこめるかぎりのエネルギーを流しこむ。波紋のロープウェイ(テレフェリコ)にさらなる推進力を注ぎこむ。到達点にいるのはオクタビオだったが、波紋の伝導率がもっとも高いのは人間の体だ。媒介となるオクタビオに損傷を与えず、その両腕が捕らえる相手のみを揺らす芸当も、波紋使いであればだれもが心得ていた。

ドス・サントスに波紋が流しこまれる。

あごが上がり、海老反りになって、体じゅうを激しく波打たせた。

たとえ「驚異の力(ラ・マラビジャス)」の使い手であっても例外ではない、数日は起き上がれない波紋の量と練度だ。

本人が意識を失って、森の狂乱もそこで息(や)んだ。

ホアキンにも、ドス・サントスが戦闘不能に陥ったのがわかった。

波紋だ。流しこんだのはサーシャだけではない。眼下にはリサリサの姿もあった。廃物を使って残した目印に気がついてここまで来てくれたのだ。これでもう大丈夫だ、ホアキンは心の底から安堵をおぼえた。

森の繁茂は終息し、気根のすべてが攻撃を止めて垂れ下がるだけになった。ホアキンは気根をつたって地上に降りる。オクタビオとドス・サントスを囲んだ気根の球も重さでズズズズとずり落ちてきた。

急いで気根をかき分けると、オクタビオはサントスにしがみついたままで失神していた。おそらくサントスを絞めあげながら途中で意識を失ったのだろう、それでも体に染みついた執念が、サントスからその身を引きはがさなかった。

頬をはたいてもオクタビオは覚めない。ホアキンは相棒を背負って気根の斜面を降りた。すでにサーシャがリサリサたちの元にたどりついて、再会を喜ぶひまもなく話しこんでいる。避難者がまだ残っていると聞かされたようで、J・D・エルナンデスたちが急いで建物のほうへ散っていく。ずり落ちるオクタビオを揺すりあげ、足を滑らせないように気根を降りながらホアキンは、今夜の働きをリサリサは褒めてくれるだろうかと思案していた。それとも独断専行を咎められ、二人そろっての無謀な行動を厳しく叱責されるだろうか？オクタビオが財団を裏切って情報を渡そうとしたのは黙っておいたほうがよさそうだ。罰されるどころか調査団を馘首にもなりかねない。火事を起こして避難者を危険にもさらしたけど、ドス・サントスを打ち破るのに重要な役割を果たしたのは間違いないんだから――降りてくるホアキンを見つけたリサリサが、早くこっちにいらっしゃいと手招きしている。やっぱりちょっと怒っているみたいだ。

オクタビオを揺すりあげ、ばつの悪さを味わいながら駆け寄っていった。そのとき耳の端を風切り音がかすめた。むごッ、とオクタビオがうなるのが聞こえて、次の瞬間、灼熱の痛みがホアキンの体の右半分から噴きだした。立っていられずに身をよじって崩れる。

建物でくすぶる火の手が自分たちの体に延焼したのかと思った。たしかに体が燃えている。ホアキンは膝から崩れ、オクタビオもろとももつれあって地面になだれ落ちた。

痛かったか？

焼けるようなその痛みが、お前たちの切望したものだろう？

かろうじて振り返ると、離れた場所にオリーブドラブ色のピックアップトラックが停まっているのが見えた。荷台にはアルホーンが立っていて、その手には殺傷能力の高そうな洋弓銃(クロスボウ)が握られていた。数台の車に部下たちと乗り、城砦のどこかに隠された出入口から出てきたらしい。次の瞬間、体を裏返しにされるような激痛が走って、ガッガッと体内の骨になにかが引っかかる感覚があった。燃えあがる激痛が限界まで火力を増して、意識がたちまち遠くへ飛びそうになる。オクタビオも痛みで目を覚ましたのか、苦しげに悶絶(もんぜつ)しながら地面を這っている。巣に戻る蛇のようになにか細長い物体がピックアップへと引き戻されていくのも見えた。

――痛かったか？　「矢」で射られたんだから痛いのは当たり前だよな。望みどおりお前たちは選別されるんだよ。

そんなはずはないのに、アルホーンの声が脳裏にこだまするかのようだった。実際に声が聞こえる距離ではないのに、癌細胞のように傷口から体と心に侵蝕してくる。たしかにあの「矢」が――細くて長い弦のようなものを尾部に結わいたそれが――アルホーンのもとへと戻っていく。ホアキンはそこで理解した。ぼくは射られたんだ。しかもオクタビオごと。洋弓銃(クロスボウ)から放たれた「矢」は、オクタビオの左腿をつらぬいてホアキンの左脇腹を串刺しにしていた。

放った「矢」を回収すると、アルホーンは嘲笑(わら)ってみせた。開かれた口の内奥が暗闇を頬張ったようにどす黒かった。

アルホーンの意思が伝わってくる。こうしてそれなりの損害を被った返礼に、お前たちの欲しがったものをくれてやろう。運命の分岐点をくれてやろう。お前たちはもう射られる前には戻れない。二人のどちらとまた会えるのか、どちらとも会えないのか、楽しみのリストの端っこに加えておくとしよう。

苛立ちも嘆きも浮かんでいないその表情に、アルホーンの本質が表われていた。不特定多数の人間に「矢」を放ち、最側近を残して去ることに一片の迷いもない男の顔が見えた。運転席の屋根をばんばんと叩くと、数台の車が砂塵を上げて出発する。追っ手たちと交戦せずにこの場は退(ひ)くことにしたのか、それとも他の思惑があるのか——

身心を焼きつくす痛みの外側で、かすれる意識の向こう側で、数人の声が響いている。ホアキンとオクタビオの名を呼んでいる。朝の光が差しつける方角から、リサリサが、サーシャが、J・D・エルナンデスが、なにかを叫びながら駆けてくる。そんな気がしたけれど、ただの気のせいだったかもしれない。ホアキンにはもうわからなかった。あるいはそれは、早くも近づいてくる「悪霊（ファンタスマ）」の叫びと跫音（あしおと）なのかもしれなかった。

そしてすべては、暗闇の底に墜ちるように溶解していった。

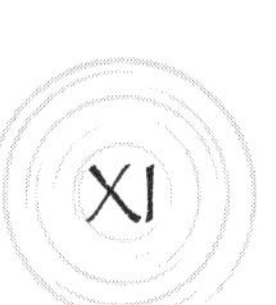

夜だった。
ずっと巨大な渦のなかを回転しつづけているようでもあったし、身動きひとつしないで静止しているようでもあった。
波打つ水面（みなも）へ顔を出すように意識を取り戻して、すぐにまた泥のような眠りに沈みこんでいく。おそらくどこかに流れ着こうとしているのだけど、どうしても自分では向かう方向を決められない。過ぎ去っていくさまざまなことを、指をくわえて、溜め息を吐きながら曇り硝子越しに見送っているようだ。アルホーンの言ったとおりになったのかもしれない。すべてはあの瞬間から変質してしまい、射られる前にはもう戻れない。「矢」を受けて数日後に目を覚ましたホアキンは、覚醒と昏睡を出たり入ったりしながら、自分たちの運命の変転を痛感せずにいられなかった。

夜だった。

目覚めるといつも夜だ。

あれからどのくらいの時間が過ぎたのか、日付の感覚はとっくに失われていた。

オクタビオとともに財団の医療班の元へと担ぎこまれ、緊急で処置や手術を受けたようだ。予後もベッドで寝たきりになっていたが、ある一連の疑問がホアキンをとらえて放さなかった。こうして意識が戻ったということは、ぼくは「矢」に選ばれたのだろうか、サーシャ・ロギンズの側に入ったのか。それともこれから少しずつ弱って、メッシーナの側へと転げ落ちていくのか。オクタビオは？　オクタビオはどうなったのか。

財団の人たちはだれもが疲弊し、困惑していた。病室には多くの医務官や調査官、研究組のドミンゴやアキ・マルセラも現われてさまざまなデータを採り、数値を測り、心身の様子を訊いてきたが、だれもオクタビオのことを教えてくれなかったし、オクタビオ自身も訪ねてこなかった。それどころかそろって胡乱（うろん）な眼差しで、どことなく人が変わったようによそよそしい。瞼がどろりと重そうで、その眼底に陰鬱（いんうつ）な感情が溜まるのを抑えられないかのようで、くたびれきったように病室を出ていってしまう。あの日の独断と暴走を非難されているのか、それとも採取されるデータによくないものが混ざっているのか、あらたな「悪霊（ファンタスマ）」の気配を嗅ぎとらせるなにかが——ホアキンは日に日に所在がなくなっていく孤独感を味わった。「矢」の傷はまだ痛んでいたが、死ぬほど痛いわけではなくなって、そういう状態で病室に横たわるだけの毎日はアンティグアでもバリアーダスでも望めなかった安息を与えてくれるはずなのに、身を粉にして駆けずりまわっているよりもずっと疲れた。オクタビオがいないのは体の半分を引きちぎられてしまったようで、うまく呼吸ができず、ものも考えられなかった。

「あれはそうだな、ひげ根をたくさん生やした根菜類みたいだった。体が水でできているみたいに光がすり抜ける。固体化できるけど、一気にじゃあない。海水が蒸発するときに塩が残るように凝固する。凝固しながら、ぼろぼろと木屑をまき散らす」

激務がこたえているようで、病室にやってきたサーシャもぐったりしながら、あの夜に目視したというドス・サントスの「悪霊」の姿を教えてくれた。木陰にこそこそと隠れながら気根を操っていたという。すでに「矢」に射られた人間と話をするのはどこか気が楽だった。筆談にはしなかったのでサーシャが一方的に話すばかりだったが、君の周りに「悪霊」は見えないなと大事な証言も聞くことができた。個人差があるのか、わたしのように追いこまれて出現するものなのか、とにかく生き残ってくれてよかったとサーシャは言った。それだけはリサリサも心から喜んでいたよ。

数日後の夜、リサリサ本人も現われた。ホアキンの体調を案じて、今はとにかく休んでいなさいと言ってくれた。J・D・エルナンデスたちはアルホーンを追跡するので大忙しのようだったけど、この夜のリサリサは調査や追跡の話はしなかった。

あなたの話を聞きたいです、とホアキンは紙に書いて差しだした。

「わたしはルーヴル美術館よりはいくらか若いけど、ニューヨーク近代美術館（MOMA）よりも年寄りなのよ。そんなおばあちゃんが話をはじめたら長いわよ」

リサリサはそう言って、温かくて親密な、眠気を誘う（よ）ような笑みを見せた。

「厳しい戦いのあとで、わたしは世界に対する心地好い信頼を取り戻した。秩序の価値をふたたび信じられるようにもなった。だけど歴史はしばしば暗い隘路（あいろ）に迷いこむ。生前の夫と慈善活動や人道支援をしていて世界を飛びまわるなかで、そこかしこに過去の呪縛を、残響を感じとることができた。アジアの半島であいついで戦争が起こった。旅先の宿のテレビでソンミ村虐殺事件の公判を見たわ。アラブ人とイスラエル人は永遠の争いを再開し、アルホーンのような血まみれの殺人者も生まれた。ある時期に自分たちの社会が安定して見えてもね、それは惨事や悲劇が遠いところで起きているというだけのことなの。わたしは後世の人たちがこの世を善くするための戦いを継いでくれると信じているけど、そのためにも正しく時代を明け渡さなくてはならない。この力が必要とされているうちは、老骨に鞭を打って置き土産を残そうと決めた」

語られるリサリサの歴史をホアキンはじっと静聴した。夜の病室のなかでも彼女が生きた時間の空気が感じとれた。ホアキンは自分たちもその物語の一部であり、そしてリサリサもまた、オクタビオや自分がこれから紡いでいく物語の一部となるのだと思った。

ふと見ると、リサリサが目をこすりながら憂鬱な表情を窓の外に向けていた。ホアキンに向き直ると、口元に浮かんだぎこちない笑みを引っこめた。

「あなたたち二人の身に起きたことは、すべてわたしの責任です」そう言ってホアキンの手を握った。「あなたは自分の力で一命を取り留めたけど、オクタビオは――」

ホアキンは瞬きを止めた。リサリサはみずから、だれも教えてくれなかったオクタビオのことを打ち明けに来てくれたのだ。

「あの〈矢〉に選ばれたのか、選ばれなかったのかは、正直なところわからない。彼はあなたよりも深刻な危篤状態に陥って、確実に命が危なかった。〈矢〉で射られた左の腿が劇症を起こして、壊疽がひろがり、検査の結果、鏃に含まれた細菌が全身に侵蝕しかけていることがわかった。だからわたしたちは、彼の左腿を切断せざるをえなかった」

喉の奥になにかが詰まって、ホアキンは息ができなくなった。

オクタビオの脚を、切断？

数日後、容態が安定したというオクタビオとの面会を許された。

夜だった。オクタビオの面差しは、ホアキンが想像したいずれとも異なっていた。

顔色は悪くて、あごのあたりに血管が青々と透けて見える。怒りにまかせて荒れ狂うわけでも、濡れていた頬をとっさに拭うわけでもない。瞼をどろんと半開きにして、ベッドで腑抜(ふぬ)けた表情を浮かべていた。

「あー、お前か」

乾いた唇(くち)からこぼれる言葉は、言葉というよりただの音だった。はしっこい活気や威勢や英雄願望はあまさず消滅して、おれの名は？　とはもう言わない。左腿から下が失われたことにも気づいていないのかもしれなかった。

「お前はピンピンしてんなあ、ようするにおれがはずれ(フリヨ)で、お前が当たり(テ・ケマス)だったってことかよ」

それはまだわからないよ。ホアキンは無言で頭をふった。

「で、〈悪霊(ファンタスマ)〉は出たのか？」

ホアキンは頭をふった。

「それにしても、なんでお前なんだよ。おれじゃなくてよォー」

その言葉だけで十分だった。だれよりも飢え、渇き、待望したあらたな世界の扉が、自分ではなく相棒に開かれた。怒りと憧憬、恨みと孤立感、疲労と困惑、それらが混ざりあって噴出してどれにも固まりきらず、結果としてオクタビオの表情をのっぺりと薄ら鈍いものにしている。黙っていても交換されていたものが、二人のあいだに往き来しなくなっていた。だからこそリサリサたちは面会させなかったのかもしれない。ホアキンの運命が変転したことで、オクタビオもまるっきり別人のようになっていた。

「ったくよう、片脚までなくしちまった」

だらしなく口を開けて、つねに上の空で、それでもその魂は地の底に沈んでいくほどに打ちのめされていた。

それから連日訪ねたが、オクタビオの様子は変わらなかった。リハビリをしていてもベッドに寝ていてもうわ言を吐くだけで、欲求もなくなり、怒らない。笑わない。ただそこにいるだけ。起きていても覚醒しておらず、その瞳は虚ろな節穴でしかなくなっていた。


数日後、ホアキンはみずから調査団を去ることにした。

決めたのは、夜だった。

ずっと夜だから、そう決めた。

自分はたしかに「驚異の力（ラ・マラビジャス）」に目覚めていると、気づいたからこそ決断した。

例の「悪霊（ファンタスマ）」はいまだに姿を見せないけど、たしかにその力は発現している。自分でも腑に落ちた。世界のなにもかもがホアキンの意識に先んじて存在していて、なにもかもが五感の求めよりも遥かに緻密だった。これまでずっと度の狂った眼鏡をかけさせられていたように、不純な血をすべて抜いたように、視界に映るすべてが明瞭になった。だけどぼくは、この力をまるで制御できていない。

ホアキンは窓の外を見つめた。

夜だった。

かれこれずっと、月の満ち欠けばかりを眺めている。太陽を拝んでいない。

おかしい、なんか変だ。ずっとそう思っていた。

病室のベッドで半身を起こし、おもむろに拳を握りしめると、傷ができたばかりの掌(て)を握ったときのように、指の間からどろどろの液体が染みだした。血ではない。タールのように真っ黒な滴(しずく)が手の隙間から垂れ落ちる。黒い滴はゆっくり落下して、病室の床に当たり、王冠をつくって弾けた。そこに黒く小さな渦ができあがり、無音のままで回りだして、夜の色を濃くして次第に渦を大きくしていく。これは「夜」だ、「夜」そのものだ、とホアキンは直感していた。

これがそうだ。これがぼくの「驚異の力(ラ・マラビジャス)」だ。そこにあるのは一切を見通せない盲目の暗黒。宇宙の壊滅的な黒い真空部分。白黒(モノクロモ)の黒だけを集めた暗闇の溜まりだ。

ぼくが覚醒するのがいつも「夜」なんじゃなくて、ぼくが覚醒しているあいだは「夜」になるんだ。

病室のテレビに映る生中継の映像はちゃんと昼間だったし、世界に太陽が昇らなくなったというニュースは報じられていない。サーシャもＪ・Ｄ・エルナンデスも、財団の調査員や研究員たちもだれもがいつもと変わらない朝を、昼を、過ごしている。少なくともホアキンに近づかないかぎりは——

ぼくがいるこの病室は、ぼくが目覚めているあいだはずっと「夜」だ。原理はまったくわからない。だけどたしかに窓の外は闇の景色に染まり、訪ねてくる人びとは決まって睡魔に襲われる。体内時計が狂ってしまうのか、活動力が低下していくようで、憔悴(しょうすい)し、面(おも)やつれしている。気温まで下がり、お見舞いの花は萎(しお)れて花びらを落とす。ドス・サントスがその半径十メートルに森を出現させたように、ぼくは日照の有無にかかわらず自分の周囲を「夜」に包みこむ。

　これがそうだ。しかもぼくの力は効能がおよぶ範囲を、闇の深度をあきらかに増している。財団の研究者たちはこの力をどう分析しているのか、ブリーフィング・ルームを覗いたところで怖くてたまらなくなった。時計の針は昼の二時を差しているのに、嗜眠(しみん)の病が蔓延したように調査団の全員が眠っていた。机に突っ伏し、床に寝転がって、瞼を閉ざし、口の動きは途絶え、手足は吊るした動物の死骸のように力なくしな垂れている。リサリサも、サーシャも、そこにいる者たちが一人の例外もなく眠っていた。

　かりそめの死のようなその寝顔に、凍りついた時間に、ホアキンは絶望の酸が全身に染みこんでいくのを感じた。こんなのが当たり(テ・ケマス)なものか、こんな力が恩恵のはずがない。本物の呪縛が、本物の「悪霊(ファンタスマ)」の力が、この世の摂理をねじ曲げる能力が、制御もされずに際限なく垂れ流されている。

　壊れた蛇口のようだった。たがの外れた「夜」がとめどなくあふれだす。異常現象はスピードワゴン財団の内部だけにとどまらなかった。わけもわからないまま嗜眠の世界に閉じ込められた一人の清掃員が、持病の鬱をこじらせて建物の屋上から身投げを図った。餌やりを忘れられた猫が飢餓で痩せ、枯れた花はカビのような粉を吹き、財団本部に面する歩道を歩いていた保育所の児童たちに居眠り運転のタンクローリーが突っこんだ。窓の外の街路が一面の炎と黒煙に呑まれ、橙色に熾った建材や電線が霰となって降るのをホアキンは目の当たりにした。引率の保育士も運転手も、児童たちも九割が助からなかったという。かろうじて一命を取りとめた児童も背中の全面を焼かれ、髪と眉を失い、顔が倍ほどにふくらんでしまっているのをニュース映像で見るはめになった。

親兄弟が狂ったように泣きわめいていた。

ホアキンはその事故と火災で、みずからの理性まで灰燼に帰す音を聞かされていた。

だから去ろうと決めた。ここにいてはいけない人間だと思い知らされた。ここにいてはリサリサたちが平常の活動さえできない。無関係の人たちすら、毎夜のように恐ろしい事故や悲劇に巻きこんでしまうかもしれない。ようやく見つけた居場所だったけど、こうなってしまってはしかたがない。静まり返った廊下をふらふらとさまよい歩き、ある病室の前を通りかかったところで、一人だけ、眠っていない者を見つけた。半開きの目をもたげたオクタビオが、茫然とホアキンを見つめていた。

出ていくんだな。

おれを置いていくのか。

お前一人でいなくなるつもりかよ？

捨てばちで、虚ろで、半分眠っているような呆けた眼差しだったけど、それでもたしかにホアキンに語りかけていた。ホアキンはしばらく悩んだすえに、肩を貸してオクタビオを抱き起こした。オクタビオがそれを望んでいるのはわかったし、ホアキンもそうしたいと願った。だってぼくたちはいつでも二人一緒だったんだから――オクタビオにもこの力の封印を手伝ってもらおう、それでいいよね？　無言でたがいの意思を確認してから財団の支部をあとにした。


夜だった。

ホアキンの歩いていく足元で、雑草は崩れて灰となった。

陰鬱な雲の向こうには、隠れて動く太陽の軌跡すら見えなかった。

故郷はあっても、帰巣本能の目印になる家はない。二人そろって身寄りはない。そう考えると元の放浪の身に戻っただけかもしれない。

廃品回収に使っていた荷車に、隻脚のオクタビオを載せて、市街を避けて人のいないほうへ歩いていった。山に上がり、分水嶺の南の斜面を降りて、道端の死んだ倒木を眺めた。立ち止まった石橋の下では、川の水がよどんで灰色の泡を立てていた。魚影はない。生きとし生けるものは活動を止めている。飲まず食わずで歩きつづけて、まともに眠ってもいなかったが、疲労は感じなかった。正直なところホアキンには、自分が死にそうなのかもよくわからなかった。オクタビオは何度かいきなり荷車で起きあがって、地面に降りようとして立てずに転び、おれの左脚がないぞと言って大騒ぎした。切断されたことがどうしても実感できないようで、あらためて気がつくたびに動転してわめいてしまう。落ち着かせてようやく納得すると、へへ、とゆるんだ蛇口のように笑った。豪気な雄叫びや強がりはもう逆さにしても降ってこないようだった。

ぼくたちは、だれもいない、なにもないところへ行って、静寂のなかで無から秩序や儀式を創りだし、そこにこの息を吹きかけよう。

ホアキンはみずからを流刑に処していた。おのれの放逐はひと知れず、わずかな一夜のうちに判断されていた。ホアキンの歩いていく道程では、制御できない力が緑野を枯らし、地上を暗黒の色に閉ざす。街路の木は異教徒の灯した蠟燭のように黒ずみ、生命の温度は失われ、河川や湖沼はたちどころに温度を下げて、棲息(せいそく)するすべての生き物を凍(こご)えさせた。つねにそこにあるのは、夜。光の差さない、夜。

明けない夜の世界では、傷つきひび割れた唇から変化を呪う言葉が漏れる。「矢」にもたらされた不可逆の変化をうとむ声が。オクタビオとともにホアキンは遁世(とんせい)して、自分たちが存在した記憶を忘却の彼方に追いやり、時間を風の塵に返して、歴史の表舞台から消えた。

後の世に、スピードワゴン財団が「無限の王（エル・アレフ）」と銘ずるその異能とともに――

たどりついたのは、奥深い暗闇のとば口だった。

そこはペルーの東の国境、南米大陸を占める熱帯雨林。

無人の小船に乗り、櫂（かい）を漕いで、オクタビオとホアキンはアマゾンの大河を遡行（そこう）していった。

第3章

最後の旅

El ultimo viaje
in Brasil
1986

XII

一九八六年、ブラジル

熱帯の森は美しい声で、侵入した者の耳元へささやく。

ここから出ていけ、と。

運命は予告なしに変化して、寓意なしに人々を罰する。

ひざまずけ、さもなくば滅びよ、と。

神秘と畏怖によって守られた森の領土に、深閑たる夜の冷気が充満している。緑の天蓋も、繁茂する木々も、地面も、暗黒の色に侵されて本来の色彩を喪っている。

宏大なアマゾンの北東部、ペルーとブラジルの国境から東へ一五〇〇キロほどの奥地に、始原の森をそのまま要塞化した集落があった。規模の大きな農場と採掘場をかまえていて、高低差のある地形に竹や木材をめぐらせ、給水塔や発電設備もそなえている。四方では昆虫や鳥が鳴きかわし、水の音も聞こえる。流れ落ちる瀑布の音が木々のあいだで反響している。崖と密林に囲まれたコミューンへ――ぬかるんだ泥を踏みつけ、下生えの草を蹴って、複数のコンバットブーツが踏み入っていく。

一すじ、二すじ、三すじ、列なって数方向から進入する。外界からの接触。森の深奥への侵寇。非公式の準軍事作戦として指揮官以下隊員はペルーの国家警察から派遣されていた。二十年もの長きにわたる対ゲリラ訓練と活動の果てにすっかり軍事的性格を帯びた小隊は、強酸性の黒い河を哨戒艇で遡上（そじょう）し、椰子（やし）の茂る湿地帯を抜け、高地性の雲霧林を越えて、陸路ではたどりつくことの難しいこの地まではるばる出張ってきた。

進め（バモス）、進め（バモス）、止まるな（ノ・パレス）！　迅速な動きで縦隊が散らばっていく。軍の小隊なみの総員がライフルや自動小銃をかまえ、手榴弾や催涙弾や特殊閃光弾の備えもばっちり。軍用のヘルメットからは単眼や双眼型の暗視装置が下がっている。戦意はいかほど？　ありあまるほどに漲（みなぎ）っている。だってここで手柄を立てればたんまり賞与にあずかれて、勲章や出世もほしいまま、母国で待つ家族にも腹いっぱい食わせてやれる。私情を挟まずともこの集落をアジトとする悪党どもを鎮圧することは、疑いようもなく社会通念上の正義。アマゾンの浄化にもつながるし、掃討こそわれらの至上命題！　だから止まるな（エスタ・ビエン・バモス）！

では、その悪党どもは？　集落に人の気配は絶えていたが、森そのものが秘めた警報を侮（あなど）るなかれ。招かざる気配があれば、木（こ）ぬれから野禽（やきん）が翔（と）びたち、葉叢（はむら）は吹き鳴り、川辺のカイマンが頭（こうべ）をもたげ、ホエザルの見る夢が千々（ちぢ）に擾（みだ）れる。敷きつめられた天然のブービートラップが作動して、森の聖域を侵す者たちの存在は見通される。すると空気のにおいが変わる。舌にふれる味が変わる。温度が変わる。息を殺して走る隊員の足元に、薄い霧のような、濃度の異なる霊気のようなものが這い寄っていく。

たちどころに急報はコミューンを駆けめぐる。迅速にして組織的に、多くの指示が飛びかう。侵入者のおよそ半数が内部に達するころには、強襲は予期せぬ事態ではなくなっている。コミューンの辺縁から中心部のそこかしこに、人影、人影が現われる。インディオ、メスティーソ、アマゾン川上流の民族であるヒバロ族やワンビサ族、ネイティブ・アメリカンとおぼしき者も交ざっている。人種を問わない境界の守り手たちが配置について、ここにいたってコミューンの全域が戦場に変わったも同然だった。

応戦のかまえは？　周到に武装している者もいたが、銃火器を携えていない者も少なくなかった。丸腰でどうやって戦おうというのか、「まーまー、話せばわかるって」なんて言ってかたづくはずがないのは明白だ。仕掛けた網にかかる獲物を待つように草場にひそむ者、すすんで前線に歩みでる者もあった。

外部からの実力行使は、陣容の差はあってもこれが初めてではなかった。臨戦態勢についた男たちはめいめいに牽制（けんせい）の声を上げる。

おまえら、巷（ちまた）の噂ってもんを知らねェーの？

何人（なんぴと）たりともってやつよ。この集落は「何人たりとも」ゾーンなんだよ。

領土を害する不届き者は、ただの一人も生きて帰れはしない。愛する妻子（ファミリア）にも、故郷のお父ちゃんお母ちゃん（パドレ・イ・マドレ）にも二度と会えない。

この森の、養分になるのさ。

かくして衝突は、先鋒（せんぽう）隊がコミューンの要衝に達した瞬間から起こる。コミューンの中心部には、夜の底で煌々と光るガラス張りの建物群があった。砂漠の強制収容所のように数列に分かれた巨大な温室が紫外線の光を発している。そう、ここは――アマゾン銘柄のコカインの原産地だった。莫大なコカの葉の生産量を誇り、しかも品質は折り紙つき、国際麻薬市場の勢力図を塗り替えるほどの新興のコカイン農場だった。温室群の周辺には高床式の家屋や庭園、作業場、集会所や給水塔なども見られた。ここで栽培されたコカの葉を農夫たちが手作業でむしって袋に詰め、作業場で細かく破砕し、溶媒となる石油類に溶かして攪拌、溶出させた麻薬成分に希硫酸を混ぜたのちにアルカリで中和して、沈殿物を集めて乾燥させればコカ・ペーストのできあがり。迎え撃つ男たちはすなわち、あらゆる生活の資となる温室群こそを守っている。あいまみえた二つの勢力はそのいたるところで、接触からたちまち交戦状態に入っている。真っ先に上がったのは銃声、しかるのちに叫喚、怒号や悲鳴も噴きだす。物騒な音のつらなりが一千の喬木と一万の灌木をつらぬいて、居合わせたすべての者の命の火を燃焼させ、大気を焦がすほどにふくらんで暴発する。

ここで仔細は語るまい。というよりも侵入者たちは、起きていることをつまびらかにできる言葉をただの一人も持ちあわせていなかった。

いいいいいいいいいいいいいいいいいいいいいいい
わけがわからない。なにが起こっているのかまったくわからない。

泥だらけの地面に倒れるのは？　攻めこんだ隊員ばかりだ。抜かりなく銃を掃射し、射殺もためらわずに銃弾の雨を浴びせているのに、多勢による「面」の制圧行動におよんでいるのに、斃（たお）れるのはなぜか味方ばかり。あたかも見えない戦車部隊に押し返されているかのように、いきなり吹き飛ばされる者、泡を吹いて倒れる者、体じゅうに創傷（きりきず）を負う者、自然発火現象（コンブスティオン・エスポンタネア）でも生じたかのように火だるまになって倒（こ）けつ転（まろ）びつする者が続出し、陣形を保つことができない。

　混乱のなかで集落の守り手たちは、聞きとれない奇声を発し、異端の絵画の神々のような立ち姿で、めくるめくオーケストラの指揮者（マエストロ）のように汗をかき、マサト酒に酔って鳥獣の霊と戯れるように躍動している。ここでいったいなにが起きているのか、類いまれな神話の奇蹟がいちどきに噴出したかのようだ。いいや、こんなことをしでかすのが神や聖人であるはずがない、だとしたら悪魔（ディアブロ）や死霊のいとわしい眷属（けんぞく）か——たしかに任務に当たる前にも「噂」は耳にしていた。そこで人間を見かけたら用心したほうがいい、ただの人間ではないかもしれないから、と。

　進むことも退くこともできない。催眠術や幻術の域を超えた現象に、精鋭ぞろいの隊員たちが斃れていく。温室や居住区にも踏みこめず、ただの一人も捕らえられず、集落全体に火を放つというプランBすらも実行することができない。

　集落の男たちは、片時も攻勢をゆるめない。

　攻めさせない。

　奪わせない。

焼き討ちさせない。

作戦に乗じたコカのちょろまかしも許さない。

夜明けが近いはずなのに、漆黒の空に黎明(れいめい)の兆はなかった。なにものかに心身を乗っ取られたかのように「ヒーヤハハハ・ハイ！」と叫びながら味方に発砲する者まで現われて、ただ一人だけ戦線を離脱した隊員が、草場に飛びこみ、泥にまみれながら匍匐(ほふく)で進んで、あやしい紫色に発光する温室を離れようとする。くそ、もうたくさんだ(カラホ・ノ・マス)。ここでは外の世界の常識は通じない、こんなところにいたらこっちまで頭がいかれてオダブツだ！

　わめきながら逃亡を試みる隊員の顔は、濃い藍色の泥にまみれている。泥地に茂るのは羊歯(しだ)植物、アザミにもイカにも見える奇怪な花の隙間から、暗色の霧のような気体があふれだす。たちまち四方に充満して、ドライアイスの煙のような冷たさに鳥肌と身震いを誘われる。ああくそ、熱帯雨林がどうしてこんなに寒いんだ？　耳の裏に響くほどに動悸がしはじめ、脈打つたびにずきずきと頭が痛んだ。体感で五度は冷えこんだような気温の低下に、たまらずに身をもたげかけたところでうつぶせになっていた隊員の背中に、ズウウゥゥウン——と、なにかが飛び乗ってきた。

追っ手ではない、野生の獣でもない。

それは二つ脚でも四つ脚でもない。

八つ脚、九つ脚、もっとあるか。

踏ん張っても押しのけられないほどの重量で、うなじに粘液らしきものを垂らしている。ロブスターが鋏を打ち鳴らすようなしゃかしゃかという雑音も聞こえた。背骨にからみつくような寒気をおぼえた隊員が、這いだして逃れようとした次の瞬間、凄まじい力で体を引っくり返された。

隊員の二つの瞳に、見たこともない生き物が映しこまれる。

その相貌が。そこが貌なのかもわからない貌が、すぐ目と鼻の先にあった。

「うっうっ、うあっうおおおあああああ――――」

たしかに生きては帰れない、残されたわずかな隊員の理性がそう断じていた。こんなものを拝むことになるなら退避なんてしないほうがマシだった。

隊員にとってその貌が、今生で最後に目にしたものとなった。ガブリと齧られたわけではない。爪牙をふるわれたわけでもない。

あられもなく悶絶し、狂死した。

錯乱は、そこへ攻め入った全員に、平等にふるまわれる。

特殊部隊の隊員たちはあまさず撃破されて。

あべこべに掃討されて、尽き果てる。

腹部に穴をうがたれて――――どうしてそうなったかもわからないまま――――倒れている瀕死

の隊員を見下ろして、バンダナを巻いた白人（グリンゴ）の男が冗舌をふるっていた。

「お前ら、見えねーやつらにはどうあがいても見えねーからなぁ。おれたちがどんな手を使ってるのか、なんでテメーの武器がぶん奪（ど）られて、なんでドテ腹に風穴が空いてんのか、最初から最後までちんぷんかんぷんだったろ？　種を明かしてえけどよォ、どのみち見えないやつには語彙が足らねーんだわ、理解する語彙が」

覗きこむ白人（グリンゴ）の顔には刺青があった。盛りあがった点の連続模様で、剃り落とした眉尻から蛇のようにとぐろを崩し、頬で時計のように渦を巻いている。いま何時？　死にゆく隊員はそこで思った。突入したのは明け方の四時、ならばそろそろ夜の闇がどこかへ去っていく空の景色を見上げていてもよい時間帯だ。なのに空の上澄みはわずかな薄明（はくめい）の色も見せない。真っ暗なままだった。どうせなら朝焼けでも仰ぎながら逝きたいのに。

「こんなとき映画なんかだと、生きた証言者をあえて帰還させて、こういう目に遭うから二度とだれも寄越すなって警告するところだけど。これじゃあ一人も帰せそうにねえな、うちのボス（エル・ヘフェ）はそういう芝居がかったことが好きなんだけど」

「おかしいじゃないか、だってそろそろ……」

「あ、なんか言ったか？」

今際のひとときに隊員は独りごちる。どうせなら最期に見たいのは、知らないごろつきの顔でもねじくれた陰樹の木立ちでもない。「攻めこんだらかならず全滅する」という噂の証明となってしまった同僚の亡骸(なきがら)でもない。たったいま見たいのは、樹冠の向こうにすがすがしく展がる暁天(ぎょうてん)なのに。もうすぐ朝のはずなのに。

ははぁーん、朝陽(あさひ)が見てえのか。隊員のかぼそい声を聞きつけて白人(グリンゴ)が答えた。あごをもたげて、夜の天幕を仰ぎながら言いはなつ。

「だったら諦めな。ここはずっと夜だ」

ほどなくして瞼の暗幕が落ちて、隊員の視界のすべてを閉じ下ろす。殉死者にはなむけを送ってやれなかったこの森では、現に赤道直下の熱帯雨林では起こりえないことが起きていた。数年にわたってコミューンを中心とする森林一帯では、平均気温が二十五度を上回らず、ひどいときは地面に霜が降りる。植生も激変して、暗い環境でもへっちゃらの陰樹しか生えない。北半球が朝のときは夜、夜のときは朝という自然の理(ことわり)をくつがえし、あたかも核の冬(インビエルノ・ヌクレア)が訪れたかのように夜の天幕がはがれず、太陽の恩恵にあずかれない。

それこそが、この地を覆う「驚異の力(ラ・マラビジャス)」の顕現だった。

ここでは、決して「夜」は明けない。

XIII

探しだした屋敷は、サルヴァドールの下町で朽ちるにまかせていた。

頭上の空には灰色の雲が垂れこめて、陽の光を遮り、細かい飛沫のような雨を降らせはじめている。

南米の秋の涼しさを通り越して肌寒くなってきた。サーシャ・ロギンズは帽子のつばを引き下ろし、革のオーバーオールのポケットに両手を突っこんだ。

あらためて門扉をくぐる前に屋敷を一望する。広い敷地には庭園や噴水もあるが、手入れされておらず雑草が伸び放題になっている。蔦をまとった母屋の壁はあちこち崩落していて、ディズニー・スタジオの不合格者たちが競作したような鼠やアヒルの落書きも目立っていた。サーシャはくたびれた労働者のような自身の風体を顧みた。着古したブルゾンにオーバーオール、リュックサック、車輪のロゴ入りの野球帽、こんな身なりでは屋根つきの寝床を探す浮浪者に見られかねないか……。街路の目線を気にしながら、剪定されなくなってひさしい植樹のはざまを抜けていった。

他でもないあの男が、この屋敷を訪れていたのだ——

モサドやMI6に比肩する調査力をそなえているとまでは言わないが、なかんずく専門性の高い分野——「波紋」や「驚異の力（ラ・マラビジャス）」に関わる超常現象部門——ともなればスピードワゴン財団はかなりの市場占有率を誇るはずだ。サーシャが調査団に加わって十数年、護衛役のほかに諜報員（インテリヘンシア）としての任にも就いてきた。サン・フアン・デ・ルリガンチョの拠点を暴いたのち、逃走したフェルナンド・アルホーンは、ロシアの亡命貴族の子孫に化けたり、革命家のふりをして民族解放軍の分断をあおったりしながら、数えきれない内紛や事件にその影をちらつかせていた。

隙あらば他者につけ入ろう、弱みを握って屈服させ、あわよくば破滅させようとする男。策略や流血、陰謀劇はたえずその足取りにつきまとっていた。ここバイーア州サルヴァドールの屋敷は、元の住人が亡くなったあとで土地開発業者を騙（かた）ったアルホーンが出入りして商談や取引に使っていた。近年のアルホーンはその消息を完全に絶ち、隠遁したかのように姿を現わさなくなっている。サーシャたちの通信傍受（コミント）および協力者獲得工作（ヒューミント）の結果、この屋敷を拠点のひとつにしていたというのが最後の情報だ。もっともそれも一九八〇年代の初頭のことになるが——

「ほんっと、こういう時代がかったアジトが好きだね」

たとえ年月が経過していても、現地の調査に入らないわけにいかない。アルホーンは依然として「矢」を私有し、これを使っている。

長年にわたるサンプルの収集、研究部門の考究によって、「驚異の力（ラ・マラビジャス）」の理解はめざましく進んだ。そこには一定の法則があって、現象としての能力や発現条件は多岐にわたることもわかっている。いずれにしても「矢」はあまりに危険なトリガーとなり得る。とりわけアルホーンに選ばれる標的は、与えられた力を悪用するようになる傾向が強かった。つまりこの世界に対する脅威を絶つには、アルホーンの捕縛のみならず、その手中にある「矢」こそを回収しなくてはならない。

あの男は、本当に見境なく「矢」を射るから――

サーシャ自身も、射貫かれてその後の人生が急変した「標的」の一人だ。

あの男のことだ、しばらく姿を消していても謀略はめぐらせている。たったいまこの瞬間もだれかに「矢」を放っているかもしれない。生き残った者を私兵化し、裏のビジネスに利用しているかもしれない。こうしているあいだにも、この世界を恐慌におとしいれるほどの「驚異の力（ラ・マラビジヤス）」が出現していてもおかしくないのだ。

「さあ……おいで、おいで……」

サーシャは呼吸を整える。横隔膜を下げて、肺に空気を満たす。止める。横隔膜をゆるめて空気を吐く。半分で止める。雑念を濾（こ）して、意識の乱れや緊張をやわらげ、みずからの魂の形が体の外側で輪郭を結ぶのを待つ。おいで、おいで、おいで。

すると、鳴き声がする。一つの方位からの一つの音ではない。四方八方にサウンドスケープが展がっていく。屋敷の煙突にも、涸（か）れた噴水の彫像にも、胸壁の梁（はり）にも留まっている。サーシャの肩にも二羽、三羽、数が多すぎるのでさすがにうるさいけど、聞く人によっては森林浴をしているような錯覚を誘われるはずだ。

現われた「鳥」の群れが、競うように鳴きかわす。

チュチョチョ、チィィーヨ、チョチョチョチョ、ホッホー、ホッホー。

クルルルルッ、キィー、キィー、キィー、ギュ、ギュワワッ！

ガアィィィ、ギョワッ！

サーシャの能力が生んだ像（ヴィジョン）――グアテマラでは怪物（モンストロ）と呼ばれ、ペルーでは悪霊（ファンタスマ）とも呼ばれたが、財団ではコモン・ランゲージに照らして「幽体（アストラル）」と呼びならわすことが推奨されている。いまひとつ浸透してはいないけど。

個々によって形状も能力もまちまちなので、むしろ固有の名をつけたほうが馴染む。サーシャのそれは「鳥」の群体で、総称としてみずから「夜のみだらな鳥（エル・オブセノ・パハロ・デ・ラ・ノーチェ）」と命名したものの、近年ではつづめて「鳥さん（エル・パハロ）」や「群れ（レバーニョ）」と呼んでいる。

オオハシやケツァール、アンデスイワドリ、ハチドリやコンゴウインコなど、中南米に棲息する野鳥と似たような外見をしているが、注意して見れば、実在の鳥とはまったくの別物とわかる。嘴や羽の表面が絹のような光沢に覆われ、胸部やのどに共通の幾何学模様が浮かんでいる。風切羽（かざきりばね）の列が多すぎるもの、肉垂（にくすい）が垂れすぎちゃっているもの、肢（あし）が二本ではないものも交じっていて、全体の数を把握しきれないほどの大群をなしていた。

超常現象に分類される波紋や超能力（PSI）が具現化したものと考えるのがわかりやすいが、守護霊さながらに一般人の目では見ることができず、にもかかわらず生物や物体に対しては物理的に干渉するので、サーシャの「鳥」が食（は）んだ毛虫はちぎれるし、横一列に留まった電線は実際にたわむ。他のサンプルによると像（ツイジョン）の出現は一人につき一体らしいが、サーシャのそれがなぜ群体として現われたのかはわからない。通常の鳥とおなじく飛翔能力があり、サーシャ本体から一、二キロメートル離れたところまで飛ばせるし、機動力も持続性も高いが、厄介なことに雑食で食い意地が張っていて、餌をめぐって突つきあいの喧嘩もするし、飛びながら排泄するのでサーシャの帽子や肩が落とし物で汚れるはめになる。どういうわけか鳴き声だけはだれの耳にも届くので、ガァガァギョワギョワとやかましい声がご近所トラブルの原因にもなりやすかった。

「ほーら、メッ！　これから秘密のアジトに調査に入るんだから。あんたたち一羽一羽もクールな諜報員（インテリヘンシア）になってこっそり潜入してよね。手がかりを見つけた子には特製のミミズパスタ大盛りをごちそうしちゃうから、だからうるさくしちゃあメッ！」

おまんまおくれの大合唱はうるさくても、前提として「鳥」たちはサーシャの目的のために働く。施錠されていないオーク材の扉を押し開けるとともに、割れた飾り窓やテラス石の亀裂から、煙突の噴出口からも、群体がいくつかの奔流に分かれてザアアアッと屋敷の中へなだれこんでいく。ガァガァガァ、ガァガァ、チィーチョロロロ、ガワワッ、と鳴きわめきながら「鳥」たちは蜘蛛の巣を突き破り、天井から砕け落ちたシャンデリアの瓦礫に群がり、飛びだしてきた蝙蝠の群れとはちあわせて、ギョワワ！　と突っついて威嚇したりしている。

「おかしなものを見つけたら、すぐに呼んでね」

外観にもまして屋内の荒廃は目も当てられなかった。廃材や瓦礫が積みあがって通路をふさぎ、家具調度が倒れ、壁や天井が蔦に食い破られて、あまりの湿気のひどさに鼠やダニやカビの理想郷となっている。かつては疑似ゴシック調の壮麗な屋敷だったようだが、時の試練にさらされて衰亡し、腐敗し、建物の屍とでもいうような様相を呈していた。

サーシャはリュックサックから水筒を取りだし、蓋のカップにためたミント入りのお茶に波紋を流して探知機を作った。物陰に潜んでいる者がいれば、その生命活動が壁や手足をつたってカップの水に波紋を生じさせる。簡易的なレーダーであり、もっとも初歩的でクラシックな波紋の利用法でもあった。

「思ったとおり、無人のようだけど……」

聞こえるのは「鳥」のざわめきだけだ。サーシャはちぎれた掛け物のあいだを縫い、羊腸のように曲がりくねった廊下を抜けていった。角をひとつ曲がると、正面の高窓にステンドグラスが嵌まっていて、左右の壁には漆喰や顔料を使ったフレスコ画が描かれていた。幅十五メートルにわたって連続的な主題が描出されている。火あぶり、斬首、磔、鞭打ち、串刺し――ありとあらゆる陰惨な刑罰が大がかりに活写され、稲妻が落ちる情景にはエル・グレコを彷彿(ほうふつ)させる暗い激情がみなぎっていた。かつてここに暮らした一家はどこかの異端の宗派でも信仰していたのか。聖人たちが膝をついて暗い夜空に祈っている画(え)には、数行に分けて聖書(ビブリア)の文言が記されている。

はじめに神は、天と地を創造された。
地は混沌としており、闇が淵のおもてにあり、
神の霊が水のおもてをおおっていた。
神は言われた。光あれ。かくして光があった。
神はその光を見て、良しとされた。
神はその光と闇を分け、光を昼と呼び、闇を夜と呼んだ。

あらためて抽(ぬ)き出すまでもなく、よく知られた『創世記』第一章の冒頭。熱心なキリスト教徒であればやすやすと諳(そら)んじられる一文だ。着目すべきはそのすぐ上に、赤みを帯びた黒の塗料で「光はなかった！(ノ・アビア・ルス)」と付け足されていることだった。

光はなかった？

これを記したのは屋敷の元住人か、あるいはアルホーンの一味か、創世記の文言はフレスコ画とセットで書かれたものだが、最後の一文はあきらかに後年に足されている。

「わざわざこんなこと書くか？　聖書（ビブリア）の、前提中の前提をきっぱり否定しちゃって」

もしも原初の世界に光がなかったなら、そのあとにつづくのは――

気にしすぎか、ただの落書きかもしれない。

だけどこの文字には、変に意識を持っていかれる。

熟視すればするほど、黒ずんだ文字も生き物の血が退色したものに見えてくる。血文字？　だれが書いたものかは知るよしもないが、これがたとえば、尖ったダークな自己を表現しちゃうぜといった思春期にありがちな自意識の発露でもないとすれば、それなりに根の深い視野狭窄（きょうさく）のようなものも感じさせられた。

どういうわけか、その文言を目にしてから屋敷の内部がそれまでと違って見えてきた。経年劣化による荒廃、本当にそうなのか？　手入れをしなかっただけでここまで屋内がめちゃくちゃに瓦解するものだろうか。サーシャはあらためて壁や天井の崩壊ぶりを精察した。上手くなぞらえる言葉を探すなら、たとえば大きな動物同士が暴れまわって衝突しあい、壁も家具もシャンデリアもなにもかも砕いてなぎ倒したというような――たしかにそこには、凄まじい破壊の跡が見てとれた。

「あのさ、ここで戦闘があったのかも」

サーシャは「鳥」たちに言った。弾痕や薬莢の類いは見当たらなくても、家の内側だけで竜巻が吹き荒れたような気配がうかがえる。残響まで聞こえてきそうだ。

「もしかしたらアルホーンが、ここで自分の能力を使ったとか」

これまでの調査や研究でもアルホーン自身が「矢」によってどのような力に目覚めたかは判明していなかった。言動からして「幽体」を目視しているのはたしかなので、ファビオ・ウーブフやドス・サントスとおなじように能力者となっているはずだが、実力行使の場面ではつねに配下の者をけしかけるので、アルホーンが繰りだす像を確認した者はおらず、解析の端緒になりそうな証言や痕跡を残してこなかった。

あの男は狡猾に隠しているんだ、サーシャにもそれは理解できた。みずからの能力がどんなものかを明らかにすれば、そのまま反撃や攻略のきっかけを与えることになる。秘密のヴェールを脱がないことこそがもっとも肝要なのだ。アルホーンのような輩にとって、「驚異の力」とその像をさらすのは、人目につかず、記録に残らず、相手の死が確実視されているときだけだ。

もしもこの惨状がアルホーンの能力の痕跡なのだとしたら、財団本部にすぐに報告して化学調査チームを派遣させ、残留した微細な証拠やE－O情報、化学物質情報などのサンプル収集に当たってもらわなくてはならない。確信をはらんだ予感に衝き動かされて捜索をつづけていたところで、散っていた「鳥」の一羽がパタパタと戻ってきて、いかにも褒めてもらいたそうにサーシャの腕に留まった。

「なんか見つけたの？」

　導かれたのは図書室だった。ここでも家具や炉壁が崩れていたが、書架の一角の床に「鳥」たちが集っている。膝をついて観察してみると黒ずんだ血痕が散っていて、しかもその半分ほどが書架の下に敷かれるかたちになっている。流血したあとで本棚を動かしたということか。群がる「鳥」もそろって嘴の尖端で床と書架のあいだを抉っている。なにかあるぞ、と訴えている。

　思いつくかぎりのことを試し、函入りの一冊の書物を引きだしたところで、カチッ、と音がして書架が動いた。この手の屋敷には珍しくない仕掛け戸だ。書架ごと奥へ押しこむ仕様になっていて、戸の向こうに地下へ降りる階段があった。

「ワオ！」

　地下から漂ってくる異臭に、サーシャはむせた。

　警戒怠りなく階段を降りる。電灯のスイッチを探しあてたが、電線の管が鼠に食まれたのか一つも電灯がつかず、サーシャは懐中電灯で自分と鳥たちの視界を確保しなくてはならなかった。そこには地上階とまるで異なる風景が展がっていた。

「ここにも暴れた跡……どれだけ癇癪をおこしたらこんなことになるんだろう」

　高天井の地下には機械の動力源のようなものがあり、ダクトが露出して、ベルトコンベア状の設備も設けられていた。鉄の壁で広大な空間が区切られ、壁ぞいに足場が組んであった。屋敷のほうは人目を欺くための擬装か、地下にはなにかを製造する工場らしきものがあった。アルホーンはここでなにかを造っていた。いったいなにを？　ざっと設備を見渡したかぎりでは生産されていたものを突き止められなかった。たしかなのは地上階にまして破壊の跡が際立っているということだ。圧延機のような機器には大きな穴が空き、リベットが散乱し、内部の鉄板がむきだしになっている。太いダクトが曲がり、陥没した亀裂にコンベアの脚が沈みこみ、床には削岩機でも使ったような地割れができていた。あるいはこの地下の工場こそが「驚異の力（ラ・マラビジャス）」による戦闘の主戦場だったのかもしれない。

「たしかにここには、光がない」

サーシャは息苦しさをおぼえた。地下に漂っているよどんだ瘴気（しょうき）のようなもので胸が悪くなり、はじめて外の空気を吸いたいと思った。

ガー、ギョワワ、と「鳥」が飛んできて、嘴にくわえていたものをサーシャの掌（て）に落とした。よりにもよってそれは、指とおぼしき人骨の破片だった。

「ここで、何があったの？」

懐中電灯の光に照らしだされたのは、複数の遺体――ここの工員たちなのか、肉はとうに腐って流れ落ちてしまい、臓物は欠片（かけら）も残っておらず、鼠や地虫などの腐食生物にも相手にされない完全な白骨死体と化していた。大型の機械に隠れるようにうずくまっている者、事務室らしき部屋に逃げこんでそのまま息絶えた者、あばら骨が砕けている者、頸骨で切断されてまるごと頭蓋骨が失われている亡骸もあった。

廃工場に打ち棄てられた白骨死体――この状況から導きだされる事実とは？　たとえば工場が稼働しているとき、あるいはビジネスのさなかに反目や軋轢が生じて、アルホーンが発動させた「驚異の力」の犠牲になったとか？　これだけの破壊の爪痕を残し、生きた人びとを白骨に変えてしまう力とは、あるいは自分たちが遭遇したことのない絶大なエネルギーの顕現なのかもしれない。遺体の身元確認などは科学的な検証を待たなくてはならないが――サーシャは呼吸を深めて意識を凝らし、かつてここで起こった事象を、そこにうごめく残像や声のこだまを、魂の残滓を少しでもすくい集めようとした。

鳴いている。「鳥」たちが鳴きわめいている。

地下に眠っていた遺体を弔うように、その周囲で群れをなして羽ばたいている。

探せるものなら探してきてほしい。屋敷のどこにもなかったそれを。

この人の首はどこへ？

XIV

つかのまの微睡(まどろ)みのなかで、老女はふと自分が眠っているのか醒(さ)めているのかわからなくなった。えっと、ここはどこだっけ。

齢(よわい)を重ねると、しばしばそういうことがある。たゆたう呼吸も、瞬(まばた)きの音も、胸の鼓動も、いつのまにか自分の外側にあるリズムと同調していく。二つの振り子時計がいつしか分と秒の刻みを同期させるように。起きているのか眠っているのか、どこにいるのかもあやふやで、蛍の光が明滅するように意識が浮き沈みをくりかえす。

ゴトン、ゴトン、ゴトン、外からの響きが沁みてくる。ああそうだ――わたしの命の律動は、ゴトン、ゴトン、ゴトンと揺れる列車の振動とシンクロしている。

おぼつかない心地のなかで、老女はようやく客車の座席に座っていることを思い出す。腰の位置を軽くずらし、背もたれと肘かけに身をあずけて、ゆるやかに瞼をもたげる。はてさて、どうして列車に乗っているんだっけ。

車窓の外には、涯のない高原(シエラ)を望むことができた。雄大につらなる世界が二色、三色とそれぞれ固有の色彩に染まっている。空はどこまでも青く澄みわたっていた。はるか昔に失われた青空を記憶のなかで美化し、尊(とうと)びながら投影しているような空だった。アンデスの峰々を抜けていく鉄道は、線路が蛇行しているのであまり速度を上げない。長いあいだ座席にちょこんと収まっているからか、呼吸が浅くなり、頭にもやがかかって、自分がこのペルー鉄道(レイル)の小さな部品にすぎない錯覚にとらわれる。流れゆく窓の外の景色は後方に遠ざかっていき、おのずと明日や未来よりも、過ぎ去った記憶へと思いが向かう。最上の日々をたしかに自分は通過してきたような気がするのだが、ただしそれは列車の旅とおなじで、さかのぼって眺めを確認することはできない。

彼女は思う。そう、わたしは旅をしているのだ。

ロンドン、ヴェネツィア、サンモリッツ、ロサンゼルス、アンティグア、リマ、アンデス——

旅の速度に置いていかれた魂が、最近になってようやく自身に追いついたように感じる。故郷から離れるにつれて道のりは激動の度を増していったが、こうして晩暮を迎えてみると、魂のほうは初めから目的地で待っていたという感覚もあった。

そして、この旅は。

確実に、終着の地に近づいている。

客車にはインディオの売り子が出ていて、鏡や織物や木彫りの宝石箱をかごに入れて売っていた。座席の間の通路をくりかえし往き来していたので、呼び止めてジャカードの編み人形を購入した。一対でセットの男の子と女の子の人形、お土産としてはこの上もないかわいさ。ほくほくしていると売り子の娘が「お一人ですか?」と尋ねてきた。そうよね、こんなヨボヨボのおばあちゃん(アブエラ)が高地(シエラ)の一人旅なんて変だものね。その売り子も自分の祖母と販売の仕事をしているのだという。だからなのかしきりに心配されて、出身や名前まで訊かれた。名前ね、名前はええっと、なんて答えたらいいんだっけ?

わたしの名前は——

だれかと運命をともにするたびに、苗字(ファミリーネーム)は変わった。

はじめは、ストレイツォ。

つぎに、ジョースター。

そのあとが、グリーンバーグ。

最初の夫、ジョージ・ジョースター二世は、イギリス空軍に属するパイロットだった。結婚生活は短かった。ジョージは空軍の司令官として世を欺いていた屍生人(ゾンビ)の生き残りに惨殺され、怒りで我を失ったわたしは波紋でこの仇敵に報いたが、現場を目撃されて指名手配され、スピードワゴン財団の保護のもとで亡国の身となった。

二番目の夫とは、たがいに五十歳をすぎてからの晩婚だった。ハリウッドで活躍する映画人だったグリーンバーグは、病をわずらい、化学療法のすえにわたしが自宅で看取(みと)った。

そのころは時間が残酷なほどゆっくりと流れた。毎夜、夫の寝支度をして、薬を飲ませ、痛み止めや吐き気止めの注射を打ち、キスをした。ほんのかすかな咳やすすり泣きで目を覚まし、こころもとない夫の呼吸に耳をそばだてる夜はあまりにも長かった。

湯を張ったバスタブのような、大きくて温かい人だった。最後の数ヶ月、彼は酸素吸入器をつけるようになり、寝たきりになった。最後の日々をかたわらで寄り添うことができたのは、最初の夫に急死された女への神様の計らいだったのかもしれない。

あの人が亡くなってからもう二十年以上がすぎる。そのぶんわたしも齢をとった。今ではかつてのように波紋を練れるかどうかもあやしい。針金のように痩せて、体のなかで悪くないところはない。葡萄酢の色の血管が浮いた皮膚はすっかり柔らかくなって、手の甲をギュッとつねるとよじれた皮がしばらく元に戻らないぐらい。眠っているあいだに呼吸が止まるかもしれないので寝室の鍵をかけずに眠るのが習慣になっていた。

たくさんの愛おしい時間が、懐かしい顔が、後景に遠ざかっていった。

財団の人たちは昔からの縁でエリザベス・ジョースターと呼ぶが、二番目の夫の姓のほうが長かったので違和感もあった。だから名を呼ばれるなら、リサリサがいい。もうすぐ百年に垂んとする旅の大半で、わたしはリサリサだったのだから。

終着駅に列車が停まった。駅舎を出ると、財団のJ・D・エルナンデスが待っていた。

「鉄道の旅はいかがでしたか、ミセス」

普段よりも表情が険しかった。怒ってる？　顧問役からはとうに退いたのに現役の調査官の手をわずらわせないでほしいと憤っているのかもしれない。

「来てくれたの、エルナンデス」

「ええ、私たちもついさっき別の列車で」

「こんな高地(シエラ)にまでねぇ」

「顔色がすぐれないようですが、高山病ではありませんか」

Ｊ・Ｄ・エルナンデスは他にも調査員や医療スタッフを同行させていた。経費と人員を割かせてしまったらしい。九十代の一人旅はとかく周りに心配のかけどおしだった。

「問題ありません、列車の旅でちょっとおセンチになっちゃっただけ」

「そのお齢での感傷旅行(ヴィアヘ・センティメンタル)は、さすがにハラハラしますよ」

「家から出ないでおとなしくしていろと？」

「ジョースターさんにも頼まれていますので」

「ジョセフ？」

「ええ、あなたに無理をさせるなと」

「孝行な子ですこと。今度はいつ訪ねてくるのかしら」

最初の夫との息子、ジョセフも財団とは密に連携している。不動産業で忙しくしているので年に数回しか会えない。息子やその家族とのディナーやパーティーは老後の人生でなによりも貴重なものだけど、彼らの日常にすでに自分はいないのだともわかる。そのくせ完全な隠居を望まれたりすると、ちょっぴり癪（しゃく）にさわってしまう。

「申しつけてくだされば、私たちが人を送りましたのに」

「……やり残したことを、やっておかなくっちゃね」

駅のそばに停まっている車へ向かうあいだも、膝や足の関節がうまく体を運んでくれなかった。わたしは老いたとリサリサは思う。このごろは歩くのもやっとだし、腰のなくなった総白髪はところどころ頭皮を透かして、破れ目だらけの帽子をかぶっているような違和感をおぼえる。ジョセフやJ・D・エルナンデスが気を揉むのも当然だ、現場の一線で危険な役目を負えるような人間ではなかった。

それでも、あと少しだけ、と願ってしまう。

たとえこの身に、終幕が近づいているとしても、時間はわずかながら残っている。

財団が用意した車の後部座席に乗って、標高三八〇〇メートルの平坦な高原地帯（アルティプラーノ）を東へ向かった。涼しくて乾燥した気候のために樹木は生えず、赤茶けたむきだしの荒野がつづいていく。羊やリャマが草を食み、住民たちは雑穀や麦や豆類の畑を耕し、石積みや煉瓦造りの住居を建てて、地表にしがみつくように生きている。移りゆく高地（シエラ）の風景を眺めていると、隣に座ったJ・D・エルナンデスが口を開いた。

「最新のレポートを読まれたのですね」

「ええ、黙っていてごめんなさい」

素直に答えると、エルナンデスは表情に翳を差しこませた。リサリサはあえて悪びれず、年長者の特権にあずかっていたことを素直に白状した。

「郵送してもらってね。というか実は、新聞みたいに購読してました。ごめんなさいね」

「あなたは引退されているのに……そういうことなら、ご見解をうかがえますか」

「どれについて」

「さしあたって〈セルバ・カルテル〉とその森について」

「あれは一大事ですね。ややもすれば世界の構造が変わってしまうほどの――」

歴史の表側に、現われないもの。

地理的に孤立した密林（セルバ）の果ての蛮境に、陽の光の届かない闇の領土が息づいている。

およそ五キロ四方にわたるアマゾンの秘奥で、朝が来ない。曙（あけぼの）の光が差さない。

そこでは、夜が明けない。

ありえないことが起こっていた。レポートによるとそれは北緯六十六度以北、南緯六十六度以南で生じる「極夜」とも似て非なるものだという。空は薄明にすらならず、地球の自転や公転とも関係がない。たとえば火山灰や噴煙のような大気に浮遊する微粒子の類い――しかし、観測し得ないなにか――これによって恒久的かつ局所的に「夜」がつづいて、環境変動に等しい異変が生じている。当然のように光合成ができない草木は枯れ、これを食糧とする動物は死に絶え、気温が下がり、動物相も植物相もすっかり変化している。季節は忘れられ、時計の運針さえも捨て置かれ、何億年という命の歴史が築いてきた万古不変の摂理が亡きものにされている。このぶんではいずれ魚が湖で溺れ、鳥は空から墜ちるだろう。ほとんど時空の誤謬といってもよい事態だった。

鎖された森の中心には大規模なコカインの農場があり、そのまま「セルバ」の名を冠された組織が運営していた。世のあらゆる苦痛や狂気、錯乱や退廃の源になっていくコカの葉が栽培され、ペースト状にしたコカは軽飛行機で空輸され、ブラジルやペルーの都市で塩酸コカインに精製されている。八〇年代に入ってからセルバ・カルテルは、二十機以上の飛行機を自前で用意し、さらには銀行に投資して薬局チェーンを買収、製造に欠かせない薬品類をなんでも入手できるようにすることでサプライチェーンを完結させた。アメリカの捜査当局を出し抜き、南米の麻薬流通におけるゲームチェンジャーとなった帝国の指導者層は、他の組織とは違って人前に姿を現わさず、素性や出自もいっさい明らかにしていないという。販路を占有する政治力をそなえ、官吏の買収も抜かりなく、極左武装組織とも協定を結んでアマゾン産コカインの八割を占有、年間推計にしておよそ五十億ドルともいわれる莫大な収益を上げている。

悪徳と神秘がそこで結びつき、人々の噂のなかで神話化して、畏怖の対象となっている。

夜が明けない森のカルテル――

「コカインだけが収入源ではありません」J・D・エルナンデスが言った。「現地で採掘されるコバルトを他国の軍事組織に売っている。つい先月には、日本(ハポン)の合弁会社の重役が誘拐されて身代金三千万ドルが要求されました。長期におよんだ解放交渉のすえにこの日本人(ハポネス)たちは、アマゾンで遺体として発見されました」

「お金になることはなんでもするのね、えげつないことを片っ端から」

「三日前、ペルーの国家警察(グアルディア・シビル)がコミューンを強襲しましたが、一人も戻ってきませんでした。隊員たちは数日後、辺縁の森の木枝にロープで吊るされて、鳥獣に食い散らかされていたそうです。本来であれば、我々が追うような案件ではないのですが……」

そこまで聞いてリサリサは、胸の奥が熱をもって疼くのを感じた。視界に冷たい明滅が散って、舌がもつれたように言葉が出なくなる。J・D・エルナンデスは膝に置いた拳を握りしめて、問いかけるような目でこちらを凝視していた。

「明けない〈夜〉というのは、例の現象のひとつである可能性が高い。掃討作戦はこれまでにも州軍警察や元兵士のグループが決行しています。今回の作戦とおなじく玉砕していますが、かろうじて生存者は残りました。証言によるとセルバ・カルテルは数十人の用心棒を囲いこんでいるようです。おそらくゲリラからの流入者、犯罪者や請負屋(ポジエーロ)、インディヘニスモの信奉者とおぼしい連中ですが、この用心棒たちとの戦闘で、天変地異がまとめて襲ってきたように異常な現象が生じたと。悪霊（ファンタスマ）や怪物（モンストロ）にもてあそばれているかのように、返り討ちにあって全滅を強いられたそうです」

欠片を拾い集めれば、浮かび上がるのは総体である。組織（カルテル）の用心棒たちは「驚異の力（ラ・マラビジャス）」の持ち主ではないかとエルナンデスは言っている。

おびただしい亀裂が地面を割り、空気は可燃性となって燃えあがり、隊員の一人はすべての歯が抜けて口腔（こうこう）から血を降らせ、別の隊員は見えない刃物で全身を切り刻まれたという。ある者は皮膚の全面に火傷（やけど）を負い、刺すような耳鳴りに鼓膜を破られる者もいて、腹からこぼれる腸（はらわた）を両手ですくい集める努力もむなしく息絶えた屍（しかばね）に、骨ごとひしゃげるように頭部を変形させた男の骸（むくろ）が折り重なっていく。咬（か）み傷、創傷、挫滅創（ざめつそう）、熱傷や凍傷が殖えるたびに阿鼻叫喚、隊員たちは不可視の手に縊（くび）られて泡を吹き、豺狼（さいろう）に足や首を咬みちぎられ、大工の墨糸で印をつけたように浮かびあがった破線のとおりに四肢を切断される。恐怖と混乱にわななき、たえきれない責め苦に命乞いする獲物を決して逃さず、異境の守り手たちは血で血を上塗りし、屍骸（しがい）の山を積みあげて、明けない夜の底でそれぞれに勝ちどきを上げていた。

農場でコカの葉を摘（つ）んでいるのはおもに先住民のヒバロ族やワンビサ族のようだが、用心棒たちは多様な人種が集められているという。殺し屋（シカリオ）として裏の世界で「呪いのデーボ」と呼ばれるネイティブ・アメリカン、両方の手が右手だという異貌（いぼう）の外国人、そうした流れ者たちも一味に加わっていることが確認されている。おそらく「驚異の力（ラ・マラビジャス）」を得た者たちが非合法私兵組織（エフエルシト・セクレト）を築いてセルバ・カルテルの巨大な利益を守っている。最たる超常現象である「夜」の永続も、おそるべき手勢のいずれかの能力が環境に与えた影響ではないかと目されていた。

「セルバ・カルテルの首領（エル・ヘフエ）は、コミューンの奥深くに閉居して、取引や交渉の場にもほとんど姿を現わさない。森に築かれた王朝にこもって、遊技盤を上から見下ろすように組織（カルテル）を差配しています。影に潜伏して策謀をめぐらせるその性質や、〈驚異の力（ラ・マラビジャス）〉の使い手が徒党を組んでいる事実にもかんがみて、おのずと私たちが追ってきた〈矢〉の気配がうかがい知れます」

「あの男ですか、たしか名前は……」

「アルホーン」

「そうそう、ひさしぶりに聞く名前ね」

「歳月をまたいでアルホーンが、私兵組織を完成させたのではないかと財団では見ています。南米の麻薬市場にセルバ・カルテルの拡大と、アルホーンが追跡の網をかわして消息不明になった時期は重なっている。おそらく間違いないでしょう」

アルホーンの「矢」によって未知の力をもたらされた能力者の数は、財団がつかんでいるだけでも三十三人に達していた。そのうちの一人であるサーシャ・ロギンズの言葉を借りるなら、アルホーンの信条は「数撃ちゃ当たる」――もったいぶらずに易々と矢を射るので、犠牲者の人数がここまで跳ねあがったのだという。テキサス・タワーの銃乱射事件のように高所から通行人を狙うこともあれば、知り合った者の家族をまとめて標的（まと）にすることもある。説教中のカトリックの神父を射たこともあったし、動物園に輸送されているオランウータンに試したこともあった。

これまでにアルホーンと接触したのは三度、振り返ってみればサン・フアン・デ・ルリガンチョの潜伏先で取り逃がしたのは痛恨の極みだった。以後の数年間、紛争や事故や未解決事件の裏にアルホーンが残す痕跡を財団は追いつづけた。一九七〇年代の終わり、サンパウロのカジノで二度目の接触を果たしたが、おれを追ってきたのか？　とカードテーブル越しに話しかけてきたアルホーンを、J・D・エルナンデスとサーシャはやはり捕らえることができなかった。サーシャによると、そのときその場で幽体（アストラル）を出したのはアルホーンではなく随伴者のだれかで、アルホーンはみずからの能力を片鱗すら見せることなく複数の死傷者を出した現場を立ち去った。三度目もおなじパターンの踏襲で、行方（ゆくえ）を絶ったアルホーンの行動を捕捉するまでにさらに数年を費やすはめになった。たとえ確保できる距離に迫ることができたとしても、能力の具現化した像（ヴィジョン）を目視し得るのがサーシャだけでは、「驚異の力（ラ・マラビジャス）」に対する無知と無力はどうすることもできなかった。

あの二人組、悪霊（ファンタスマ）は出したか？

アルホーンはJ・D・エルナンデスにそう訊いてきたという。

消息を絶ったという点では、あの二人もそうだった。彼らのことを顧るたびに、リサリサは目に見えない手に肉体を破られ、魂をわしづかみにされるような感覚をおぼえる。あの二人こそは財団のあやまちと悔恨の象徴。犠牲者のリストにその名前を加えてしまっただけでない、分かたれる運命を止めることのできなかったリサリサの過去の恥辱だった。

オクタビオと、ホアキン。

移動をつづける車の内部に、染みるような沈黙が下りていた。J・D・エルナンデスもまた、引き戻せない過去に胸を焦がしているようだった。

波紋こそ教えていなかったが、半世紀ほど前の——在りし日の息子や弟子たちとも面影の重なる二人。0と1の二進法を体現するような、限りない可能性を秘めた有望な若者だった。「矢」に射られても落命しなかったが、事後、彼らはそろって消息を絶った。

降ってわいた混沌は、人間の本性を験（ため）す。

恐れは肉体を裂き、亀裂から飛びだし、絶叫とともに迸（ほとばし）る。

暴発する感情に翻弄されて、財団の支部から消え、リサリサたちの世界から消え、二度と戻らなかった。運命の岐路をたがえて異なる地平へと歩み去ってしまった。サーシャやJ・D・エルナンデスが長い時間をかけて探したが、人の道から断絶し、都市を迂回して、現実世界から遠ざかっていくような二人の足跡に追いつけなかった。リサリサはみずから二人が育った孤児院（オルファナート）にも出かけていき、それぞれの出自や来歴を探ったが、行くあても身を寄せそうな類縁も突き止められなかった。

　傷痍を残したオクタビオと、たしかになんらかの力に目覚めたホアキン。アルホーンとの戦いの矢面に立ったことで、修復困難なほどに人生を狂わされてしまった二人。あなたたちはいまどこで何をしているの？　あるいはより昏（くら）く、より深い淵辺へと導かれるにまかせて、逢着（ほうちゃく）したその場所で闇の景色に見入っているということはあるだろうか。

「あれから十二年ですか……」J・D・エルナンデスが嘆息を漏らした。「私は、私たちはいったいなにをしていたのでしょうか」

「あなたはよくやった。果たせるかぎりの仕事を果たしてくれた」

「調査ファイルを集積しただけです。あたら犠牲を止めることもできず、強大な力に守られたカルテルは手に負えない。特殊部隊が軽くあしらわれるほどですから、我々には成す術もない。しかしそこに〈驚異の力（ラ・マラビジャス）〉が介在しているとわかっていながら、座視するだけというのは……」

高地を走る車中をブリーフィングの席にするつもりはなかったはずだ。みずからの属する組織ができることとできないことに通暁しているJ・D・エルナンデスだからこそ自分たちの無力を嘆き、人知れず途方に暮れている。言わずもがなスピードワゴン財団は麻薬取締局でも秘密警察でもない。森を焼くナパーム弾を投下できる空挺部隊でもない。現状では、悪霊や怪物を従える能力者の群れに太刀打ちはできない。所詮、拱手して推移を見守ることしかできないのかもしれない。

だとしても、あと少しだけ、と願わずにいられない。

時間が残っているうちは、この体の動くうちは、試せることがあるうちは、あと少しだけ。少しだけ。

「座視はしません」とリサリサは言った。「わたしは言いましたね、この齢になってもできることが残っていると」

リサリサは深い吐息をつき、車の進路にまなざしを向けた。晩秋の荒野はたしかに盛衰を知らしめる。緑は尽き果て、暮れ落ちる空に圧されて不安におののき、墓地の凍土に頬を当てるような死の疑似体験を味わわされる。それでも行くべきところがあるのだ。車の窓から一すじの光明が差しこみ、碧い湖の景観が見えてくる。ここがどこなのかしばしばわからなくなっても、旅の目途とそこへ向かう理由を忘れたことはなかった。

湖上で暮らす民族に、リサリサは喚ばれていた。

チチカカ湖はペルー領とボリビア領にまたがり、世界でもっとも標高の高い地域にある淡水湖だ。大小の島があり、人の手による浮き島も点在している。リサリサたちは湖畔の桟橋から舟に乗って、浮き島で群居しているウル族のもとへ向かった。

「こんな僻地にまで……」櫂を漕ぎながらJ・D・エルナンデスが言った。「あなたがわざわざ足を運ばれるなんて」

もうすぐ日が暮れる。さいわいここには昼と夜の正常な運行があった。昼間のうちに熱を吸収した湖水が暖かい蒸気となって地表を覆うので農耕にも適している。湖中の島々ではジャガイモやキヌアが栽培され、牛や豚も飼育されている。黄昏の色が染みわたる水面に波が立ち、遠景のボリビアの山脈に溶けていく太陽の光がまぶしかった。

「私たちだけで調査できましたのに、あなたが直々にいらっしゃらなくても」

「サンプルを増やすだけが能じゃないのよ」

浮き島につけた舟を降りると、地面のふわりとした踏み心地が柔らかかった。大小をあわせて百を数えるウル族の集合住居は、湖水で揺らぎ、たわむように静かに動いている。

これらの浮き島は、トトラという葦に似た植物を湖底の土と混ぜあわせ、水よりも比重が軽いブロック状の土台を重ねて、その上にさらに草を積みあげて出来ている。下底の草は少しずつ腐敗して湖に流れだし、そのぶん沈んでいくのでつねに草を積み足さなくてはならない。適宜のメンテナンスを怠らなければ、浮き島の耐用年数は三十年にもなるというから驚きだった。

　J・D・エルナンデスたちが手分けをして、色とりどりの民族衣裳を重ね着した住民の話を聞いてまわった。リサリサはそこで営まれている生活を観察する。五つほどの世帯がまとまった島もあるが、一世帯だけの小さめの島もあった。ここではなんでも草（トトラ）を加工して作っている。草を葺（ふ）いた家屋、教会や民宿、ベッドも舟も帽子も草（トトラ）でこしらえて、堆肥にして畑仕事に使っている。食用にもなっているようで、長葱（ながねぎ）のような草（トトラ）の外皮をむいて繊維質の実を子どもたちが齧っていた。

「家族が増えたら草（トトラ）を足して浮き島を拡充していくそうです。一戸ぶんを切り離して他の浮き島とくっつけることもできる。働かない怠け者がいたら草（トトラ）をノコギリで分断して、その家族ごと追放することもあるそうで」

「わたしたちが会いにきた彼は、どこの浮き島にいるのかしら」

「彼はそのなかでも、稀有な例で……」

「どうしたの、いるの？　いないの？」

「彼はみずからの意思で、自分の家族とも切り離して、たった一人ぶんの浮き島で暮らしているそうです」

　時を待たずして、夜の帳がすべての浮き島に降りてくる。湖岸から抜けてきた風が、それぞれの家へ戻っていく人々の髪を梳り(くしけずり)、浮き島を静かにたわませる。リサリサたちは集まった情報をもとに会うべき相手の家族に許可をもらい、手提げのランタンを灯して、浮き島の群集から離れた沖合へと向かった。

暗くなった湖の奥に、ぽつねんと孤絶した浮き島があった。およそ一キロ四方に視界を遮るものがない、湖水だけに囲まれた居住空間――なるほどそれは湖上の暮らしにおける蟄居(ちつきょ)なのだ。かなり手狭で、島というよりも幅のある小舟に近かった。

接岸の声をかけるのに先んじて、湖水の揺らめきやランタンの灯を察した相手が、機先を制してリサリサの舟を掣肘(せいちゅう)してきた。

「だれだよ、近寄るんじゃあねーよオッ！」

あしざまに接触を拒んでいる。億劫そうな嫌気(いやけ)のこごった声だった。船首を浮き島の端に当てて舟が止まる。一人用の浮き島には、暮らしの資材となる草(トトラ)のたばが積んであるだけで殺風景だったが、鉱物の削り滓のような小さな破片が散らばっている。

「こんばんは(ブエナス・ノーチェス)」リサリサは言った。草(トトラ)葺きの家の戸口は反対側にあったので、舟を旋回させて回りこまなくてはならなかった。「遅くに訪ねてごめんなさいね。もしもよかったら、あなたと話がしたいのだけど」

「知らねーよ、知らねーババアと話すことなんてねぇ」

「嫌だったら浮き島に上がらないけど、できれば顔を見て話したい」

「どこのババアだよ、引き帰せ、さっさと帰れッ！」

「言葉には気をつけてくれ」Ｊ・Ｄ・エルナンデスが割って入った。「私たちはデータを持っている。君に起こっている現象の正体がわかるかもしれない」

「医者かあ？　家族が呼んだのかよ、医者なんかにこいつは治せねえって」

「医者じゃあない」リサリサも言葉を重ねた。「それにわたしは、知らねーババアでもない。わたしたちは会ったことがあるのよ」

「会ったってどこで」

「あなたがはじめて〈矢〉に射られた場所で――」

返ってくる拒絶の言葉がそこで止まった。息づかいだけが染みてくる沈黙を狭んで、草屋の暗がりから一人の男が這いだしてくる。片腕にインカ・モチーフの刺青が入っているのが見えたが、しかし依然として警戒を引きずっているのか、首から上をランタンの灯にさらしはしなかった。

「たしか、なんとかって財団の……」浮き島の男は声だけで応対する。「憶えてるよ、あの腐れ犯罪者(フィグリン・デ・ミエルダ)どもを追いつめてた人たちだろ」

「そう、あなたはピスコね」リサリサは名を呼んだ。

「あんたたちって見える人？」

「いいえ、残念ながら」

「ひゃっひゃひゃ、それじゃあまともに話もできねーだろうが。あのとき〈鳥〉を出したお姉さんは来てねえのかよ」

　正しくはサーシャ・ロギンズが——それからオクタビオとホアキンが——十二年前のあの日に命を削った調査官たちが救いだした人質の一人だった。アルホーンの「矢」の生存者として例外に漏れることなく、このピスコという青年も「驚異の力（ラ・マラビジャス）」に目覚めていると財団の報告書は伝えていた。現在では二十代の若者になっているはずだが、抑揚を欠いた声に生気はなく、成長したその姿形を見せようとしてくれなかった。

「あなたと会えて嬉しい」リサリサは言った。「じつはね、わたしたち、あなたにお願いがあって来たのだけど、なにから話したらいいのか」

「あのときもあんたが指揮してたよな」ピスコにも話をするつもりはあるようだ。「だけどその齢で現役でもねーだろ、うちのばあちゃん（アブエラ）と話してるよりも間怠（まだる）っこしい」

「すまないが、口の利き方には気をつけてくれ」

　細かく注意を入れるJ・D・エルナンデスを制して、リサリサは問いかける。

「ねえ、ピスコ。見えないわたしたちに率直に教えてほしいんだけど、どういう感じなの……それが起きているあいだは。痛みや苦しみとかそういったものは」

「今日はとくにひどいよ。体じゅうに錘（おもり）をくくられて湖に沈んでいく感じ。ずーっと沈んでいくんだけど、ずーっと底にはつかねえんだわ。なにしろこいつは〈呪い〉だから。くそったれの〈呪い〉にからみつかれて、ゆっくりと死んでいってる感じ」

J・D・エルナンデスがその言葉を、一言一句たがわぬように脳裏に記録しているのがわかった。言うまでもなくこれはスピードワゴン財団の主要業務――「驚異の力」に目覚めた者との面会、当事者情報収集の一環だった。しばらく戸口でやりとりして、どうせなんにもできねえくせにと、ピスコにぐちぐち言われながらも、リサリサたちは浮き島への上陸を許された。草にようやく靴の底をつけて、当人に近づいて初めてわかった。触れなくても伝わるほどピスコの体は高熱を発していた。

近寄るな、と言いたくなる理由がわかった。

想像をはるかに上回っている。照らしだされたピスコの姿は、聖書のヨブか、ヒンドゥー教の苦行者もさながらだった。腕や足や背中にぼこぼこと瘤状のものができて、重なりあってつらなり、シャツにまばらな血を滲ませ、あたかも岩石から雑に彫りだしたようにあるべき人の輪郭を失っている。瘤状のものは皮膚の表面ではなくて皮下組織に生じているようで、大きくふくらんだ腫瘍が惨いほどに外形を狂わせている。注意して見れば、無数の針のような細い突起物が皮膚を破って突き出しているのがわかったし、腫瘍のなかにはあきらかに皮の下で蠢いているものもあった。これで痛くないはずがない、苦しくないはずがない。これまで平然としゃべっていたが、実際のところピスコの顔には脂汗が浮かび、歯の根もあわない口元からはひーふーと喘鳴がこぼれている。片頰にできた腫瘍の重みであるべき顔の造作まで変形してしまい、瞼もろとも頬骨近くまで垂れさがった右の瞳は涙目となって潤んでいた。

突然、ピスコは失禁した。半ズボンの隙間から飛沫(しぶき)が狂った蜂のように飛びまわるのが見えた。お客がいるのにみっともねーな、とピスコは自嘲してうなだれた。

「むーひゃひ、ひひひひ、ここのところで動いてんのあるだろ」ピスコは嗤(わら)いながら右の前腕を指差した。「これって魚なんだわ」

「魚?」

「生きた魚が埋まってんだわ」

「皮膚の下に?」

「魚が皮膚の下にいる。おんなじのが下腹部にもいて、そいつらがピチピチ暴れて膀胱(ぼうこう)に噛みつくんだわ。だから排泄もコントロールできねーの」

「これがあなたの能力……」

「だから、能力とかじゃなくて〈呪い〉だって」

ひゃひひひ、むひゃはははは、とピスコは吐き戻しそうなほど嗤った。そのはずみに皮下の異物が煮立ったように波打って、ブシュッ、と針の尖端が飛びだした眉尻からあごにかけて一すじの血が滴るさまは凄絶(せいぜつ)だった。

直視しようにもできないのか、J・D・エルナンデスは手で口元を押さえて目線を下げている。リサリサはピスコの充血した瞳を覗きこんだ。

本人の証言はどこまでも自暴自棄で、支離滅裂なようでもあるが、そもそも常識や摂理に適(かな)うかたちでこれらの現象を解き明かす言葉などないのかもしれない。ピスコと会ってよくわかった。能力者に利するかたちで「驚異の力(ラ・マラビジャス)」が発現するとはかぎらない。その人を害し、苦しませ、御しきれないエネルギーの曝露(ばくろ)で内側から屠(ほふ)ろうともするのだ。

ピスコの体内に生じているものはすべて
「結石(けっせき)」なのだという。

これこそピスコにもたらされた能力、彼自身が命名した「血の祭り(ヤワル・フィエスタ)」の呪いだった。

おりにふれて人間の体は、体内の管や器官にちいさな凝固物を生じさせる。尿管にできる結石のみならず、胆嚢(たんのう)および胆管にできるのは胆石、胃にできるのは胃石、唾液腺にできるのは唾石(だせき)、鼻腔(びこう)にできるのは鼻石(びせき)、扁桃(へんとう)にできるのは扁石(へんせき)、膵臓(すいぞう)にできるのは膵石(すいせき)と呼ばれる。では「血の祭り(ヤワル・フィエスタ)」の機序(きじょ)は?

本人がその肌で接触し、本人の血と混ざりあったものが皮膚下に「結石」となって出現する。皮膚の記憶、血の記憶が、体内のいたるところに物理的な凝固物を作るのだ。

「最初は、針だったよ」ピスコはみずから語った。「この刺青を彫ったときの針が何年かしていきなり皮膚の下に出てきて、そりゃあ痛(いて)えのなんのって。こうして故郷に引っこんでからも、うっかり指を切っちまえばその石が皮膚に埋まってたり、数年前に噛んできた魚が忘れたころに薄皮の下で暴れてたりして。過去のいつごろに血と混ざったやつなのか、体のどこに出てくるのかもなんにもコントロールできねーんだわ。無理やりほじくり出してもきりがねえし。われながら見た目も気色悪いし。だからなんにも触らないように、傷口をこさえないようにしてるんだよ。家族ともだれとも接触しないように生きなくちゃあしょうがねーだろ」

「驚けることはまだ残っているものね」リサリサは言った。「あなたの能力はこれまでに観測したどれとも似ていない。あなたの皮膚と血に記憶されたものが時間を置いて結石になるのね。しかも石や針だけじゃあない。無生物だけでなく生き物まで……」

「そんなことできてなんになるんだよ。こいつがいるかぎり〈呪い〉からは逃れられねえ、人なみの暮らしなんて送れねえんだよ」

「こいつというのは」J・D・エルナンデスが訊いた。「アルホーンが口にした〈悪霊(ファンタスマ)〉のことだね」

「どんぴしゃでそれだわ」ピスコが肯いた。「獲物の腐り待ちをするハイエナみてえに、この瞬間もおれの真横に突っ立ってやがらあ」

ピスコによるとそいつは鉛管の骨組みでできたタツノオトシゴのような、あるいは搾乳機のような胴部に四つ脚が生えた形をしているという。そいつが出現すると、体のなかに有機物や無機物の結石がとめどなく現われる。激痛と体の変形に苦しむピスコを玻璃(ガラス)のような眸(め)で見つめて、そいつは漏斗(ろうと)状の口をひくつかせて嘲笑するそうだ。

本人の魂の形があふれて像を結んだものなのか、能力をなぞるかたちで造形されているのか、リサリサもJ・D・エルナンデスも目視することはできなかったが、いずれにしてもそれはこの世のものではありえなかった。この「血の祭り(ヤワル・フィエスタ)」をピスコは蛇蝎(だかつ)のように忌み嫌っていた。

「だからさ、こいつを駆除することができねーならどうにもならないから。悪魔祓(ばら)いみたいなことができる人を連れてきてくれよ」

煙たがるように吐き捨てると、ピスコはさらに言葉を接いだ。

「ずっと昔から知ってたけどな、あんたがこうして訪ねてくることは」

「あら、どうしてわかったの?」

「おれたちを見えていなくても、あんたはすでに気配を嗅ぎつけている。こっちの世界に通じている。そういう連中とはいずれかならず出くわすことになる、おれたちはみんなそれを知っている」

「……ちょっと待って。いまだれが話してるの」

「エル・アレフがあんたを待っている」

え?

あまりにも出し抜けに異変は起きた。ピスコの様子が豹変していた。おれたちと人称が複数形になったし、声もこころなしか重低音に変わっている。深閑とした夜の湖がふいに昏さを深めて、ランタンの灯が爆ぜるように揺らいだ。リサリサは肌にまとわりつく夜の湿度が遠ざかっていくのを感じた。

「エル・アレフというのは、あなたの知り合い?」

「知らないが、知っている。だれもが知っている」

「だれが話しているのかわからない。ピスコ、ピスコはどこへ行ったの」

「おれならここにいるよ」

「だったら、いま話していたのは……」

リサリサは明かりを近づけて、ピスコの顔つきの変化をうかがった。ちぐはぐな非対称の目は虚ろで、瞳孔が開いているようにも見えた。

「奪られたんだわ」

「奪られたって、だれに?」

「なんか、あんたに用事があるらしい」

唇を動かすピスコはどこか脱け殻のようだった。たしかにそこにはいるが、同時に他のなにものかもいる。境目なしに話者の座を交替して、なんらかの意図をもってリサリサに語りかけてきている。

「あんたはあの世に片足を突っこんでるし、それに普通の人間が持ってない力も持ってるだろう。だからセニョーラ、あんたに用がある」

「もしかして〈血の祭り(ヤワル・フィエスタ)〉が話しているの、そうなのね」

「おれはこいつだ。おれが話すのもこいつが話すのもおなじことだ」

「わたしに用というのはなんですか」

「それなんだが、あんたはもうすぐ死ぬ」

「それは予言？　占いを頼んだおぼえはありません」

「あんたはここよりも昏いところで、だれにも看取られずに独りぼっちで、これまでに知りもしなかった苦悶を味わいながら死ぬだろう。あんたの子孫が口にするのもはばかるような、だれにも語りつげない死に方をする。そして永久(とこしえ)に忘却されるだろう」

「老人にとっては恐怖の一言ね。あなたはピスコだけでは飽き足らず、だれかに恐怖や痛みを与えるのが好きなのね」

「こいつはおれだ、つまりそれは与えられる痛みじゃあない」

「おれたちと言ったけど、それはあなたとお仲間のこと？」

「エル・アレフがあんたを殺す」

気がつくと、ほとんどピスコにつかみかかるような前傾姿勢になっていた。腰や背中に電気が走るような痛みをおぼえて、リサリサは草（トトラ）の上にしゃがみこんだ。

「どういう意味なの、エル・アレフとは……」

「いったいどうなさったのですか」

聞こえてきたJ・D・エルナンデスの声にも困惑が滲んでいた。

「あなたも聞いていたでしょう、このピスコが……」

「整理しましょう、私はずっとここにいましたが、あなたもピスコもしばらく一言も話さずに黙っていました。様子がおかしいので声をかけようとすると、あなたは腰を上げていきなりピスコに詰め寄ったんです」

　ここにはいない正体不明の存在が、ここではないどこかからメッセージを送ってきていた。これが老年性の譫妄（せんもう）ではないとしたら、一瞬、意識の領分を「驚異の力（ラ・マラビジャス）」に侵襲（しんしゅう）されていたのかもしれない。あるいはこれも「血の祭り（ヤワル・フイエスタ）」の能力なのか、それとも——

　なにかもっと巨大なものがピスコの口を借りて語りかけてきたようでもあった。それにしても、この世界に驚けることが残っていたことに驚いてしまう。晩年になってリサリサが出逢った異能の力の神秘はどこまでも際限がなく、底が知れず、あるかなきかの理解も裏切られて、見いだしかけた法則も破棄されるばかりだった。

　予期しない対話の名残のように、ピスコの唇がぱくぱく動いている。かたとき奪われたピスコの意識の座に戻ってきたのはピスコだった。

「もういいよ、財団の人たちの手にも負えねえだろ、だったらもう帰ってくれよォ」
疲弊しきったように、憤るでも嘆くでもない調子で言った。その身を蝕みつづける結石の痛みは去っていないようだ。こんな体質でまともな人生を送れるわけがない、ここで島底の草(トトラ)のように腐って湖に溶け流れていくしかない。そんなふうに諦めかけていたところで、かつて自分を救ってくれたスピードワゴン財団の来訪は、歳月を越えて差しこんだ光明にも感じられたかもしれない。

　もしかしたら二度目もあるのではないかと。ところがそんな一縷(いちる)の希望もついえて、逆らえない運命に絶望の色を濃くしていた。

「あなたに、伝えておきたい」リサリサは混乱や動揺をふりはらい、ふたたびピスコに向きあった。「どんな時代の、どんな社会でも、人の精神の力と環境の変化には符号がある。〈血の祭り(ヤワル・フィエスタ)〉はあなたと切り離された浮き島ではない、あくまでもあなたとおなじ浮き草に乗っている。サーシャ・ロギンズを見ていてもわかった。〈驚異の力(ラ・マラビジャス)〉はたえず成長をつづけ、それによって能力の現われかたにも劇的な変化が生じる。あなたにとっていま必要なことは、自分の力に手綱(たづな)をつけること。自分の限界を自分で決めないこと。そんなふうに苦境を乗り越えて成長していった若者をわたしはよく知っている。みずからの能力に克(か)つことこそが、真の能力に到達するための唯一の手立てなのよ」

　波紋の弟子たちが、勇敢な調査官が、ジョースターの血統が——湖水の揺らめきのなかに多くの顔が現われては消えていく。だれもがそうだった。制御できない力を超克することで、本物の強靭な力を解放させていった。語りかけられたピスコは、逆上し、激昂(げきこう)して、痛みに顔をゆがめながら体じゅうの結石を激しく波打たせた。

「こんなもんにどうやって手綱をつけろっつーんだよぉッ！」

「たとえば体内に生じる結石を、体の外に出せるようになったら？　そんなことができるようになったらその力は呪縛ではなくなる。粒ダイヤにでも触れてごらんなさい。あなたはたちまち大富豪よ、マンハッタンの一等地に大きなプールをつくって浮き島を浮かべて暮らすこともできる」

「体の外に？　そんなのできたためしは一度もねーよ」

「あなたの力は暴発しているのよ、〈驚異の力(ラ・マラビジャス)〉のエネルギーの流れを制御しきれずに。だけどそれは本来、あなたの魂の発露であるはずで、あなたに操作できないはずがない。あなた次第でその力は、呪いにも祝福にもなる」

　わたしにはその手助けができる。リサリサはピスコの手をつかんで、深々と呼吸を練った。たとえ年老いても、標高三八〇〇メートルの高地(シエラ)でも、必要とされているときに能力を発揮できなくなるようなヤワな人生は送っていない。

　浮き島を中心として、湖の水面に十重二十重(とえはたえ)の輪が生まれた。忘れてもらっては困る。波紋とはそもそも医療技術だ。

太陽の光を弱点とする者たち、柱の男や吸血鬼に対しては致命傷を与える攻撃手段にもなるが、本来は高地に生きる修行者たちが呼吸を律し、深め、太陽とエネルギーの波長を合わせて、人間の体の真の強さを抽き出す治癒の力だ。おお……、とエルナンデスが嘆息を漏らす。リサリサは少しずつ出力を調整しながら、ピスコの体に波紋を行き渡らせる。すべての快癒は望むべくもないが、太陽の波長でピスコの体内を整わせることで、免疫は強化され、結石に対抗するための生体の賦活作用がもたらされるはずだ。

おお……、おおお……、と温かい湯に浸かったような声を出したのはピスコだった。痛みがやわらいでいる。血の循環がよくなり、その顔に生気が戻ってくる。

「ここまでは手助けできる。あとはあなた次第よ」

息をひそめて、息を吐きだして。なにかが解放されている。

たしかな内臓の拍動、小刻みな顫動。ピスコの結石が流動しはじめるのがわかる。

「あとは、おれ次第……、おれが……おれがするのか」

「そうよ、あなたと〈血の祭り〉がするの」

指先には、奥深いものに触れている感覚があった。

ピスコの内側で刻まれる鼓動と、リサリサは同化していく。

トック、トック、

トック、

トック、トック、
トック、トック、トック。

だけどそれはまだ不自然だ。美しく流れていない。あなたはそれを美しい音楽のように調律しなくてはならない。あなたにはそれができる。音の韻(ひび)きを変えられる。

湖が沸騰するように波打つ。ピスコの表情が張りつめる。治癒を求める魂が、なにかを叫んでいる。その目尻が震えて、涙がこぼれる。リサリサはそっと手を放して波紋を止めたが、ピスコの変化を見守ることはやめない。

「吸っている、こいつが、吸っている」

かたわらで〈血の祭り〉(ヤワル・フィエスタ)がその佇(たたず)まいを変えている。見えないが見える。ピスコの言葉が像(ヴィジョン)を喚起する。ピスコの命の鼓動とあわせて、その働きを変化させている。

ドクッ、ドクッ、ドクッ、ドクッ、
ドクッ、ドクッ、ドクッ、
ドクッ、ドクッ、
ドクッ、
ドクッ、ドクッ、ドクッ、ドクッ――

次の瞬間、ピスコの皮膚の表面がつままれたように盛りあがり、疣(いぼ)や瘤のように浮きあがった「結石」が――石が、針が、生魚が――順番を待たずいっぺんに草(トトラ)の上に落ちた。

見守っていたＪ・Ｄ・エルナンデスが言葉を失っている。だれよりもピスコ自身が「本当にできた……」と驚愕もあらわにまとめて呼気を吐きだした。

たしかにできた。肌で触れたものを——それが鉱物であれ、生き物であれ——復元して体の外へと排出できるのなら、いよいよ血肉をワインやパンに換える救世主(サルヴァドール)にも匹敵する事蹟(じせき)だ。リサリサもそこでようやく一息をつけた。これじゃあまるで産婆さんね、難産をきわめた赤子の呱々(ここ)の声をようやく聞いているような心地だった。

ひとたび越えることができた障壁は、二度目も三度目もたやすく越えられる。体が覚えてしまえばあとは跳び箱とおなじだ。訪ねたかいはあったとリサリサは安堵していた。

「お願いがあります、もしも叶(かな)うなら……」

湖上の家から辞去する前に、あらためてサンプルの収集が真の目的ではないことを伝えた。欲得ずくと言われてしまったら返す言葉はないけど、急成長を果たしたピスコにしか頼めないことでもあった。事後の様子を見て〈血の祭り(ヤワル・フィエスタ)〉の能力が安定してからでかまわないとリサリサは告げた。あなた自身が復調したあとでいいから、あなたの力で出してもらいたいものがあるのよ。

「もしかしてあなたは、最初からそのつもりで……」そこにいたってＪ・Ｄ・エルナンデスも同行者の真意を察したようだった。

「出すってなにを？」ピスコは首を傾げている。

「過去に触れたものでも再現して出せるのよね」

「だからあなたは、ここまで一人で来ようとしたのですね……」

「あなたがまだ十代のころの皮膚の記憶、血の記憶……わたしはその記憶に望みをかけたい。かつてあなたを射貫き、あなたの血を絞りだした〈矢〉を、そこに含まれている有機物のウイルスも含めて、その能力で生みだしてもらいたい」

あまりに常軌を逸した要望に、ピスコも、J・D・エルナンデスも絶句していた。隠居したはずのリサリサが、単独行動でそんなことを頼みに来る理由はひとつしかなかった。

「そんなことが、そんなことが許されるのですかッ！　あなたは〈矢〉を手に入れて、ご自身でそれを使おうというのですか！」

リサリサは笑った。しわくちゃの笑顔で笑った。

遠方への旅はするものだ。またとない貴重な体験を得ることができた。ピスコの再起に立ち会えたのは喜ばしかったし、「驚異の力（ラ・マラビジャス）」の深淵を覗き見ることもできた。だけどね、とリサリサは諭すように言う。本来ならわたしは新しい体験をする必要なんてない人間なのよ。たっぷり生きたし、あらたに来る人たちに冒険を譲り渡す準備はできている。なにしろあっちで待っている人たちのほうが、こっちで付き合っている人よりもずっと多いぐらいですもの。

「しかし、だからこそ……」J・D・エルナンデスが言った。

「言いたいことはわかっています、エルナンデス」

「ミセス、ご自身の齢を理解されていますか」

「はい。もうすぐ百歳(ハンドレッド)」

「危険すぎます。言うまでもなくあれは……あなたの齢で試すような代物ではない！〈矢〉による選別にその体が耐えられると私は思いません」

頑としてJ・D・エルナンデスは反対の立場を譲らなかった。真っ向からリサリサの意思をはねつけて、ほとんど憤慨してあごや肩を震わせている。

「もういいのよ、エルナンデス。もういいの。わたしはいつからか若い人たちにリスクを押しつけて、自分は前線から遠ざかって、彼らの運命を致命的な結果に追いやってきた。あなたもその名前は知っているでしょう、初代のロギンズ、メッシーナ、オクタビオとホアキン、それからシーザー・A・ツェペリ……数えだしたらきりがないぐらい。だからもう待つのも退(ひ)くのもやめたいの。たとえ生と死を天秤にかけられるのだとしても、いつ尽きるとも知れない命が惜しいとは思いません」

ここではないどこかから聞こえた声は言った。あんたはもうすぐ死ぬ——それが正当な戦いのなかであるのなら、リサリサにとっても望むところだった。

「座視はしないと言ったでしょう、エルナンデス？　あきらかに今のわたしたちには、森の組織(カルテル)に立ち向かうだけの総力が足りない。だけどもしも、この身にあらたな贈り物(ギフト)が与えられるとしたら、もしかしたらもしかするかもしれないでしょう？　涯の知れない闇に臨むなら、持てる灯火はすべて持っていかないとね」

「だけどもしも、あなたになにかあったら……」

「射られて死ぬならそれまで。ピスコ、お願いできるかしら」

「あんた、正気？」

二人のやりとりに気圧(けお)されながらも、ピスコはおずおずと「血の祭り(ヤワル・フィエスタ)」を発動させる。どのぐらい時間がかかるかわからないけどやってみると、そう言ってリサリサの恩に報いようとする。もしもこの挑戦が功を奏したなら、そのときは目指しましょう。森を。すべての運命の流れが渦を巻いて合流しているような、夜の明けない森を。そこにどんな暗闇が展がっていて、どんな結末が待っているとしても。

そして——

湖の片隅で、望まれた奇蹟が叶う。

XV

かくしてめくるめく長旅は、老いた波紋使いとスピードワゴン財団の調査行は、歳月と移動の速度を増してひとつの終着の地へと向かっていく。宏大なアマゾンへ、千尋の闇に沈んだ秘境へ――


夜の森は、夢を見ている。

永すぎる夢を。

おのずと夢は培養されて、空間に蔓延り、時間の襞にまで根を伸ばす。

夢と夢とが結びついて、からみついて膨張し、無辺の領土にかぎりなく増殖している。

眠りのなかで、夢が夢を見ることに倦んで、夢で目覚めを夢見るほどに。

アマゾンの熱帯雨林はもともと極相に達した樹木群集であり、暗い環境でも定着することのできる陰樹が優占している。しかし陰樹といえども気候や土壌、光の量に対する要求がないというわけではない。むしろ陽光の差しつける空隙へと葉を伸ばし、高木層を越えて林冠に枝木をひろげようとする。覆いかぶさって邪魔をする大樹があれば、その下に根茎をめぐらせて、上が空くまでじいっと待ちわびる。つまり光合成をしなくても数年は耐え抜くことができるのが陰樹だ。では、森そのものに朝が来なくなったら？　いっさいの日差しが注がれなくなったら？　たちどころに陽樹は枯死する。死滅によって上が空く。最大の繁茂のチャンスをつかむのは陰樹だが、しかし困ったことに陽だまりや木漏れ陽の目途がないので、どちらに向かって枝葉を伸ばしてよいものかわからず、往生したすえに微睡みを貪るようになる。雌伏の歳月のなかで培われた耐性が奇形となって立ち現われ、連続して遷移を重ねて、いまだかつて人知に観測されたことのない異形の森が、植物による空中楼閣もさながらに築かれることになる。

　すべてが変容していった。そこではもはや白昼の理は通用しない。混沌に支配され、白むことのない闇の奥処で、たがいに喰らいつき、蟠り、数えきれない因果関係のなかで交雑する。森の生存競争に勝った若芽は、樹冠の頂に上がる吉夢に焦がれる。螺旋となって巻きつく蔓は鉤爪を生やし、樹液は滴ってあふれ、羊歯植物の葉うら葉うらに夢の卵が産みつけられ、飛散する花粉や胞子はひとつひとつが幾万もの奇夢を分娩する。花びらはその奥にそばだつ蕊をはらんで、枝の高みで爛熟する果実をつらぬいて交配する淫夢に溺れる。ねじれにねじれて土壌を這いひろがった根茎は、林床という林床に伸びひろがって猿や鳥や虫を苔刑にし、磔にして、串刺しにする拷問夢に酔い痴れる。連鎖のやまない異種交配の果てに、色彩やにおいは生き物の目と鼻に識別できない色香の亜種を生み、腐葉土はペルシャ絨毯もかくやの絢爛な彩りを敷きつめるが、倒木によって躙られて台無しになる凶夢に魘(うな)される。そのすべては正夢でありながら逆夢でもあって、始まりがなく終わりもない。おびただしい夢がそこに宇宙を生み落として、完全なる閉鎖体系のなかで「夜」へと収斂(しゅうれん)していく。永続してやまない「夜」が――極の果ての極相を――天地(あめつち)の終末すらはらんだ一つの森を夢見ていた。

本来であればそこには豊饒(ほうじょう)な生命世界が展がっているはずだった。だが現在では、闇そのものを呑みこんだ夢の地平だ。夢はどんなものでもかならず謎をはらみ、混沌をきわめ、他者にとってしばしば危険なものにもなる。そこに展がる妄想と欲望はときに邪悪で、立ち入る者たちを混迷の淵に突き落とす。迷うぐらいならむしろよい、その支離滅裂ぶりに狂わされるか、惑溺するあまりに夢に摂食されてしまうこともあるだろう。なにしろ夢なので、現実のように逃げだそうにも決して犠牲者を逃がさない。あるいはこの南米において命の額が底値の貧民街よりも、ゲリラと政府の紛争地域よりも、どこよりも危殆(きたい)に瀕(ひん)した土地かもしれない。不用意に立ち入っていいところではなくなっている――

秋の暮れ、そんな森の内部へと入ったのは、武装した特殊部隊の一群でも、現地調査に臨んだ考古学や地質学のチームでもない。サファリジャケットとピスヘルメットをまとった非営利財団法人の一行だった。河川哨戒艇でアマゾン川を遡(さかのぼ)り、野営を重ねながら、およそ五日をかけて常夜の森の領土にまで達していた。

「ずっと〈夜〉なのね、どこまでいっても――」

想起されるのは核の冬(インビエルノ・ヌクレア)だ。キューバ危機による環境変動の脅威、氷期の到来を人類はまぬがれたはずだったが、地球が自転と公転をくりかえしているのに太陽の光が差さないとなると、灰や煙などの浮遊粉塵によって日光が遮られているとしか思えない。凍えるほどに寒くないのはおそらくエネルギーの収支の問題で、夜がつづいて太陽のエネルギーが受けられないぶん、大気中の水蒸気が飽和し、蓋になっている層が分厚くなって、地球外へのエネルギーの放出が抑えられているからだろう。あるいは集団催眠のようなものか、影響が届く範囲にいるすべての者に認知の狂いをもたらしているのではないかとも考えられたが、しかし影響はあらゆる植物群にもおよんでいる。実地にさまざまな検討や考察が重ねられたが、原因の究明は望むべくもなかった。「驚異の力(ラ・マラビジャス)」に人智のメスを入れることはできないのだ。

「寒いのは寒いけれど、目を引くのは催奇性というか……この森を見てごらんなさい」

「たった数年で、ここまで生態系が変わるものですか」

「これは、ただの〈夜〉じゃあないのよ」

森に入ってからの体調管理、睡眠管理には、リサリサもサーシャも細心の注意を払わなくてはならなかった。昼と夜の運行が失われた世界では、真っ先に体内時計が狂わされる。生命のそもそものリズムが失われる。疲れや眠気、慢性的な倦怠感が去らず、帯同している面々のなかには睡眠障害や循環器の不調を訴える者も出はじめていた。研究部門からの志願者も、訓練された近代戦闘部隊「ルエダ隊」も人員を出していて、出立の前にそれぞれが睡眠の量と時間を調節し、できるかぎり昼型から夜型に切り替えてきている。にもかかわらずこの森の「夜」はどこまでも人の活動量を下落させる。地球の肺(ロス・プルモネス・デ・ラ・ティエラ)であるはずのアマゾンが酸素量を急減させ、熱帯雨林にいながらアンデスの高地(シエラ)なみに高山病の予防を怠(おこた)ることはできなかった。

だけどそれ以上に、悪寒(おかん)がつきない。ここの闇には襞のような重なりがある。目にも見えず、鼻にも嗅げない、毒気のようなものが漂っている。

森の一帯が植物相をさま変わりさせ、羊歯や苔類は爆発的に繁茂し、触手のようにねじくれた根茎が行く手をはばむ。見たこともない混交植物が生い茂り、濃い泥土の隙間には薄紫色のがさついた下草が密生している。イソギンチャクやイカのような植物も樹液を垂らし、それらすべての植物が星の火も宿さない闇の天幕に擁(いだ)かれていた。

傾斜のきつい阻道(そばみち)を上がったところで、随行する医療スタッフが寄ってきてリサリサの血圧と心拍を測り、携帯用の酸素吸入器を差しだしてくる。やれやれ、大騒ぎね！　直前まで現地入りに反対していたJ・D・エルナンデスたちは、最後にはパパモビルのような密林移動用車両の開発を検討したほどだった。この齢で密林探検なんてたしかに常識外れだけど、世界を見渡せば九十歳や百歳で極圏を旅したり深海に潜ったりしているご同輩はぞんがい多いもの。財団をあげての手厚いサポートに感謝しながらもリサリサは、自身の体調への配慮で移動の速度を落とすことを固辞していた。

「博物館に収める貴重な剝製をみんなで運んでるみたい」リサリサは自嘲した。「だけどこれが最後の遠出だと思ったら意外と頑張れるものよねえ。履き古しのストッキングみたいに日ごとに縮んでいた手足も、使おうと思えばまだまだ使える」

「このあいだまで歩くのもやっとだったのに」介添えするサーシャが言う。「あなたの運動量は九十代のものとは思えません」

「呼吸を練ってるからね、サーシャ、あなたもでしょう?」

「練ってます。そろそろこの森にも慣れてきた」

「鳥は?」

「飛ばしてます。いま、戻してます」

しばらくして斥候に出ていた「鳥」の一羽が帰ってくる。みずからの能力によってサーシャは遥か遠くまで偵察の目を巡らせていた。わたしにも見えるとリサリサは言った。あなたの「鳥」がかわいらしいのを実見できたのはとても嬉しいことだわ。

見えるものと、見えないもの。

現実の人間と、幽体。かねてから問題はそこにあった。

積年の隔たりはようやく埋まった。少なくとも一般の部隊には望めない「目」がある。

この一行には有数の波紋の使い手であり、なおかつ「驚異の力」を宿した者が二人いる。これを十分なアドヴァンテージと見るか、それでもおぼつかないと見るかは調査団のあいだでも意見の分かれるところだった。

「複数の男たちが、例の用心棒たちが境界を守っています」サーシャが偵察の成果を告げた。「十人から十五人……鳥瞰したかぎりでは能力者か否かの判断はできません」

「どうか予定どおりに……」J・D・エルナンデスが釘を刺した。「あくまでも交渉に専念して、無用の交戦は避けてください。あなたとサーシャがそろっているといっても、向こうには未知の能力者がわんさといるんですから」

「願わくは無血入城で行きたいですけどね」リサリサは言った。

月明かりのない森をさらに一時間ほど移動したところで、偵察の「鳥」が瞰たコミューンの境界に近づいてきたのがわかった。嗅覚がまず嗅ぎつける。空気がにおいだす。垂れこめる霧の向こうに一つ、二つ、三つ、草陰から人影が現われて立ちはだかった。

手持ちの照明を使って、値踏みするようにこちらを見渡してくる。刺すような光にリサリサたちは視界を奪われる。いったい何人が集まっているのか——

夜行性の猛獣のような血生臭さを漂わせる男たちだった。黒々とした闇をまとって、獲物を捕らえようと動きだす捕食者のふるまいを隠していない。財団のレポートによると犯罪者や傭兵、請負屋、戦争帰りの浮浪者、古くから森で宣教活動をしていた伝道師、現地のヒバロ族の戦士など、真夜中に出くわすのはごめん被りたい手合いが集結している。夜陰にうごめく敵意や殺気が手にとるように伝わってくる。

あらたな脅威、またもや強襲、それがなんだっていうんだ？　どこのどんな部隊であろうと迎え撃つだけ。おれたちはコミューンの境界を守る警固者だ。断わりなくどんな侵入者が現われようと、おれたちが跡形もなく蹴散らすだけだ。財団の一行をひとしきり観察した男たちが口々に言葉を発する。ある者は侮蔑し、ある者は嗤い、広言を吐く。満身にますます自負をあふれさせ、警戒はしても毫も恐れてはいない。

「お前たちはあれか、迷子のツアー客たちか？」

侮蔑の声が飛んできて、すぐに悪態や漫罵が止まらなくなった。

「珍しい蝶でも追ってきたか」

「観光名所の滝はこっちじゃあないぜ」

「女もいるな。一人はおばあちゃんだ」

「ヒョオ、ねえちゃん。あんただけ泊っていくかい」

野卑な声をつらねる男たちへ、臆さずにリサリサは声を返した。

「とくに迷ったわけじゃあなくて、予定どおりに森を抜けてこのコミューンに到着したんですよ。とても疲れて、喉も渇いているので、集落に通してくれたらありがたい」

「あら、まあ！　ひじょうな老齢」

「ばあちゃん(アブエラ)、いくつ？」

「姥捨(うばす)て？」

「あなたたちのボス(エル・ヘフエ)に会いたい」リサリサはつづけた。「わたしたちは知己の仲でね。大勢にお出迎えしてもらって恐縮ですけども、どうかしら。こんなに暗い森で暮らしていると品性も陰湿になるみたいですけど、取り次げるかたはいるかしら。ちゃんと自己紹介とか、ほしい？」

　男たちのなかには、低劣な野次に加わらない者もいた。

「お前ら考えてもみろ。密林の奥にまで入ってくるヨボヨボのばあさん(アブエラ)なんて、それだけで化け物じみていると思わないか。気をつけろ、〈悪霊(ファンタスマ)〉を出すかもしれん」

　たしかにそう言った。「悪霊(ファンタスマ)」——

　男たちの警戒が、その声だけで引き締められる。

　押し問答を試みたが、男たちが受けている命令はいたって簡単明瞭なようだった。

「だれとも対話はしない。侵入する者は阻止するだけ。お前たちがどんな組織であっても、立ち去らないのなら死ぬだけだ」

　鼓膜を撲(なぐ)るような声で、単純にして獰猛な言葉をねじこんでくる。

　無血入城の願いはついえて、リサリサは飲みこみの悪い子どもに対するような呆れとあきらめの苦笑を口の端にひらめかせる。かたわらでは速断で方針を切り換えたJ・D・エルナンデスが、どうだ？　とサーシャに問いかけていた。

「見えます」

サーシャは答える。

森の警固者たちの大半が、身近に寄り添わせるかたちで異形の像を出現させている。あるいはその奇態の一端を覗かせている。リサリサは頷いた、わたしにも見えていいますよ。

悪霊、怪物、呪い、幽体――英語圏やスペイン語圏で、スピードワゴン財団の用語で、さまざまな呼称を付されてきたそれらの威容をサーシャがJ・D・エルナンデスに伝える。リサリサもつぶさに目を凝らした。「矢」の選別をくぐり抜けてこの森に達したということは、わたしもそれが見える世界に足を踏み入れたということ。たしかにそれは影の凝集か守護霊のように朧気だが、それぞれに固有の形状をそなえており、そのすべてが五感に迫るほどに稠密だった。

たとえば人の似姿をしたもの――暗闇の色をまとったゼラチン質の怪人。カエルの卵のような一ダースの複眼をそなえた蛮人。フジツボのようなごつごつした鱗で覆われた異人。弾帯をその身に幾重にも巻きつけた軍人。同時に東西南北を向いている四つの顔をもった魔人。たとえば機械的な造形のもの――真鍮製のパイプの骨組みを露出させた浮遊物。ハロー装具のようなものを着けた傀儡人形。歯車とジャイロスコープが重なりあった人体模型。八つの脚を有した重機。たとえば動物的な造形のもの——濃緑色のそそり立った蛇身。戦闘用の甲冑を鎧ったキリンのような生き物。蘚苔と棘にまみれた四つ脚の生物。鰐のような口に鋸歯状の牙をそなえた爬虫類。それから不定形なもの——ただ色と線だけのもの、目がくらむような連続像をひきずるもの、解読できない文字と呪符と図と記号のかたまり。塵埃をこねて作ったような幾何学形の未確認物体。あるいは類型に分けようにも分けきれない、すべてが接ぎ目なく混ざりあったもの。

だれかの言葉によって伝えられるのと、実際にみずからの目で見るのとでは衝撃の深度が違った。めったなことでは動揺しないリサリサですら、膝とくるぶしが冷たくなり、息がつまり、心臓発作でも起きそうな動悸の乱れをおぼえた。

これらが「驚異の力」による像——

現象としてたがが外れている。これではまるで、サイケデリックな地獄の獄吏たちだ。

常人ならおののき慄えることは必至。リサリサは隔世の感をおぼえる。波紋や超能力の具現化と表現する向きもあるが、おなじく常人の目にとらえられない波紋がこれほど心胆寒からしめるものであった例はなかった。用心棒のなかにはみずからの幽体と気さくにおしゃべりしている者もいる。かと思えば、馬に与える糧秣のように幽体にユカ芋を食わせている者もいて、本体との関係性はまちまちらしい。夜の明けない森にあってはそのいずれも、凝固した悪夢のカリカチュアじみていた。

「退がってください、リサリサ！」

サーシャが叫ぶやいなや、J・D・エルナンデスたちが幾重にも覆いかぶさってくる。

われがちに先陣を切って、用心棒の一人が仕掛けてきた。創傷（きりきず）だらけの鳩胸をそり返らせた男が出現させたのは、実際に鎌の形の鎌首をもった大蛇（セルピエンテ）だった。頸部（けいぶ）をもたげると噴気音を発し、蛇行しながら敏捷（びんしょう）に突進してくる。

つづけて迷彩服の傭兵くずれが前に出る。その歩みには、百や千の導火線を撚（よ）りあわせたような人形（ひとがた）の像（ヴィジョン）を先行させていた。他にも幽体（アストラル）を装甲板のようにまとった巨漢が襲ってくる。これらの手勢はまず相手の出方を見るのに有効な先鋒隊といったところか。山刀（マチェテ）のようにひらめく蛇の鎌首が、ルエダ隊の足首を斬り、斬り、猛襲する。他の幽体（アストラル）に殴られた隊員が弾き飛ばされ、たった一撃で戦闘不能に落ちる。財団の支部においてトップシークレットで編成され、この日のために訓練を積んできた精鋭たちだったが、想定されたはずの戦いに即応できていない。反撃の狼煙（のろし）を上げたのはサーシャだった。

散っていた「鳥」を一手に集めて、上空に飛ばし、鷹匠（たかしょう）もさながらに一斉攻撃を指揮する。クルルルルッ、ギュルル、ギュワワワッ！

ガァガァガアガア、ギョワッ！　ギュワワワッ！

鳴き声とともに宙で群れをなし、二旋、三旋するなり急降下して、滝の水のようになだれこんでくる。鳥類の大群に襲われるのがどんなに恐ろしいことか、ヒッチコックを観たことがなくても痛感できるはずだ。サーシャの戦意に共振した「鳥」たちが、羽根をもたないすべての者に原初の恐怖を惹起させる。サーシャにとっても真価を問われる場面だった。この十数年間、能力者との接触の先頭に立ち、波紋のみならず「驚異の力」の使い手としても実地に経験を積んできた。群体の「鳥」をあやつる戦闘も堂に入ったもので、戦術のレパートリーを増やし、味方を守りながら同時に攻勢を保つという離れ業もこなせるようになっていた。

群がって視界を封じて、柔らかいところを選んで嘴の尖端で突く。

眼球。眼球。耳。唇。喉首。眼球。

双つの肢で、怪蛇の胴部をとらえて、夜天に舞いあがる。

森の用心棒たちにも、幽体にも、どちらにも攻撃を仕掛けている。

羽ばたきで翼を打ち下ろし、腕や指の隙間を、眼球をこじるように突き荒らす。

舞いあがり、雲霞のように集まって飛んで、巨大な鵬を出現させる。動転した男たちがあられもなく叫ぶ。巨鳥だ！　怪鳥だ！

「このぐらいでいいだろう、ボスのところに連れていけッ！」

だがしかし、ただの一羽も手傷を負わずにすむわけもない。幽体の攻撃が「鳥」を叩き墜とし、暴れる大蛇の鎌が「鳥」の腹部を刺し貫いて、そのたびにサーシャは血の唾を吐き、出血した部位を押さえてよろめく。群体であるがゆえに分散されてはいるが、サーシャの幽体（アストラル）が受けた攻撃はサーシャ自身にも返ってくる。これは大前提のひとつだ。

実戦においてリサリサは学習していく。幽体（アストラル）を出すのは本人のリスクにもつながる諸刃（もろは）の剣だ。幽体（アストラル）にダメージを与えられるのは幽体（アストラル）だけで、幽体（アストラル）のほうが接触してこないかぎり人間が触れることはできない。敵の幽体（アストラル）がこちらへ向かってきたので、リサリサは一歩前に踏みこみ、近づいてきた像（ヴィジョン）を波紋で断とうとしたが、効かない。むしろ自分の内側を音もなくなにかが通過するのを感じた。生命体でも有機物でもないこの存在に、波紋疾走（オーバードライブ）で干渉することはできないのだ。

あまつさえ多勢に無勢だったし、森の守り手はまだ余裕を保っている。二十人強の大半は後ろに下がって静観を決めこみ、依然として自身の手札をさらしていない。ルエダ隊も窮しているし、孤軍奮闘するサーシャだけを危地に立たせるわけにはいかない。混戦のさなかに立ったリサリサは、静かに意識を凝らして総身を震わせ、みずからの「驚異の力（ラ・マラビジャス）」を発動させようとした。

「まだです！　ここはわたしに」サーシャが声を荒らげた。「わたしたちの側に勝機があるとしたら、あなたをボス（エル・ヘフエ）の元まで無傷で送ること。カルテルを打破し、〈矢〉の回収と生還に望みをつなぐにはそれしかありません」

「あなただけでは厳しい。この様子では……」

「思い知らせます。このまま戦えば、カルテルにも大きな犠牲が出るって」

流れこんだ血がサーシャの目を赤く輝かせ、剥きはなった歯も血の色に染まっている。

夜気が熱せられ、吹きつける風で陰樹の葉が騒いでいる。怪蛇の鎌の一閃が「鳥」の一羽を墜とし、他の幽体が片翼をつかんで叩きつけ、後方から跳びだした幽体が毒液じみたものを噴射して、四羽、五羽をまとめて撃墜する。これ以上は見ていられない。制止をふりはらってリサリサは、深く呼気を吐き下ろす。あごをマフラーに埋めて意識を凝らすと、飛行機で離陸するときのように鼓膜に圧を感じる。それは頭蓋骨を振動させるように跳ねまわり、網膜の裏にひとすじの紅い光を投影する。リサリサは呼吸や鼓動のリズムを変えて、赫光が揺らめきながら人形の像を結ぶことを冀求した。強く、強く希った。わたしはそれを見ることができる。体の外に出現させることも、用心棒の坊やたちにそれがどんなものかを知らしめることもできる。

まさにその瞬間、敵陣から一人の男が走りだしてきた。

最初に用心棒たちと対面したときには見なかった顔だった。森の境界で戦闘が起きていると知って応援に来たのか。髪を編みこんだメスティーソで、黒い竜の刺青を手首にからみつかせている。降伏を強いるわけでもなく、かといって幽体にたのむわけでもない。身ぶり手ぶりで自陣になにかを伝え、それぞれの幽体を指差し、押し戻すような仕種を見せて、黙ったままで財団の顔ぶれに視線をめぐらせた。

「あなたは……」

歳月のぶんだけ外見は変化していたので、すぐにだれかはわからなかった。双方をいさめるように割って入ったその男は、頭上に吐いた息を渦巻かせ、唇を結んで左の頬に三日月型のしわを作った。哀しげなその表情にも、琥珀色の瞳にも、リサリサには覚えがあった。サーシャもけしかけていた「鳥」を止める。J・D・エルナンデスも驚きをあらわにしていた。そこにいるのは、かつて一行が運命をともにした男だった。限られた年月ではあったが、激しい潮目を抜けることができたのは彼の貢献があったからだ。遠い日にアンティグアの路地裏で、殺人や紛争におびえることなく暮らしていきたい、風のように自由でありたいと願っていた青年だった。

「ここにいたのね、ホアキン」

呼びかけると、その唇が開き、言葉にならない声音があふれた。

お・おおあ・おお・おおあお・お・おお……

咆えるわけでも嘆くわけでもない、押し抱いた感情を探ることのできない声だった。かつてよりひずんでいて、底の見えない渓谷に鳴りわたるような、雑音をたばねて差しだしたような声だった。

痩せたぶんだけ精悍さを増している。目の下で大きなくまが曲線を描いていて、どことなく疲弊を引きずっているようでもあった。深い水底に棲む半透明の生物を思わせるホアキンは、存在そのものに暗い霊気をまとっていた。

「十二年ぶりに会うのが、こんな森だなんてね」

望んだ再会でもあったし、こんな場面で会いたくないという感慨もあった。引き裂かれるようなこんな思いを抱えて、あなたの顔を見たくはなかった。

リサリサは頭(かぶり)をふった。

「生きているうちに会えたのはありがたい。だけど、ここにいるということは……」

ホアキンはふたたび口を閉ざして、ひと声も発さなくなった。

「ホアキン、わたしだよ」サーシャもさりげなく久闊(きゅうかつ)を叙(じょ)した。

ホアキンは声を返さない。黙ってサーシャを見つめかえす。

「ずいぶん見た目が変わったじゃない」

ホアキンは声を返さない。サーシャを見つめかえす。

「たしかに君にも、なんらかの力が目覚めていたから……」

ホアキンは声を返さない。肯定も否定もしないで黙りこくっている。

「だからこそ君は、財団を出ていった。わたしたちがどんなに探したか、それなのに君がたどりついたのはこんな森の奥地なのか……もしかして能力を見込まれて、アルホーンの一味に鞍替(くらが)えしたんじゃあないだろうな」

アルホーンの名を挙げたところで用心棒たちからざわめきが起こった。しかし一人も戦いを再開しようという者はいない。二つの陣営の間に入ったホアキンに事態の推移をゆだねている。ホアキンがセルバ・カルテルに与しているのは自明だったが、姿を見せただけで血気に逸った猛者を従わせるあたり、カルテルの内部でも高い地位を得ているということなのか。少なくとも手下その一やその二ではなさそうだった。

「あの男がどんなに残酷で非情なことをしてきたか、君も知っているだろう。なのにどうしてそっち側にいるんだ、君も〈夜〉の重力に引きずりこまれたか！」

詮索をめぐらせてもホアキンは無言で首をふるばかりだった。閉じた唇は永遠に思える沈黙をくわえて離さない。少しずつ、少しずつ眼差しをもたげて、時間をかけてぎこちない頬笑みを浮かべてみせた。嘲笑や嗤笑のたぐいではない。空笑いというほどに弛んでもいない。ひそやかに憐れみをたたえるような憫笑だった。なにを憐れむ？　リサリサたちを、それとも自分を？

他の用心棒たちに目配せすると、ホアキンは瞼で視界を噛みつぶすように目を閉ざし、一番星でも見つけたように人差し指を空中に突きだした。すると右腕に彫られた竜がぞわぞわと皮膚の上を滑りだし、指先に向かって這いあがっていくではないか。いいや、あれは刺青ではない。あれはアザのようなものだ。財団にいたころの彼にそんなものはなかった。暗闇にそのまま色をなすりつけられたような斑紋——頭上にかざしたホアキンの指の先端には、一滴の真っ黒な滴（しずく）が浮かんだ。重油のようなそれは指先から垂れさがり、やがて落ちた。黒い滴はゆっくり落下して、ホアキンの足元で弾けた。次の瞬間、黒い波のようなものが四方八方にひろがり、足元の腐葉土をさらに腐らせ、地面を顫（ふる）わせるようにこちらにも押し寄せてくる。リサリサはとっさに息を止めたが、黒い波は肉眼でとらえられない放射線のように体を通過し、なにかを蝕み、森の全域を占める「夜」の濃密な闇の成分へと溶けていった。にわかに全身の力が脱けて、頭から爪先にまで悪寒が走ったが、即時的なダメージを負わされたわけではないようだ。するとこれは、なんらかのデモンストレーションといったところか。

ホアキンの指から生まれたのは、暗闇の滴だった。いっさいの光が介在しない闇の結晶。これまでに本人が生きてきたすべての「夜」から抽出したような一滴だった。語られない真意を察してリサリサは口を開いた。

「明けない〈夜〉は、ホアキン、あなたの能力なのね」

先んじた喧騒が嘘のような、静かな対峙だった。

夜。その手指が生んだのは、夜だった。

わずかにホアキンが笑った真意に、リサリサはようやく見当をつけていた。

他のものとは一線を画する「驚異の力（ラ・マラビジャス）」の渦中に、永劫（えいごう）の「夜」の深みに嵌まりこんでしまった一行が——あるいはホアキン自身も含めて——あまりに不憫（ふびん）すぎて笑み崩れるしかなかったのだ。

おひさしぶりです。ホアキンです。

XVI

再会を果たしたこの場面で、語られない彼の肉声に耳を傾けたとしたら、彼はいたって素朴にそんなふうに返したかもしれない。忘れてもらっては困るのは、中南米の国々をまたいだスピードワゴン財団の調査行とは、そのまま彼ら二人の物語でもあるということで――しかしそれが秘められた英雄譚(えいゆうたん)なのか、奇々怪々なる幻想譚か、あるいは罪悪と遁走がおりなすピカレスクな寓話なのか。これればかりは後世の人たちによって見解が分かれてくるはずだった。

さかのぼること十二年前――

たしかにそのころ、視界のすべてが色褪せて、濃度を増す闇の色に溶けていた。

荒涼、沈黙、神なき世界。暦にない日の時計に刻まれない時間をホアキンは生きていた。

昼間の光から拒絶されて、放逐されて、荷車を引きながら夜の底をさすらい歩いていた。流浪の身となって、危殆に瀕した精神が感覚を閉ざし、なにも見えず、なにも聞こえず、触覚もないままに夜の土を踏んで、都邑から森林へと移動をつづけて、ときおり現われる原生林を、深い峡谷をその目で見た。黒ずんでうねる大河を、鉱山と採掘場を見た。驟雨のように降ってくる睡魔のなかで、現実と見まごうほどの蜃気楼を見た。

太陽から見離されるのがどういうことか、つくづくよくわかった。それは人間の営みの外に弾きだされるということだ。天球の運行がまったく無縁のものになり、肉体にリズムを刻む時間とも縁遠くなって、疲れきり、五感は鈍り、途切れ途切れの不完全な眠りしか眠れない。捨てられた影のようにあてどもなく彷徨していると、次第に自分が人であるという根拠が薄弱になって、そもそもこれまでにも自分が人だった時代はなかったんじゃないかという気すらしてくる。肩まで伸びた髪はべたついて鈍い輝きをまとい、胸元からは饐えた異臭が立ち昇って鼻孔を突く。それでもぼくがぼくであるという実感をホアキンがかろうじて保つことができたのは、引いている荷車からオクタビオの声が聞こえていたからだった。

「……むにゃあ、おれたち……どこに向かってるんだぁ……」

廃品回収に使っていた荷車に身を横たえて、オクタビオもまた半睡半醒のふちを漂っていた。すっかり腑抜けて、身も心も混沌に落ちこみ、混濁の世界に浸かっている。ホアキンはオクタビオを荷車に残して無人の民家をあさり、残飯を拾って、羊小屋や納骨堂でも休んだ。河原で焚き火をして、黒い水をぼろ布で濾（こ）したものをオクタビオに飲ませた。ありあまる時間の大半で、オクタビオはすでにない左脚への熱情に焼かれ、現われては消える幻痛（げんつう）の虜（とりこ）となっていた。

「ああくそ（カラホ）……、痛えな、痛えよォ……」

うめき声を聞かされるたびにホアキンの精神のなかで、闇がまた増殖する。オクタビオの負った傷痍は、真空の状態に閉じこめるようにホアキンすらも苦しめた。ああ、あんなに勁（つよ）かったオクタビオ、あんなに快男児だったオクタビオ。剛勇無双、疾風迅雷、真の英雄（エロエ）の卵だったその勇姿はどこにもない。いまのオクタビオは？　もしもホアキンがここでいなくなったら、眠っているあいだに置き去りにしたら、オクタビオは一人では生きていけないかもしれない。そのまま死体のように動かず、時を経ずして本物の死体となり果てるかもしれない。埋葬用の布のような汚れきった衣類をまとい、窪んだ瞳はいっさいの光を宿さず、人間という存在が抱えこむ脆（もろ）さがここぞとばかりにあふれだしていた。

後悔と羞恥が、罪の意識がホアキンを占めていた。本当ならオクタビオが選ばれるべきだったのに。ぼくは彼をこんなふうにしないために、そのために故郷をともに旅立ったはずなのに。それなのに、ああ、慚愧（ざんき）に堪えない、耐えられない！

「うああ、痛え、痛え……」オクタビオがしきりに痛みを訴える。

ないんだよ、とホアキンは声に出さずに言った。脚はもうないんだ。

「なんでだよ、おれの左脚はどこだよ」

左脚はもう切った、とホアキンは言う。

「だって痛いぞ」

そんな気がするだけだ。幻肢痛っていうらしい。

「あぁくそ、財団め、勝手に人の足を切りやがって……」

あれはしかたなかった、君の命を救うためだよ。

「くそ、まさか外れ（フリヨ）だなんてよォー」

当たり（テ・ケマス）とか、外れ（フリヨ）とかじゃあないだろ。

「意味わかんねえ、お前が当たり（テ・ケマス）だなんて」

ろくなことはないよ、こんな目にあってるんだから……

「しかも生きのびちまって。早死にしたほうがまだ英雄（エロエ）だったのに」

そんなこと言うなよ、君は神様に生かされたんだから。

「で、どこへ行くんだ?」

それはまだ決めてない、どこに行こうか。

「お前よォ、なんにも考えてねえのかよ」

天の神様の言うとおり（ピト・ピト・ゴルゴリート）、で決めようか?

「帰る巣もねえしな」

そうだね、故郷はもう遠すぎる。

「いまはどっちの方角向いてんだ」

ええと、うんと、東かなあ。

「東にはなにがあるんだ」

東には、えっと、森があるね。

「森に入るのか」

そうしようか。

「森なら、いいかもなあ」

うん、そんなに人がいないかも。

「昼だろうと、夜だろうと」

うん、たしかに関係ないかもね。

「まあ、それならいいや」

いいってなにが？

「なんでもない、とにかくいい」

わかった。じゃあ出発するけど。

「なあ、やっぱり訊いてもいいか」

うん、いいよ。

「おれが死んだら、お前はどうする？」

わからない。ぼくも消えたくなるのかもな。

「そうか、それなら一緒にいられるな」

そうだな、一緒にいられる。

「一緒に行こうな(バモス・フントス)」

ああ、行こう(シ・バモス)。


オクタビオは荷台に横たわったまま、森の深部で水が滴る音に耳を澄ませている。そこには寒さと沈黙があった。ときおり吹きつける夜風には、絶えてひさしい昼間の遺灰のような塵が舞っている。二人の往くさきでは、真っ黒な砂塵が吹きすさび、風景は一すじの光明も差さない「夜」の暗闇に鎖(とざ)される。寒くないか、とホアキンは訊く。寒くない、とオクタビオの声が返ってくる。捨てばちな絶望は、打擲(ちょうちゃく)するような葛藤は、まぎれもなく自分だけのものであり、同時に二人で持ち寄るものでもあった。


ホアキンは感じていた。大事ななにかが断たれ、閉じてしまったのだと——さしあたってなすべきは、できるだけ人のいないところに去ることだけ。希望なんてどこにもありはしない。こんなことになってしまったのは、なぜなのか。いったいなにが悪かったのか？

「こうなったら、行けるかぎりのところまで行くっきゃねェーだろ」とオクタビオは吹っきるように言うけど、これでは棒で追われた野良犬二匹だ。現実はどこまでも暴力的で、二人はまるっきり敗者だった。だったらいったい、なにに敗れたのか。

アルホーンに？

それとも、あの〈矢〉に？

あれを作った何者かが仕掛けた大博打（フエゴ）に？

さもなくば、孤児（ウエルファノ）に立ちはだかる運命の過酷さに？

ぼくたちは負けたのか。どこに敗因があったのか。過ぎた日々の体験がことあるごとによみがえって、蝮（まむし）のようにホアキンを咬む。反復したくもないのに情景は鮮明にぶり返して、たえまない反芻（はんすう）を強いる。路上のあらゆる知恵を学び、生きのびるための研鑽（けんさん）を積み、財団の車輪になることも惜しまなかったのに。尽くせる力はすべて尽くしてきたのに。ぼくたちも陽の当たる世界の一部になろうとしたのに。

それなのに、行く手を占めるのはずっと「夜」だ——

まったくもって、夜中にこねくりまわす思案はろくなものにならない。

だけどぼくたちの場合は、いつまでたっても「夜」だから。

オクタビオは、行けるところまで行こう、と言うけれど。「夜」のたどりつく涯は、明けない「夜」の行き止まりはどこにあるんだ？

たえがたい餓え、痛苦、疑心、よるべない罪悪感と、それらを糧にして育っていく復讐心。あらゆる負の感情を供としてさすらいつづけた歳月が、遠い追憶のうちに翳む。流亡こそがホアキンとオクタビオの宿命だった。生まれついての飢渇が、執着が、人生のある局面においては劇的な飛躍につながる。だけどその途上で、なだれを打って急変する現実を受け容れられず、反動のように自分たちを流刑に処して、歯噛みして暗い感情を振りまわし、やがてそれは名づけられない感情へと変貌をとげる。暗い沼の底に棲む盲目の生き物のように、得体の知れない怪物を腹の中で飼い馴らしはじめるのだ。

アマゾンの中心部から辺縁部へ、辺縁部からまた中心部へとさまよって、ある時期にはリオ・ブランコの北に小屋を建てて狩猟採集生活を送った。マラニョン川下流の火山堆積物でできた扇状地に住みつき、滅びかけの部族と起居をともにした季節もあった。漂泊に身をやつして三年、四年、五年とすぎて、アマゾンの集落や里村で生きる人々のあいだに噂話がささやかれはじめる。それは怪異譚のようなフォークロアのようなもの。無限の「夜」をひきずって彷徨している浮浪者がいると。都邑の辺境で、原生林の奥地で、渡河のさなかで行き逢った者は、そのときどきの日照の有無にかかわらず「夜」に閉ざされるらしいと。浮浪者は二人組で、一人は隻脚で、どういうわけかひとつの土地に根を生やさずにあちらへフラフラ、こちらへフラフラ、辺獄をさすらうように延々と移動しつづけているのだと。流言は口から口へと培養されて、事実をおどろおどろしいものに変形させていく。「気をつけろ！　あれは人間じゃあない」と目撃者は語った。「だって人間なわけがない。あんなにも恐ろしくて、あんなにも不可思議で、それなのにあれほど蠱惑（こわく）的なものは見たことがない」

　おれも見たぞ、という声もあった。

あれは悪魔（ディアブロ）だと思う、という声もあった。

アマゾンの部族の霊がさまよってる、という声も。

熱帯の森にひそんでいる双子の吸血鬼だ、なんてものも。

二人のうちの一人はちょっと体が透けてたぞ、なんてものまで。

根も葉もない異説は、流行病（はやりやまい）のように巷間に播種（はしゅ）されて、好事家（こうずか）の間ではさかんに脚色や粉飾もほどこされる。伝播される流言飛語は、人びとの口の端（は）に棲家（すみか）を得て、ある種のゆがんだシンパシーを生み、漂泊する二人を探しだして接近してくる者まで現われる。人の生きる道を外れるということは、見方を変えると、生きることの核心に近づくことでもあり、ホアキンとオクタビオがまとった暗い焔（ほむら）に引き寄せられるのは、臑（すね）に傷のあるあぶれ者、盗賊、山師、物乞い、畸者（きしゃ）、いかさま師、それから革命の思想家たちだった。

　こうした人種にとって「夜」の永続はむしろ果報、ホアキンとオクタビオがもたらす超常現象はまったく仰望すべきものだった。だってその夜陰にうまく乗じれば、夜盗、夜襲、夜這いもほしいまま！　肉屋が人肉を売り、贋金（にせがね）とペテンが横行し、愛妾（あいしょう）は正妻を殺して、未明に研がれた庖丁(ほうちょう)があくる日の殺人事件につながるだろう。すべての価値は反転し、王が乞食になり、貧民が富豪になる。政治もいずれ転覆して、既得権益は砕かれ、数十年にわたってつづく権力の大伽藍(だいがらん)を打ち崩すことだってできるかもしれない。

「だけど、ずっと〈夜〉のままなんだけどなあ」尾(つ)いてくる男にオクタビオは言った。

「かまいやしない。革命は夢見ることから始まるんだ」

熱烈なシンパとなったアヤクーチョ出身の革命家は、二人に近づけば近づくほど強まる睡魔に戸惑い、ガーッと眠りこけたい衝動を堪えながらも得々と説いた。ブラジルやペルーを始めとする南米はかつてない変革を求めている。経済は疲弊の極みに達し、多数民族インディオに対する人種差別が国土を覆いつくして、貧困や格差はもはや目も当てられない。民族解放を旗印にした左翼ゲリラが驚くべき規模の拡大を見せ、武力革命が多くの民衆に支持されるのも不思議なことではない。毛沢東(マオ・テーセ・トン)の思想が教えるのは「農民が都市を包囲する」という理想で、インディオの擁護と復権を主眼としたインディヘニスモは、ラテン社会の輝かしい松明となる。すでにこの世界が真っ暗闇だからこそ、ありとあらゆる価値の転覆が、既成事実の反転が必要とされるのだし、真の暗闇を知る者こそが強力な松明をかざす旗手になれるんだよ、わかるかい?

「勧誘されてもなあ、革命なんていまさら面倒臭い」

右におなじ。ホアキンもオクタビオに強めに賛同した。

「あんたはキチェ族だって言ったよな？　インディオならいやっていうほど見てきただろ。ゲリラと軍の衝突を、暴走する警察組織を、農民の虐殺を、撃たれた越境者を、流れ弾に当たってあっけなく死ぬ子どもを。それに戦いの前線に立ってくれというんじゃあない。軍資金を稼ぐだけでも革命を推進する大きな力にはなるわけさ」

コカほど儲かる作物はないんだぞ、とアヤクーチョの男は言った。

まさにそれこそが、革命の原資になるんだ。

かくしてホアキンとオクタビオは、なりゆきでアマゾン北東の森へと踏み入った。コミューンでは入植した小農民が痩せた土壌でひっそりとコカの葉を栽培していたが、政府が麻薬撲滅政策に躍起になっているだけでなく、同業者が敵となって襲ってくることもあった。ホアキンの「夜」の力を掩蔽に使うところから始めて、二人はやがて森のコミューンの頼れる守護者となっていった。ありうべからざる「夜」の永続はむしろ二人がもたらす秘蹟と見なされて、いよいよ崇拝や渇仰にも等しい心酔を集める。ずっと「夜」でもいいからここにいて！　と懇願されるままにコカを温室栽培に切り替え、コミューンの農民と麻薬取引業者を仲介することで地歩を固めた。凄腕の用心棒さながらに睨みをきかせて、安定した価格と公正な取引を保証し、あくどい業者の手からコミューンを守った。あるとき高齢なコミューンの農場主が、ウッ、と心臓発作でポックリ逝ってからは、事実上の農場経営と販路の拡大にも采配をふるうようになり、あれよあれよという間にコミューンは一大麻薬組織（カルテル）へと急成長を果たしていった。セルバ・カルテルと呼ばれるようになったのもこの時期からで——

陽の当たる世界から逐（お）われたホアキンとオクタビオが、おのずからたどりついた境地だった。流浪の身でありつづけることを止（や）め、オクタビオは稼いだ金でチタン製の義足を装（よそお）った。生まれついての飢渇と、罪悪感と復讐心とが偶（たま）さかめぐり逢（あ）った森のコミューンに寄生して、托卵（たくらん）し、孵化（ふか）したのは新手の動物だった。「夜」の沼から暗さの滴る姿で這いあがってくる獣だった。

生と死のあわいで凍結していた意識は裂けて、空洞化していた精神の殻がひび割れ、叫喚とともに外の世界に噴きだしてくる。闇、闇、闇、闇のなすがままにホアキンはすべてをゆだねて、情念も道理もない生存本能が枷（かせ）をひきちぎって解き放たれ、視界に映るすべての情景に、躍りかかり、襲いかかり、制御を受けずにふりかかり、理性からはもっとも遠い場所で獲物に食らいつき、がつがつと咀嚼（そしやく）し、嚥下（えんげ）する。どうしてこんなことになったのか、どうしてこんな異能に見込まれなくてはならなかったのか、ホアキンはいつから出口のない葛藤を棄てていた。無自覚のままに破壊をなして、犯罪に手を染めても良心の呵責（かしやく）はない。ここがオクタビオの言う「行けるかぎり行くっきゃねー」ところだとしたら、ぼくたちの「夜」の行き止まりだとしたら、それでいいじゃあないか、それでいい。もしもまだ先があるなら、闇の向こうにだれかが待っているのなら、腰を上げてそこへ向かえばいい。もちろんオクタビオがそう願うのなら。

望むと望まざるとにかかわらず、潮目はいずれやってくることをホアキンは知っていた。

XVII

わたしたちになにができるのか、とリサリサは自問する。

南米でシェアを誇っている麻薬組織の拠点を、コカインの巨大な生産場を暴いて摘発するのは、国家警察（グアルディア・シビル）や麻薬取締局（DIA）がなすべき仕事だ。かといって人の暮らしや理性を、理念や良識を、この世の美しいものを破壊する麻薬の量産を黙してやりすごすこともできない。

第一の使命として、森を統べる「驚異の力（ラ・マラビジャス）」の脅威を除去すること。すべての発生源となっている「矢」の回収はもちろん、世間に害をもたらす能力者には相応のくびきを与えなくてはならない。これはコミューンそのものの制圧と摘発にも優先する。カルテルの掃滅は望めなくても、領袖（りょうしゅう）の首を獲ることができれば現状の組織体制は突き崩せる。コミューンに進入したのちはその一点に集中するべきとリサリサは考えていた。ところが、ホアキンと出会ったことで事情が変わりつつあった。

「あなたがいるということは、彼も？　このコミューンで働いているの」

ホアキンは条件つきで一行をコミューンの内部へといざなった。戦闘用の人員はまとめて境界の外で待機させられ、リサリサ、サーシャ、J・D・エルナンデスの三人が手首を束縛され、複数の用心棒たちが前後左右に付き随うかたちで通された。わたしたちは人身(じんしん)供犠(くぎ)かコラ！　とサーシャは憤りをあらわにしている。手と口を縛められた状態でも幽体(アストラル)は出せるが、これほどの能力者に環視(かんし)されていては優勢を望めそうにもない。そうした力の不均衡を見通したうえで、ホアキンも進入を許したようだった。

それにしてもこのホアキンといい、よくぞ集めたものだ。「驚異の力(ラ・マラビジャス)」に目覚めた者がこれだけいると主導権を奪うのは難しい。ここまでの頭数をそろえて、攻守に傑(すぐ)れた手勢を確保するには「矢」の存在が不可欠だ。そうなるとやはり、高みから糸を引いているのはあの男としか考えられないが――ホアキンとの問答は望みようもないし、他の用心棒たちも押し黙っている。

先導するホアキンはぬかるんだ地面にザッザッと靴音を立てながら進んでいく。他の用心棒となんら違いはないはずなのに、運命に足が生えていたらそんな音を立てて自分たちをどこかに連れていくのではないかと思わせる響きがあった。

紫色に発光するコカの温室群、居住区域、試錐塔がある採掘場――

秘奥の森のコミューンは、遠い昔に巨大生物に呑みこまれた人たちが腹の内部に築いた村落のようでもあった。住民たちがいたるところにいて、灯りのもとで影のように立ち働き、温室の管理に精を出し、住戸の奥では家族で食卓を囲んでいる。コカの売買で潤っているからか、おしなべて生活水準は高いようだ。明けない「夜」にも慣れてしまったのか、夜行性の動物として体の組織がすっかり順応しているのか、人びとの暮らしの極相はいたって素朴で、通常の集落とも変わらない営為がそこにはあった。インディオやメスティーソ、森を移ってきた先住民族たちも集団で生活を営んでいて、むしろ人種や言語の差を越えて世界主義者的(コスモポリータ)といえるかもしれない。リサリサが想起したのは、中世再洗礼派のミュンスター千年王国のような宗教的共同体だった。たしかにここには共通する信仰の対象がある。孤絶しているが、紐帯で補っている。

たどりついたのはコミューンの最深部——そこには神殿か礼拝所のような建造物があった。マヤやインカの遺跡のように巨大ではなく、過去のどの時代に建てられたものかもわからないが、突然変異のように高い椰子の木立ちに囲まれてひそやかな威容を誇っている。コミューンで採掘された鉱石が使われているのか、石積みの塔門があり、多神崇拝とおぼしき動物や半神の浮き彫りが壁面にほどこされている。ホアキンと用心棒たちは神殿の奥へと一行を導いていく。

通路に灯された松明が揺らめいた。火の粉が散って、建物の天井から圧(の)しかかる暗闇に吸いこまれていく。

リサリサは、先導するホアキンの背中を見つめる。

たしかにずっと「夜」だ。灯りを点していても、この建物のなかまで「夜」だ――

驚くほどの広範囲にわたって「夜」を永続させる能力、それはいったいどういうものか、生命の否定、その一言に尽きるのかもしれない。太陽の光をいっさい寄せつけないという現象はやはり浮遊粉塵説か、集団催眠説の立場を採りたくなるけれど――影響下にある者の生命活動を低下させ、肉体や精神を蝕み、草花を枯らし、催奇性をはらんだ瘴気を充満させる。これほど恐ろしい能力が、他でもないホアキンの魂から生じたという事実に打ちひしがれそうになる。彼の心はいったいなにをささやいていたのか、周りの者はそれをずっと聞き逃していたのか。眠りや凍えを、だれかが哭いているような夜風を、滅びの予感を、十数年にもおよぶ暗闇を果てしなく引きずって、ホアキンは生きたままで生命の否定を強いられてきたのか。

これだけなのか、という思いもリサリサの脳裏をよぎった。

この能力はまだ全貌を現わしていない。もっと先があるという気がしてならない。ホアキンはいまだに幽体を出していない。それだけでもなにかを秘匿している。

リサリサの直感が、警鐘を鳴らしていた。

まだ、なにかある。

神殿の奥の部屋では、そこを塒としている一人の男が待っていた。王の居室というほどに豪壮ではないが、兵卒がひしめいて寝るような雑居でもない。扉を開けた瞬間、数千の花火が弾けたかのように視界がくらんだ。閉じた瞼をもたげると、発光したように見えたのは数ダースもの松明の火だとわかった。壁掛けの金具や飾り棚にも設置されてほうぼうに火の粉を散らしている。銀製の香炉のなかで香木が焚かれていて、煙草の煎じ薬を用いた祈禱をおこなっている巫師もいた。だがこの年老いた術者が居室の主ではない。左右から長椅子二脚を合わせた寝台の上に横臥して、両足を投げだし、純白のシーツをまとわりつかせながら煙管を吸っている偉丈夫がそうだった。

夢寐から起きだしたばかりなのか、気怠げに、緩慢なほどにゆっくりと煙を喫っている。火明かりによってその姿は影絵めいて、煙管を口に運ぶ所作も二重三重の輪郭を帯びている。松明の炎が揺らめいて、夢から覚めた男の瞳を底光りさせた。

「あんたか、さすがに老けたなあ……」

剛毛が長髪となって垂れている。頬やあごに髭をたくわえ、歳が長けたぶん気魄を面つきに滲ませて、爛々と瞬かせる眼の奥には灼熱の感情を宿している。対峙したリサリサたちから視線を離そうとしない。

「何歳なんだ。どうやって死をまぬがれてる？　それがいちばんの謎だよ」

「彼が、この森にいるのだから……」ホアキンへ向けた眼差しを、リサリサは静かに面前の男へと戻した。「あなたもいるわよね」

「ねえ、どうなってんの……」サーシャは動揺しているようだった。「……だって、ここで出てくるのはあの男じゃあないわけ？　なのにあんたが……まさかあんたがセルバ・カルテルの首領（エル・ヘフェ）だとか言うんじゃないよね」

神殿の奥に坐（まし）ましていたのは、秘儀の祭司のような威厳を全身にまとい、有閑の富豪のようにに煙草をくゆらせる片脚が義足のインディオだった。サーシャもJ・D・エルナンデスもその顔はよく知っている。リサリサにとっては長らく悔恨の象徴でもあった孤児たち（ウエルファノス）の片割れ。剽悍（ひょうかん）で鳴らしたその名前は、オ？

オク？

オクタビ？

オクタビオ！

ついにお目見え、待ち望まれた主役のおでまし！

待ってましたとばかりに快哉（かいさい）を叫ぶのはかつてならホアキンの役目だったが、このときばかりは機を逸したようだった。リサリサたちも面喰らいはしない、コミューンで出会うことそれ自体には。ここで問題になるのは、かねてより身を潜めていた組織のボス（エル・ヘフェ）といよいよ対峙かという局面でオクタビオが姿を現わしたことだった。

「おれだよ。ここを仕切ってるのは、おれだよ」

オクタビオは平然と吐き捨てる。その声は嗄（から）びていた。

「あなたが、セルバ・カルテルを……」リサリサの声もかすれた。「迎撃の指示を出していたのも、犠牲者の遺体を木から吊るさせたのも……」

「自分たちのものは自分たちで守らなくちゃならないだろ。見せしめだって要るしな」

「外国人の誘拐やらコバルトの密輸やら、そういう非道な行為のすべてをあなたが」

「だって稼がないと。ここの住民を養っていかなくちゃならない。そういうもんだろ」

飄々（ひょうひょう）としているが、どこかに空恐ろしいものをはらんでいるのが相対するリサリサにも伝わってくる。あんたは、とオクタビオの目が訊（たず）ねてくる。あんたはいちいち意味を問うのか、生きることに？

「それでそっちは？　うちの連中とけっこう戦（や）りあったみたいだけど、なんの用だ」

「なんの用だ、とか言っちゃうんだ」

言葉の端々に噛みつくサーシャを、オクタビオは鼻で嘲（わら）って、

「言うね。連呼するね。ただのご老体じゃないのはわかってるからな、……波紋だっけ。あの術は本人の寿命まで引き延ばすのか、寄る年波も寄せつけねェーのか？　しわくちゃの波紋使いがわざわざ森の奥深くまで入ってきたんだから、だれだって警戒するだろ。それともこの左脚の見舞金をいまさら持参したとか？　大事なおみ足を勝手にぶった切って悪うございましたって？」

そこまで言ってオクタビオは、寝床の上でばんばんと義足を暴れさせてみせた。長椅子

の寝台の上にはいろいろなものが載っていて、食事の膳が、灰皿が、数冊の本がチタン製の義足の振動で跳ねて、埃が舞いあがった。

「正直、おたくらはもっと早く接触してくるかと思ってたよ。ここには〈悪霊(ファンタスマ)〉をあやつる連中が集まってるからな」オクタビオはそう言って、ホアキンを、他の用心棒たちを見まわした。「財団の研究も進んでるだろうけど、実地のデータ収集に勝るものはないからな。〈悪霊(ファンタスマ)〉とその使い手はなんというか、強力な磁石みたいに引かれあう。ひとつのところに集まってくる傾向があるんだよなぁー」

「あんたがこいつらを集めたのか」

「そうだよ」

「どうやって」

「もちろん、〈矢〉を使って」

「だって〈矢〉は、あの男が……」

「鈍いなあ、アルホーンだろ？　あれから何年経ってると思ってんだよ。おれたちもとっくの昔に引かれあって、二度目も会ってるんだよ」

「アルホーンと君たちが？　それはいつの話だ」J・D・エルナンデスが問いただす。

「けっこう前だよな、いつだったっけ」

オクタビオに水を向けられたのは、ホアキンではなかった。

わだかまっていたシーツを引きはがすと、寝台の上で埋もれていたドーム状のかごのようなものが現われた。オクタビオは身を起こすと把手をつかんで、自分の腰の横の位置にかごを置きなおす。客人たちにもかごの中身がしっかりと見えるように。

首？

だれの首。

アルホーンの、首。

絶句する。そこだけ時間がゆがんだようだった。

アマゾンの部族が作るという干し首かとも思ったが、違う。タンニン漬けで縮んでいないし、瞼や唇を縫われているわけでも羽毛や甲虫の鞘翅で飾られているわけでもない。切断された首がちょうどぴったりの寸法の鳥かごに入れられている。リサリサは返す言葉を失った。サーシャやJ・D・エルナンデスも丸太で胸を突かれたような衝撃にたじろいで、呼吸をするのも忘れている。仇の首をもてあそぶそのさまは退屈した神話の神々もさながらだった。凄愴な情景をおのれの四方にちりばめて、オクタビオの顔はいよいよ険相の度を増していた。

「恩義ってェーの？　そういうのは感じてるんだよ。財団はおれたちを拾ってくれたから。エルナンデスさんにはみっちり教育されたし、それにセニョーラは強くて恰好よかったしな、あのころからばあさんではあったけど。だけどこのとおり、おれたちはもう独り立ちしたんだわ。おたくらだからこうして通したけど、悪いがここでやってることに口を出さないでくれ。ここから去れよ、ここのことは忘れろ」

なあ、ホアキン？

オクタビオが意思の確認をするように訊いた。

ホアキンは、わずかに目を伏せて——硬質な首肯き(うなず)をもって返した。

たしかに時間がゆがんでいた。彼らはもうわたしたちが知っている彼らではない。鳥かごに入れられた首の異様さが、ただそれだけで、嵐の孤児たち(ウエルファノス・デ・ラ・トルメンタ)の変節を——オクタビオに芽吹いた内面の邪悪さを縷々(るる)説き明かしているではないか。ここにいたって分かたれた運命の軌跡が一つの空間に合流し、隔たりの歳月が一夜に凝縮されて、一夜が千歳の年月にも引き延ばされる。あんたたちも知ってのとおり、こいつはとてつもない「驚異の力(ラ・マラビジャス)」に目覚めたんだとオクタビオが言った。それはこの世界を破れ(や)目から捲(めく)りかえすほどの空前の異能だった。

「こいつの力に名前を与えたのはお前だったよな、アルホーン」

オクタビオが鳥かごの首に向かって語りかけた。

「なあ、そうだろ。なんとか言えよ」

「彼の〈夜〉の能力に？」リサリサは訊いた。

「無限の王(エル・アレフ)、とそう命じた」

「いま、なんて」

「耳が遠くなったのか、聞き逃がすなよ——無限の王だ」

遠く隔てられたアンデスの湖での、尋常ならざる予言がここへ結びついて——

フーッと息をつき、リサリサは目を閉じた。

次の瞬間、わずかに空気が変質した。J・D・エルナンデスがうめき声を漏らした。

アルホーンの首がパチッと眼を開けた。「無限の王」という呼称が、釣り針となって瞼を引っぱりあげたように。

「よお、マダム」

首がしゃべった。ああ、醜怪。なんという醜悪！　朽ちかけているが生身の輪郭を保った、頭部だけの半ミイラが涸らびた唇を動かしている。髑髏という牢獄に捕らわれた一対の生き物のような眼球がぎょろぎょろと暴れ、右の頬がいびつに盛りあがって表情筋を痙攣させるように脈打っていて、頬笑みの作りかたなど忘れてしまったように口の端をぎくしゃくとうごめかせる。ややもすればそのさまは二十、三十の屍が積みあがっているよりも酸鼻を極めていた。どこからか迷いこんだ熱帯の蠅が土気色の肌を這いずり飛んで、鼻や口や耳に卵を産みつけようとしていたが、アルホーンには虫を追いはらう偶蹄類の尻尾ほどの手段も与えられていなかった。眼だけを赫やかせ、ブツブツ、ブツブツ、ブツブツブツと怨嗟に満ちた声を絞りだす。

「ちょっとあっちに行ってたわ。幸運（ウラ）、幸運（ウラ）！　死ねたかと思ったがちがうのか死ねてないか。あっちも大概だがこっちもひでえな。じつは熱があるんだ。おでこに手ェ当ててみろ。四十度はあって頭が腫（は）れぼったい、悪寒もあるんだ。そこのマダムからも頼んでくれねーか早く殺せ殺せって」

「こうなったのは自業自得じゃあないか。見ろよ、この男は奇蹟的にこうなったんだぜ」

　オクタビオは鳥かごの首と会話をしはじめた。ペットのように愛でるわけでも、干し首（ツァンツァ）のように戦果として誇るわけでもない。媚（こ）びるような阿諛（あゆ）の響きもあるアルホーンの声を歯牙（しが）にもかけず邪険にあつかっているが、かえってそれが示威（じい）の効果を生んでいた。

「放っておいたら、ずーっと囀（さえず）ってるんだ」

「ああ、ギシギシギシギシ、骨が軋むよォ～水をくれ」

「言葉だけで支配しようとしたこともあったけど、今はわりと従順」

「殺すなら黙るけど。ずっと黙る。交渉（ディール）といこうじゃねェか」

「財団は、お前がここの王座にいると思ってたらしいけど」

「王座、王は王座なんてなくても王だ」

「このとおり、そうじゃあなかった」

「おれは、ウウア、おれはぁ……」

「教えてやれよ、お前の口から何があったのか」

「夜が来た。〈無限の王（エル・アレフ）〉が降臨した――」
ありえざる天変が、超常現象の極致が、歳月の流れが渦を巻いて過去の一点へと集約していく。あろうことかオクタビオは、鳥かごの首に語り（ナラシオン）の役を回そうとしていた。アルホーンはそれを諾（だく）して、語ることしかできない身としてただできることをする。途切れることなく落ちる流砂のような饒舌で――遠い昔の一夜の出来事を、オクタビオとホアキンとの二度目の邂逅を、首が語る。

XVIII

おひさしぶり、アルホーンです。
おれでいいのか？

たしかにまあ、あの日に襲ってきた「夜」の脅威を語れるのはおれぐらいしかいねえわな。なんといってもその「絶叫する魂（アルマ・グリタンド）」を解き放ったのはおれとおれの「矢」だからおれには製造者責任ってやつもある。だからこいつらがバイーア州で商談と欺いて接近してきたときにも、おれはあの日の二人組だと分かるやいなや手合わせして能力の可否を断じてやろうとした。親切だろ。

　当時のおれは多角的なビジネスに乗りだしていてサルヴァドールの工場ではゲリラに売る銃火器を密造していた。聞いたこともない新興の組織（カルテル）がまとめて買いたいと連絡してきてその前に製造の現場を見たいボス（エル・ヘフエ）にも会いたいなんていうから裏を取ったうえで工場見学の機会を設けてやった。当日護衛を連れてやってきた二人を見るなりこいつらの目当ては買い物じゃねえなとわかった。義足のほうがオクタビオでもう一人はホアキンだったか。絡め手を使っておれに近づいてきた動機は、復讐だな。

　オクタビオのほうは歯を鳴らしていた。ギシッギシッと砕けそうなほどに奥歯を噛んでいた。ホアキンは陰気な面で様子をうかがっていたが、その腹の底で青白い炎を燃やしているのがわかった。復讐したいというのならどっちが正解か、ホアキンのほうが適温だ。オクタビオのほうは過剰すぎる。抑えようもなく感情が滾（たぎ）りすぎている。烈（はげ）しい瞋恚（しんい）、尽きせぬ嚇怒（かくど）、そういうものを怒濤（どとう）のように噴出させて、点火したての導火線のように血管が脈動している。「矢」に人生を破壊された恨みを晴らしたいってところか。わかりやすい低能野郎（イホ・デ・プタ）だなと嗤いながらおれは二人とも「矢」に選ばれたのかと訊いた。生き残ったってことはそういうことだがどんな能力に目覚めるかは個人の資質による。へそで茶を沸かすような、コンドームの精液溜まりにも劣るみみっちい「悪霊（ファンタスマ）」がじじい（アブエロ）の残尿のようにちょぼちょぼと出ておしまいってこともあるからな。ほぉーおと感心しちまうような

「悪霊（ファンタスマ）」を出すのはたいていホアキンのようなやつだ。他人よりも屈託や野心を抱えこんだやつのほうが目をみはる大物（エスピリトゥ・グランデ）を生みだす。おまえの「絶叫する魂（アルマ・グリタンド）」を聞かせろとおれは急かした。オクタビオのほうは取るに足らない台詞（せりふ）を吐いていた。おれたちがだれかわかるかとか、お前は悪魔（ディアブロ）だとか、量り売りできそうなつまらねえ台詞だ。悪魔（ディアブロ）？　そうやって呼んだやつはお前だけじゃねえよオクタビオ、なんと呼ばれようとおれは肯定も否定もしない。これまでにもおれは数ダースもの呼ばれ方をしてきた。悪魔（ディアブロ）だの外道（ヴィラーノ）だの死神（パルカ）だの殺人鬼（アセシノ）だのメフィストフェレスだのと。しかしなんと呼ばれようとおれのほとんど唯一にして最大の関心事は、目の前にいるやつが繰りだしてくる「悪霊（ファンタスマ）」のポテンシャルだけだ。

おれは二人が連れてきた護衛の数人をその場で撃ち殺し、買いたがっていた銃の実射はこのとおりなんの問題もないと言った。出しやすいように挑発してやったわけだが、どういうわけか二人とも出すものを出そうとしない。マカロニ・ウェスタンで凄腕のガンマンが帯革（ホルスター）からすぐに銃を抜かないように。おかしいなにかあるとおれは勘づいた。明かり採りの外を見ると屋外が暗いじゃねえか、工場見学は日中に設定したにもかかわらずだ。たまたま皆既日蝕（エクリプス・ソラー・トタル）が起きたわけでもあるまいし、するとこの二人のどちらかの「悪霊（ファンタスマ）」の仕業なのか、すでに能力は発動されているのか、自分たちがいる地域を「夜」にする能力というのは類例を知らない。わけがわからねえ、まずい……まずい、正体不明の現象に危機を悟ったおれは、めったに出さないおれの「悪霊（ファンタスマ）」を出しておれを守らせることにした。護衛をつけずに行動しているときでもそいつはおれの影の内側に控えていて、おれにかしずき、おれと神経や骨や虹彩を共有して、おれの号令を待っている。おれの五感の延長であり、おれはそいつを自由に使役することができる。頭のなかでリィィィィンと機械的な音が響いて、おれの体から噴きだした黒い煙が渦を巻き、人の形にまとまりながら一点に集約していく。おれの求めに応じて「悪霊（ファンタスマ）」はすみやかに臨戦態勢を整える。おれはそいつの名を号（さけ）ぶ。

「闇の奥（エル・コラソン・デ・ラス・ティニエブラス）――」

たしかにホアキンが、「悪霊（ファンタスマ）」の動きを目で追った。

かたやオクタビオは、んん？　おれはその反応を見逃さなかった。現われた「悪霊（ファンタスマ）」ではなくおれを睨みつづけている。するとこいつには見えちゃあいねえのか。

もしもこいつが見えないいまだとしたら目覚めていないことになる。そうなると生き残った理由がわからねえ。義足。そうか義足か。おれはそこで気づいた。あのとき洋弓銃（クロスボウ）から放った「矢」が射貫いたのは脚だった。スピードワゴン財団がその脚を手術で切断したので致死性の毒が全身にめぐらずに一命をとりとめたってところだな。そうなるとオクタビオはまったく問題にならない。「悪霊（ファンタスマ）」は「悪霊（ファンタスマ）」でしか迎え撃てない。常人は自分に向かってくる攻撃も起きている現象もまったく肉眼で見ることができずに悶（もだ）え死ぬ。

おれの「悪霊（ファンタスマ）」、英名：ハート・オブ・ダークネス。おれはエル・コラソンとも呼んでいる。こいつは古代インカ帝国の戦士のような外見を持っている。死を司る神のように湾曲した角つきの仮面をかぶって、隆々とした胴体や手足はクロム鋼の輝きを放ち、巨大な二つの拳（ボシーナ）をぶら下げている。全身から滴（したた）り落ちるような嗜虐、嗜血、冷酷にして猛悪な無慈悲さ。桁ちがいの獰猛な美しさにはおれ自身ですら目を奪われる。これほど破格の外貌をそなえた生き物はこの地球上のどこにも存在しちゃあいない。

おれはエル・コラソンに殲滅（せんめつ）を命じた。行け（バモス）。エル・コラソンは跳躍して工場の機器を飛び越え、まっしぐらにホアキンに向かって仕掛ける。相手が抜いたのにそれでも抜かないガンマンはいないからな。エル・コラソンはふりかざした拳をホアキンに叩きつける。ホアキンは寸前で横っ跳びにかわした。やはり見えている。倒れたホアキンのもとへオクタビオが駆け寄った。

おーあーあーとホアキンがうなった。片割れにエル・コラソンの動きを伝えて注意を喚起しているのか、なにを言っているのかさっぱりだったが、ああ、わかってる、とオクタビオは即座に応じた。この二人はつがいの動物のように言葉なしで意思の疎通を図っているらしかった。

エル・コラソンは止まらない。

二人にまとめて集中攻撃を見舞う。

ホアキンがオクタビオを突き飛ばすかたちで、右に避ける。ちょろちょろとすばしっこいやつだ。エル・コラソンが跳んで、固めた拳とともに降下する。

ホアキンが身を引いて避ける。エル・コラソンの殴った金網の足場が変形し、ホアキンは足元にいきなり開いた窪みに落ちこむ。エル・コラソンがそこへ拳を叩きこむ。通常の目には止まらない迅(はや)さで殴って殴って殴って殴り棄てる。かわすだけかとおれは煽った。どうしてさっさと「悪霊(ファンタスマ)」を出さねえんだ？　おまえらは金玉のでかいバレエダンサー(バイラリーナ・デ・バレエ)か、チュチュを着て白鳥の湖を踊りたいのか。


　連撃を受けたホアキンはしかし、エル・コラソンの拳を腕でふせぎ、横に弾くかたちで回避していた。直接防御だと？　その腕や肩や首すじには暗夜の色が染みこんだような黒い斑紋が浮きあがっている。つまりこういうことか、「悪霊(ファンタスマ)」の発現の仕方は千差万別で、ときには「悪霊(ファンタスマ)」の姿なしに能力だけが現われることもある。このアザが「悪霊(ファンタスマ)」のひとつの形態だとすればエル・コラソンの拳を受け止められるのも理解できなくはない。

エル・コラソンの猛攻は止まらない。

ホアキンはたえまなく叫び、オクタビオをかばいながら行動している。うるさくわめいているのはエル・コラソンの位置を教えているんだろう。

おれはオクタビオに矛先を向けた。楯になろうとしたホアキンを横ざまに吹っ飛ばし、エル・コラソンの拳を集中して叩きこむ。殴って殴って殴って殴り飛ばすと、黒光りする銀色の滴が弾けた。

すると今度は、オクタビオが変形している。

おああ、あ、おおおあああッッッ……

ホアキンのようにオクタビオがわめいていた。

おほほ、オクタビオちゃん、おもしれえかたち（フォルマ・インテレサンテ）になったなぁとおれは嘲笑（わら）った。

オクタビオは元の造形ではなくなっていた。その体にまとわりついているのはオクタビオ自身の血と体液だ。

だらだらと垂れる血には皮膚の細片が混ざっている。デッサンの狂った造形。オクタビオの血管がおぼろな羽毛のけばとなって皮膚に露出している。路上に捨てられた手袋のように両手はぺしゃんこに萎（な）えて、代わりに口腔から突きだした骨片が唇を突き破っている。オクタビオは痙攣して発作が起きたようにのたうち回ってむきだしの血管を自分でつぶして叫んでやがる。なにが起きたのかおれにはわかっていた。エル・コラソンの拳がオクタビオの「血管」と「体毛」を付け換え、「手骨」や「指骨」を「歯」と付け換えたんだ。

ああ、なにを言ってるのかわからねえって？　脳裏につぶさな画（え）を再現するのは難しいわな。だからこうしておれが語ってやってるんじゃあねェーか。

　とにかくこれが「闇の奥(エル・コラソン・デ・ラス・ティニエブラス)」の力だ。おれの「悪霊(ファンタスマ)」はそれじたいの破壊力もスピードも超級で、白兵戦でも負け知らずだが、さらにその拳で殴ったところには水銀のような無数の滴が飛び散って、すると物体や生物の中身の「配置」が付け換えられる。わかるか、エクスチェンジだよ。この力を人体に用いたらどうなるか？　たとえば「爪」と「歯」を付け換える。たとえば「眼球」と「睾丸(こうがん)」を付け換える。「両腕」と「両脚」を付け換えたこともあった。皮膚でも骨でも筋繊維でも五臓六腑でも、硬い部位と柔らかい部位を付け換え、大きい部位と小さい部位を付け換えることもあるから、塡(は)まらないパズルの欠片をむりやり塡めこむようなことになる。寸法も量もまちまちなので付け換えられた局所では破壊と変形が起きる。今だからばらすと細かい法則があって、（ⅰ）、エル・コラソンが拳で殴った対象にのみ発生する。（ⅱ）、対象はこのおれ自身が内部構造を熟知して細部を思い描けるものじゃないといけない。たとえば銃器とか人体とかね。（ⅲ）、どの部位をどの部位に付け換えるかは任意で決められない。ある種の賭け(フエゴ)になってくるが、熟練の度が増すとともにだんだん狙ったとおりに付け換えられるようになっていた。

　もちろん戦(や)りあってるさなかに種を明かしたことはない。エル・コラソンの攻撃を受けた相手は自分になにが起きたのかを理解することができないし、一人も生き延びたやつはいねえからだれかに説いて聞かせることもできない。そりゃあ愉快だったぜ、所与のものとして疑われない人体の形が激変するのを眺めるのは。そのさまに発狂して泣きわめく連中を見下ろすのは。創造主（エル・クレアドール）が設計したデザインに――言うなれば人体の闇の奥（エル・コラソン・デ・ラス・ティニエブラス）に――両手を挿しこんでぐちゃぐちゃに引っかき混ぜて、酔っぱらい（エブリオ）のこねた粘土像みたいに目も当てられなくしてやるのは。

　おれの勝利はこの時点で決まっていた。オクタビオはすでに戦闘不能であとはホアキンにとどめを刺すだけだ。ホアキンは黒いどろどろしたものを身にまとったままでとっさに機器の陰に隠れたのでおれは火力をあげてオクタビオをなぶった。エル・コラソンが「右耳」と「左足指」を付け換え、「左鎖骨」と「膝蓋」を付け換え、「左脚」と「右腕」を付け換え、「右第八肋骨」と「左胸鎖乳突筋」を付け換えた。ふははは、どうなったのかまったく連想できねえか？　困るなぁーおれの話を聞くときは最大限に想像力をたくましくしてくれなくちゃあ。とにかくオクタビオをめちゃくちゃにしてやりゃたまらずに片割れも飛びだしてくるだろうとな。ところがオクタビオの野郎が、お前は来るんじゃねえェェーーーッッ！　とかなんとか叫びやがってよォ。意を汲んだホアキンも餌に食いついてこねえ、かばいながら戦うのをやめて分散しやがった。その足で地上階への階段を上がるのがわかった。湿っぽい紐帯は棄てたのか、おれをおびきだしてオクタビオから引き離すつもりか、魂胆を見透かしたうえでおれは誘いに乗ってやった。エル・コラソンとともに階段を上がって屋敷のなかを索敵した。ホアキンはちらちらと姿を見せても、すぐに廊下の角を曲がり部屋から部屋へと逃げこんで姑息（こそく）にも正面から対決しようとしねえ。エル・コラソンは屋敷をなぎ倒す勢いで壁を殴り家具を殴りシャンデリアを落とし階段を破壊して、屋敷そのものを複雑な迷路に変えた。壁と壁の位置を変えて通路を入り組ませて部屋の間取りにも突貫工事を施して獲物を呑みこんで逃がさない迷宮を出現させた。追いたてるおれは目障りなホアキンにエル・コラソンの拳を打ちこみたくてうずうずしていた。エル・コラソンが狙うのはつねに「心臓（コラソン）」だ——創造主（エル・クレアドール）の最高傑作というべき美しく崇高（すうこう）なポンプ。そいつをエル・コラソンの力で肋骨のかごの外に放りだしてやればいい。胸のあたりに連打を叩きこんで、たとえば「鼻」と「心臓」の付け換えが起こったらこっちのもんだ。顔の中心に現われた筋肉質の林檎（りんご）のようなそれをブシュッと殴り潰しておしまいだ。だれでもそんなあざやかな最後の一撃（ウルティモ・ゴルペ）を決めてみたいだろ？

だけど見くびっていた。おれはこいつらが二人であることの意味を見誤っていた。こいつらの意思の疎通はそれこそ常人の域を越えているし、ホアキンを追えばオクタビオが空き、オクタビオにかかればホアキンが空く。ただでさえおれのエル・コラソンは破壊力もスピードも並外れているが、たとえばドス・サントスの「緑の家（ラ・カーサ・ヴエルデ）」のように広い範囲に力の影響をおよぼせないので、どうしても近接戦に持ちこんで直（じか）に相手に拳を打ちこまないとならない。追いつめたホアキンはぎょっとするほど濃密な「夜」の霊気のようなものをまとっていた。それは光を通さない真正の闇だった。本人の体もまともに見えないほどで、追いつめつつも警戒は怠れない、どういう隠し玉を持っているかわからない。おれは慎重にエル・コラソンを接近させた。おれの射程にまで少しずつ距離を縮めた。だがエル・コラソンを近づかせたことで、おれ自身が空いてしまった。

次の瞬間、背後からおれをつらぬく衝撃があった。「悪霊（ファンタスマ）」をあやつる本体を叩くのは「悪霊（ファンタスマ）」同士の戦いの常套戦略（じょうとうせんりゃく）ではあるが、あれだけエル・コラソンに体を破壊され変形させられながらもオクタビオが自力でおれを追ってくるとは読めなかった。

腕と足が付け換えられ、耳の位置から指を生やし、首筋や口から骨端が突きだし、全体の骨格も正常な組み立てから外れているはずのオクタビオが、自力で体を起こして自分で階段を上がって、迷宮化した屋敷の内部でおれを正確に追ってきただと?

誓って言うが、そんなことはありえなかった。

ホアキンが先に階段を上がってから、二人がなんらかの手段で連絡を交わしていた形跡はなかった。

おかしい。おかしすぎるだろ?

腐敗の進んだ亡者（ノ・ムエルース）のようにふらふらになりながら、驚異に値する胆力と膂力で追いついてきたオクタビオは、右腕に付け換えられた左脚でおれの体を刺し貫（ぬ）いていた。つまりオクタビオの左脚——義足。義肢には接着面の表面筋電位で制御されるものがあって、そのせいでオクタビオの体の一部と見なされたんだ。中世ヨーロッパでは鉄製の義手や義足を武器にする騎士がいたっていうし、オクタビオも端（はな）からそのつもりでチタン製の義足の尖端を砥（と）いでいたにちがいなかった。

おかげでブッ刺しやすくなったぜ、とオクタビオがおれの耳元で吐き捨てた。

エル・コラソンの能力を逆手にとって、逆にこのおれに最後の一撃（ウルティモ・ゴルペ）を見舞いやがった。

おかしい、こいつらは。

おれは気づいた。こいつらはもともと二対二のつもりで戦っていたんだと。

オクタビオとホアキンの分散行動は、おれとエル・コラソンを引き離すのが最大の眼目だった。腹部を刺し貫かれたおれはエル・コラソンを急いで戻してオクタビオに抗おうとした。だがそのエル・コラソンは、ホアキンの「悪霊（ファンタスマ）」に捕まった。どうしてホアキンがそれを初手から出さなかったのかはわからない。ホアキンにも相応の負荷がかかるからなのか、あるいは発動の前に気を練らなくてはならないといった条件があるんだろう。エル・コラソンはおれの元に戻ってこられなかった。ホアキンの頭の上に「夜」の渦のようなものが浮かび上がって、そこからあふれだしてきたものに食らいつかれて——

ああくそ（ミエルダ）、あんなものをおれは語り起こしたくない。そんなのまっぴらごめん（ポル・ファボール・ペルドナメ）だ。

あんなものが、この世界に存在していいわけがない。

まともじゃあない。おれが言うのもなんだが、あんなものを捻（ひ）りだすケツ穴野郎（カブロン）が正常で善良な精神を保っているはずがないじゃあないか。

わかったか、こいつらがどれだけ異様な二人なのか。

こいつらのどこがおかしいのか。

こうやって「悪霊(ファンタスマ)」と「悪霊(ファンタスマ)」で渡りあえば間抜けでもわかる。こいつらの戦い方のどこが変なのか。おれたちは初めから前提を見誤っていた。その事実に気がついたところでおれにとっては後の祭りだったんだけどな。


おれは押し倒されて、喉首に食らいつかれた。オクタビオがおれに圧(の)しかかってきたわけじゃあない。「悪霊(ファンタスマ)」の受けるダメージは本体にも返ってくるから——ホアキンが生みだしたものに組み敷かれたエル・コラソンの喉が噛み砕かれれば、おれの喉も噛み砕かれる。獣の吐く息のような熱風が顔に吹きかけられる。血が噴きだす。おれの血だ。覆いかぶさる力をはねのけようとして、しかしかなわずに撒き散らされるおれの血と唾液と肉片だ。それは火傷しそうなほどに熱かった。

おれとエル・コラソンは喉首を食いちぎられかけていた。高温に熱された激痛が口や耳から体の内側に流れこんできて、体を劫火(ごうか)であぶられているような苦痛だった。頸動脈を噛み裂かれて噴きだす血が顔にかかって喉と舌を焼き、あふれた涙を一瞬で蒸発させる。

おれは昏い夜の底に沈んでいくように意識が遠ざかるのを感じた。かすれる声で呼んだ。おれの「悪霊（ファンタスマ）」を呼んだ。余力をふり絞って体勢を奪いかえしたエル・コラソンが、ホアキンの「悪霊（ファンタスマ）」に捨て身の拳を見舞った。しかし付け換えは通じなかった。いや、通じたか通じなかったかどうかもわからなかった。付け換えたところでそいつの見た目はなにも変わらなかったからだ。

獰猛なものには見惚（みと）れることが多いが、そいつに美しさは感じなかった。おれは無限の穴に吸いこまれるような恐怖を感じていた。おれはエル・コラソンを戻すと、伸（の）るか反るかでおれ自身にエル・コラソンの連打を浴びせた。おれの首が切断され、頭部と胴が分離されるその一瞬に、エル・コラソンは最後の仕事をした。おれの「心臓」と「右頬骨」を付け換え、心室も心房も無事なままで血管のバイパス工事を成功させ、残った血を循環させて細胞の代謝を維持した。だからおれはこうして首だけで語っているわけだ。

ごろりと転がったおれの九十度傾いた視界に、元に戻ったオクタビオの義足が近づいてきた。

体を失ったからか、エル・コラソンは消え、その能力が効果を消失したのがわかった。オクタビオはおれの髪をつかんで持ちあげると、双方の目線を水平にしてから言った。

で、あの「矢」はどこにあるんだ？

XIX

すべては、加速度的に推移していた。

執りおこなわれた報復と簒奪(さんだつ)。異能の衝突。虚と実の境界は消えている。引き返すことのできる地点は、彼方の昔に過ぎ去っていた。

壁の外から染みこんでくるような「夜」の瘴気が、窟(あなぐら)のような神殿の火をみだりに燃焼させる。憑かれたように語りつづけたアルホーンがふいに口を閉ざし、おなじ惑星の出来事ではないような独白の直後にふさわしい沈黙が、歳月をまたいでこの地へ逢着した者たちを包みこんでいた。

語られたのは超常の血戦、おそるべき「驚異の力(ラ・マラビジャス)」の台頭——アルホーンの尽きない凶悪な心象は、捲くしたてる怨(うら)みぶしからも感得された。死をいたずらに引き延ばされ、癒(いや)されない煩憂(はんゆう)に墜(お)とされた首の双眸(そうぼう)には、零度の猛火が燃えさかっていた。

「——それで、復讐を果たしたあんたたちは」サーシャが沈黙を破った。「あの〈矢〉を奪って、なし崩しにアルホーンの後釜(シラ・エレデーラ)に収まったってわけ？　前任者がやろうとしていたことをそっくりそのまま模倣して、異能者たちの私兵組織を築きあげた。それがこのセルバ・カルテルなのね」

「私には話の半分も理解できなかったが……」J・D・エルナンデスが言葉を接いだ。「つまり〈矢〉はいま君たちの手中にあるということだな。だったら渡してくれ、私たちは法の番人ではないが、あれは財団が回収して管理すべきものだ」

旧交にたのむように J・D・エルナンデスは、そこにいる二人に順に視線を投げた。

「私たちはかつてともに戦った！　多くの受難と悲劇を見たッ！」

J・D・エルナンデスは語調を荒らげて、二人の良心に直訴するように叫んでいた。

「君たちはアルホーンとは違う。〈矢〉を野放しにできない理由がわかるはずだ。そうだろ、ホアキン！」

ホアキンはどこか倦み疲れているようだった。うつむくと、自分の足首が埋まりそうなほどに深い溜め息を吐いた。重たげな視線をアルホーンに突きつける。みずからの過去の醜態や痴態を暴かれて憤っているふしがうかがえた。かたわらには異能の使い手たちが控えている。彼らの態度にはたしかにオクタビオへの敬慕や心酔が見てとれる。横並びになった十や二十の顔が、おなじ狂信の矢で串刺しにされているような気配があった。

「あまいな、エルナンデスさん、あまいよ……」

今となってはその険相は、ほとんど悪相にも見える。

いつの世も邪悪さは、より大きな邪悪さに呑みこまれる。

アルホーンを平らげたのが、このオクタビオだったということか。

「さっきの首（アルホーン）の話を聞いたあとで、まだそんな微温（ぬる）いことを言うのか。そういう段階をすぎてるってことはセニョーラたちには理解できるはずだ。べつに後釜ってわけじゃあないし、猿真似のつもりもないけど、あの〈矢〉はこの手にあるとないとじゃあ大違いだから。はいどうぞと差しだすわけがない」

「だったら……アルホーンですら語りたがらなかったものを、わたしたちもこの目で拝まされることになるのね」

サーシャの言葉で、ホアキンがびくっと身を強ばらせるのがわかった。微細な変化を見てとってリサリサは首を傾げた。アルホーンによるとホアキンは、この世界に存在していいわけがないものを出現させた。わたしたちにとっても目下最大の脅威はそれだ。こいつらはおかしいともアルホーンは言った。それほど仰々しい警戒を向けられる当人の反応としては、あまりにナイーブすぎやしないか。ホアキン、あなたは——

明けない「夜」のもとで、なにを守り、なにを果たそうとしているの?

あなたに、なにが起きているの?

気がつけば、オクタビオもじいっとホアキンに見入っていた。その眼差しがゆっくりとリサリサやサーシャに戻ってくる。

「それはそっち次第だ。なあ、この世界では毎日が生死の境だ。わざわざ麻薬組織（カルテル）なんかに足を踏み入れなくたって、元からこの大陸の命の値段は安すぎる——」

オクタビオは言った。おれたちはずっと、一日一日を生き延びることでしか自分の価値を証明できなかった。生き延びるためには瞬時の判断や直感を鈍らせず、後悔や罪悪感に足をとられていてはいけない。生きるために故郷を捨てて、財団にも背を向けて、アマゾンの奥に、熱帯雨林の奥に、闇の奥に、深く深くはまりこんだおれたちに出口はない。そんなことはわかっているさ。

オクタビオは言った。ホアキンは「矢」に目覚めさせられ、おれはホアキンの「力」に目覚めさせられた。おれたちに与えられた「夜」は完全（ペルフエクト）で、透明（トランスパレンテ）で、純粋（プーロ）だった。想像力（イマヒナシオン）と創造力（クレアティヴィダード）に富んでいた。おれたちは「夜」のなかだけで生き、「夜」によって理性や倫理を越えていった。

ただ目の前にある脅威を排除するために「夜」を行使した。与えられた原始的な魂の状態そのものが行動を生みだし、そこにあらたな現実や原則が生みだされる。植民地支配からの脱却だの、農村が都市を支配するだの、そんなことよりもまず生き延びるために争いや殺人と自分の行動を一致させ、武器を取り、麻薬を売り、行為の目的と価値を分離させないことが必要だった。

「おれたちは戦時下にいるんだよ」オクタビオは語った。「第三次世界大戦はとっくに始まっている。それは国と国とが戦うんじゃなく、個人が個人に仕掛ける戦争だ。この首（アルホーン）が言ったとおり、現代の王は王国がなくても王だ。個人が欲望をむきだしにして〈王権〉をふるい、統治体制も貧富も格差も吹っ飛ばして、南米の時計の針は数世紀は巻き戻される。個人の力が一個師団に匹敵する時代に丸腰で臨めるわけないし、もっと恐ろしいものだってよみがえってくるかもしれねえ。これから来るあらたなバナナ共和国（レプブリカ・バナネラ）の時代にも生き延びるために、おれたちはコカインを売り、〈夜〉の力を行使する」

彼らがはまりこんだ「夜」の代償ということか、十数年の歳月にわたって「夜」のみに生きつづけて、転げ落ちたのがこの神殿の空っぽの王座だった。

だけどそれは、やはりオクタビオ自身の資質に負うところが大きかった。塗炭（とたん）の苦しみを分かちあいながら、生存こそが思想といわんばかりの相棒とおのずから乖離（かいり）し、背反しているような気配すらあるホアキンを見てもそれはたしかではないか――

最果てに達した者に理非は問えないことをリサリサは知っている。最果てにたどりつきながらもなぜ人は生きるのか、こんな齢になったわたし。世界の辺境に流れついたオクタビオ――それはすでに行為と目的が一致しているからだ。わたしは波紋を習得したことでこの齢まで生きた。オクタビオは自分たちが得た能力によって、悪をなす。

数十億ドルともいわれる莫大な収益。官憲を買収し、鼎立（ていりつ）するカルテルをごぼう抜きにできる政治力、加えてオクタビオの持ちあわせた帝王願望とその資質が、輪をかけて暴走する魂に糖蜜（とうみつ）を与えた。それは腹の底で成長しきって臓腑を食い破り、殺戮（さつりく）や無法行為にみずからの怒りを重ねあわせることを可（よ）しとした。絶大な力はいつの世にも異端の信仰の義(ただ)しさの証(あかし)になる。築きあげた王朝であらゆる者は媚びてへつらい、命令に逆らわず、服従しようとしない者は「夜」が始末した。

　つまりこの力は、この世を所有しうるのだ。

　永続する「夜」の世界も、そうでない現実も。

　ああ、なんとすばらしい(ディオス・ミオ・マラビジョーソ)！

　すばらしい(マラビジョーソ)！

　すばらしい(マラビジョーソ)！

　仰望され、権威と富と信仰をいっそう盤石の固きに置くために生きる。所有しつくしたいこの王権を、力の無窮(むきゅう)を、底なしの権能を、守りつづける。

　オクタビオは完結してしまっているとリサリサには思えた。綻びがない。思い出されるのはリサリサにとって育ての親であり、波紋の師でもあったストレイツォのことだった——優れた波紋の戦士だったが、永遠の若さに魅せられて吸血鬼に堕ちた。ニューヨークで弟子を殺し、ロバート・E・O・スピードワゴンも手にかけ、最後にはジョセフに打倒されて、内なる波紋の力によってディスコライトのように光を放ちながら散っていったという。あるいは柱の男か——悪の完全な自己完結をうかがわせて、頬笑みながら虚無と化す。アルホーンすら平らげたオクタビオの異相はかつて対峙した超生命体の首領もかくやだった。彼らの純粋なまでに鎖された論理体系と向きあったときのあの戦慄、喉の奥に氷柱(つらら)を突き入れられ、胃に重力がかかり、内臓を握りつぶされるようなあの感覚を思い出す。あるいはオクタビオは、永続する「夜」の自家中毒によって変節したのではないのかもしれない。魂の飢渇を抱えた人の脆さが、最果てに達した激情が、ただ生き長らえようとする命の傲慢さが、座るべくしてここの王座に彼を座らせたのかもしれなかった。

最後の秋(とき)が、直近にまで迫っていた。

「なにしてんだ、もういいよ、出せよォ――」

あらゆる感情は加速する。集まったすべての者の命の火が燃焼する。オクタビオは有無を待たず、リサリサたちすらも平らげにかかった。

しかしホアキンが動こうとしなかった。直立を解かず、オクタビオの求めに応じない。

「ホアキン、おれたちは、おれたちはこうやって生きるしかないだろオォッ！」

他の用心棒たちは臨戦態勢に移り、幽体(アストラル)を出現させて一行を囲繞(いにょう)している。地獄(インフィエルノ)の獄吏たちが、カクテル・パーティーのように神殿の王の間に群立していた。サーシャが「鳥」に一行の拘束を解かせて、怪鳥や鵬(おおとり)が群がってなだれこんでくる。

ホアキンは立ちすくんだまま、オクタビオになにかを訴えるように声を絞った。

ああお・ああ・おあ、おあおああああァッ……

たしかにホアキンは、オクタビオに背いている。動揺と悲嘆をあらわに叫んでいる。これまで片時も運命を分かったことのなかった二人が反目している。リサリサの胸の内側にもその意思が浸透してくるようだった。ホアキンは叫んでいる。あれを出したくはない。この人たちにあれをけしかけるのはちがう、と。

「お前、こんなところで日和(ひよ)るのか。こんなところで尻(けつ)を捲くるのかよ……」

おおおあ・あああ・おあ、おあ・あ・あああッッ……

「戻れるかよ、どこにも引き返せねえ。おれたちにはまだ先がある。おれたちが見られる風景がある。だから〈矢〉は渡さねえ、おれたちが使う」

おああ、あおあ、おおおお、おあおおあおああ……

「おれたちは、行けるところまで一緒に行くんだろ」

おお・ああおお、おおおおおおおあおおおおぉぉッ！

「ここじゃない。まだここじゃあない。食わなきゃ食われる、そいつらはここを掃滅しておれたちは潰される。引き裂かれて、おれは永久に葬られる」

おおお・おぉ、おおお……

ホアキンが黙った。ホアキンが身震いした。

ばかを言うな、まだ引き返せる。たとえ「夜」が去らなくても違う生き方を探せる！

サーシャやJ・D・エルナンデスが呼びかけたが、ホアキンも最後はオクタビオに屈した。発破に呑みこまれるように奮い起こされ、強引に揺すぶられ、オクタビオの強固な意思と同化を強いられて、衝動に身をゆだねる。初めからそうだったとリサリサは察した。彼らはずっとそうだった。わたしたちといるときにも、そうでないときにも。ああ、わかってきた——わたしにもようやく見えてきた。彼らを取り巻いている運命の正体が。

　跳梁(ちょうりょう)するのは恐れと戦慄、渦巻くのは害意と憎悪、用心棒たちはいちように邪道に落ちて、反旗を翻(ひるがえ)しかけたホアキンすらもその坩堝(るつぼ)に呑まれる。食いつくせ、とオクタビオが口走りながら直立して、厳粛な儀式の始まりを告げるように叫ぶ。無限の王(エル・アレフ)——

　建物が揺れた。叫びに。嘆きに。呼号に。四方から無数の亡者が伸ばす指のように黒い気体が流れてきて、ジュッ、と松明の火の大半が消える。濃度という尺度からかけ離れた暗闇がホアキンの頭上で渦を巻き、奥の一点に向かって収縮する。それは浮遊する球状の闇、円周のない球体。地上のすべての「夜」が、ありとあらゆる人びとの経験する「夜」が混乱することなくそこに凝集していた。影絵芝居のようにホアキンが手と指をひらめかせると、闇の縫い目がほつれるように細い繊維が噴きだし、黒い髪のようなそれは球の中心で分岐を伸ばし、肋骨形のかごを形成して、繭(まゆ)のような固形物となって落下した。濃密にかき曇る渦の中心から闇の凝固物が吐きだされた。

　それは。

　それは、生まれて。

それは、地上に播種されて。

それは、まず「鳥」たちを襲った。

それから、サーシャの上にも降りかかった。

それらは一体ではない。J・D・エルナンデスにも、リサリサにも襲いかかってくる。夜の肺腑から。夜の疵口から。ありとあらゆる災厄が染みだすように、夜の繊維で象られた骨格に血と肉を編みあげられて。ああ、よりによってこんなものをホアキンが出現させるなんて、こんなものをホアキンの魂が具現化させるなんて。ホアキンはみずからの手で、夜を「塑像」してみせた。そこから生命を誕生させていた。完全に光を必要としない盲目の、食欲旺盛な、アマゾンはおろかこの地球上のどこにも存在しない生命を産み落とした。


暗がりのなかで視界を保たなくてはならず、J・D・エルナンデスが懐中電灯を使い、用心棒のなかにも点灯する者がいたが、いくつか点いて、そのいくつかはすぐに消えた。視界をふさがれていたほうがよほど正気を保っていられるからだ。照らしてしまえば光の輪に映しだされるのは、混沌という言葉では収拾のつかない混沌、悪夢と幻想がうごめいて跋扈する無法地帯。獲物に嚙みつき、からみつき、分裂を重ねながら膨張するその生物群は、熱帯から極地方、高地から深海底、海洋から陸水から陸上のいかなる生息域を探しても見つけようがない未知の生体だった。おそらく自我や主体といったものを持ちあわせておらず、一つの個体でありながら同時に多くの個体でもあるようで、思考していない。ただ存在し、反応し、摂食している。人間大のものから極大のものまで大きさもさまざまで、おなじ個体はひとつとしてなく、甲殻類と腔腸動物をいとわしく交雑させたような生物がズズズズズズ、ズズズズズと這いずってサーシャを襲う。天蓋状の頭部の縁にクラゲのような襞を寄らせ、玉虫色のキチン質の多節脚を伸ばす生物が這っている。カツオノエボシのように複数の生物が集まって浮き袋や触手や消化器、および一種の毒針である刺胞をかたちづくる生物がうごめいている。四対八脚のずんぐりした肢を生やし、円弧状の口に鋸歯を生やして眼がない生物は巨大なクマムシのようだ。頭部の大半を占める口腔から脱皮するように新しい個体を生みながら直進する生物、強い繊毛に覆われた蠕虫状の生物、全長四十メートルはありそうな刺胞動物、冠棘の吻をもつ無脊椎動物、肉食性の海綿、鋏形の肢と装甲のような外骨格の粘液にまみれた軟体動物、ヒンドゥーのヴィシュヌ神のように複数の頭部を生やした有爪の蛞蝓、昆虫の気門のような口腔が並んだ節足動物、四枚の翼を生やしたガガンボのような長脚の巨大生物が、神殿の天井を突き崩して瓦礫の雨を降らせる。バージェス頁岩動物群の驚異をはるかに凌ぐような「夜」の凝集群体は、既存の生命にあらざる非生命体、もしくは亜生命体というべきか。およそ人間の精神の最深部に横たわる霊的大洋にしか棲息しない超常生物、原初の怖れから、人の恐怖の感情から生まれる超存在。無気味にうごめく概念の核、一体一体が渦を巻く宇宙、それらがカンブリア爆発もさながらに産み落とされて空間を席捲(せっけん)して、昼の世界の生き物に取って代わって地球のあらたな征服者(コンキスタドール)として君臨しようとしていた。


天地終末が、アマゾンの一部に来(きた)ったかのようだった。

ホアキンの「驚異の力(ラ・マラビジャス)」はこの世のどこにもいない生物を創造する力——生命開闢(かいびゃく)の力。ただしそれは、あまりに凄惨で酷薄な生き物だった。闇の色の生物はいずれも盲目であるがゆえか、敵も味方も人間も幽体(アストラル)も識別せずに襲いかかって虱潰(しらみつぶ)しに捕食している。

轟くのは阿鼻叫喚、崩れはじめた神殿ではそこかしこに悲鳴が飛びかい、絶望と苦悶をたっぷり盛って、あたかも「夜」の食糧であるかのように居合わせた者が摂食されていく。

胃の腑が裏返るような光景だった。捕らえられて肉を裂かれる者、根元から手足を引きちぎられる者、頰を痙攣させながら白目を剝いて、涎(よだれ)を垂らし、糞尿(ふんにょう)を漏らしながら飲料のように体液や臓腑を吸われている者もいて収拾がつかない。退避に急きたてられる用心棒、とっくのとうに避難している用心棒もいるようで、サーシャは身を守りながらオクタビオを、この事象の発生源であるホアキンを探したが、二人の姿は垂れこめる混乱と暗闇にまぎれて見つけられなくなっていた。

「無限にいるぞ……こんなものを出したら、自分たちまで全滅じゃあないか……」

ホアキンを捕まえて止めるしかなかったが、ドンッとぶつかってきた巨大な甲殻類のような一体を突き飛ばしただけで、接触した手が見る見るうちにかぶれ、焼印か鞭打ちの痕のような蚯蚓(みみず)腫れが腕や首にまでひろがった。たちまち患部に激痛が走って、麻痺したように指先が動かなくなった。

サーシャは数十羽の「鳥」を出すと、鵬(おおとり)に引きあげられるかたちで上空に舞いあがった。眼下でうごめく生物群集は、夜の底に溜まった澱(おり)のような吹き溜まり、あまり見たくはない種類の悪夢の領土だった。なんといっても、うぐぐ、ものすごく気持ち悪い。リサリサは？　あの人を避難させなくてはならない。あるいは財団の全員を「鳥」で空輸してでも一旦離脱するしか、この窮状を打破する方法はないかもしれない。

これまでに見たことがない生物たちは、人も幽体(アストラル)も襲っている。

すると幽体(アストラル)ということになるけれど、J・D・エルナンデスにも目視できていたし、それにこれだけの数と種類を一人が生みだせるとは考えづらい。生物群そのものとも同様に、まったく不可解で類型に分けられない「驚異の力(ラ・マラビジャス)」の発露だった。次の瞬間、けたたましい羽音がして、有翼のゼラチン状の生物がサーシャの頭上に覆いかぶさってきた。飛翔能力があるものもいるのか、「鳥」たちが驚いて四散する。サーシャは触手に刺されて、出血する。たしかに指で触れた感触もあった。やはり人間の側からも物理的に干渉できる現実の生物だ。これは幽体(アストラル)ではない。

襲ってきたのは釣鐘(つりがね)型の傘のような形の生物だった。翼を生やした傘の下面の中心部に口があり、傘の縁から全長十メートルはありそうな触手が伸びて先端の吸口のようなものを開閉させている。宙吊りになったサーシャは両腕をつっかい棒にして頭を守ろうとしたが、ぐにゃぐにゃすぎて力が入らない。抗うべきものがそこにあるのはたしかなのに、湯気をかきまわして遊んでいるかのように、手応えをもって撥ねのけられない。巻きついてくる触手の口が吸盤のように肌にへばりつき、突きたてた刺針でサーシャの血を吸っている。「鳥」が一羽、また一羽と墜ちる。

傘の口に生えた歯針が皮を破って頭蓋にめりこんでくる。意識がかすれる。こんなコーヒーゼリーの化け物の食糧になるのかよ――

「サーシャ！」

散らばっていた「鳥」たちが、J・D・エルナンデスを上空まで連れてきた。その手には松明をかざしていて、傘の上部にぼよよんと跳び移り、松明の先をふるって摂食行為を阻もうとしたが、サーシャを食らう速度は落ちない。この生物は火を恐れていない。

「銃の弾丸も刃物もだめだ！」J・D・エルナンデスがしゃにむに叫んだ。「火をつけても燃えない。それでも生き物である以上はかならず弱点があるはずだ！」

生き物ならば弱点はある。J・D・エルナンデスのその言葉で、急速に血を吸われてぼやける頭に一瞬の光が灯った。吸血。もしかしたら――サーシャはゼラチンの傘に触れた指の先からエネルギーを放火する。すると巨大な傘全体がぼわわんと振動して、サーシャを捕らえる力が弛緩した。サーシャは真上に噴射するように火力を上げる。反動で墜落する。傘の上部からＪ・Ｄ・エルナンデスも転落した。

すかさず「鳥」たちにキャッチされ、その肢につかまって二人で翔ぶ。地表を埋めつくす超生物の群集を見下ろし、夜空を突くほどに巨大化したガガンボの長脚のあいだを滑空して抜けた。この生き物たちには波紋疾走（オーバードライブ）が通じる。


「ドジャジャアアアア〜〜〜ンンッッ！　ほうら世界の終わり（フィン・デル・ムンド）だよオオ！」

地面に首だけで転がったアルホーンが叫んでいる。おれを食うのか食うのか？　ひしめきあう夜の生物のはざまで、降ってわいた死の予感に恍惚（こうこつ）の色を浮かべ、民謡（フォルクローレ）でも口ずさみそうなほどに浮かれ上がっている。ほぉら、いっちゃって（デスフルータ・ラ・コミダ）！


あの世に向かう死者が群れをなして通り過ぎていくような、恐ろしくもひどく物寂しい音が聞こえていた。これはあの生き物たちが地を這いずる音なのかしら？　アルホーンがわななくように叫んでいる。彼がことさらに誇張しなくても、終わりが近づいていることはリサリサ自身にもわかっていた。——エル・アレフがお前を殺す、だったかしらね。

眼前には瓦礫が散らばっている。超常の生物があふれかえり、巨大なものが壁や天井を突き破ったことで神殿はなかば崩れて、段々畑（アンデネス）のように瓦礫が積みあがっている。リサリサはよいしょよいしょと足場を確かめながら瓦礫から瓦礫へと上がっていき、途中で足が滑って転倒した。総身の震えも強まり、密林をなおも取り巻く「夜」の分厚さに呑まれそうになる。薄弱な意識が、暗く生温かい大地にずぶずぶと沈んでいくような快楽にも近い感覚にすべてをゆだねようとする。それでもリサリサは、時間をかけて体を起こし、よいしょよいしょとまた瓦礫の階段を上がっていった。

　森とコミューンを見下ろす神殿の屋上部は、崩落しきらずに半分ほどが残っていた。視界は不明瞭だったが、そこに二つの人影があるのはわかった。一方がここまで駆けあがって、それをもう一方が追ってきたのか。あるいは二人ともに高みに達したのか。もっともこの二人にとってはどちらでも大きな差異はないのかもしれない。

「――あんたどこから見たって、死にかけじゃあないか」振り返って声をかけてきたのはオクタビオだった。「どうしてそこまで。あきらめろよ、あきらめて退け」

「あなたたちは、ここでなにを?」リサリサも問いかけた。

「これからどうするかを決めなくちゃならないからな」

　オクタビオの語調は、かたわらのホアキンにも言い聞かせているかのようだった。

「こいつは〈夜〉の怪物(モンストロ)どもを出した。それも蛇口全開でまとめて出しやがった。あいつらは増殖して、餌を食ってでかくなってアマゾンの涯から涯まで埋めつくす。組織も立て直しになるけど、このまま森を出て、市(まち)にまで出征するか、おれたちと怪物(モンストロ)どもで都市を包囲するか。なあ、ホアキン？」

一瞬、ホアキンの瞳が光ったように見えた。それは奇異な、なにかを疼かせているような微細な発露だった。あるいは思い出しているのか、封印された感情を、捨て去ったはずの情念を。ふいに顕(た)ちあがったものによって、無垢(むく)の少年に回帰させられて——

ホアキンは、泣いていた。

「わたしもおなじなのよ、あなたたちと……」

呼吸を深めて、かすれる声音でリサリサは言葉をたむけた。

「おなじだと、あんたのどこが？」とオクタビオが言った。

「わたしも孤児(ウエルファノ)だった。本当の親とは赤ん坊のときに死に別れた。孤独に耐えられずに泣いた夜もあったけど、だけどその反面で、夜の闇はいろいろな夢想を呼びさましてくれた。夜は視界をふさぐばかりではない。夜は自由な想像力の窓にもなる」

たしかに「夜」は黙示を運んでくる。神の救済が届かない悪の支配領域になり得る。言うまでもないことだけど、魔法や魔術は夜間にその力を発揮するとされるし、吸血鬼は夜に活動し、狼男は満月の夜に獣化する。想像の力(イマヒナシオン)とはおりにふれて光の欠損によって育まれるものだ。孤児(ウエルファノ)たちはそれを肌身で知っている。

「だから気持ちはわかるっていうのか？」オクタビオは言った。「湿っぽいうわ言を吐いたって〈無限の王(エル・アレフ)〉は止められねえよ」

「そうは言っていない。わたしがここまで来たのは……」

「お説教も、情に訴えるのも無駄。わっかんねーのかよ」

「手合わせをするためよ」

「手合わせ」

「幽体(アストラル)同士でね。〈驚異の力(ラ・マラビジャス)〉で決着をつけるためです」

　おお・おお・おああ、とホアキンが声を返した。もしかしてあなたも「矢」に射られて能力に目覚めたんですか?

「あるルートで〈矢〉を入手して、年甲斐もなくそれを使ってね。だからおなじと言ったのは出自だけでなく〈驚異の力(ラ・マラビジャス)〉の使い手でもあるという意味ね。もっともおなじなのはそこまでで、わたしはバリバリと噴きだす精神の闇に呑まれたあなたたちのような、ヤワな人生は送ってこなかったけどね」

「ヤワだと?　おれたちが……おれたちがかよ!」

「わたしはこの能力を、人生でただ一度だけ、あなたたちにだけ行使する」

　立っている地面が揺れている。視界を領する「夜」がわなないている。マフラーに顔を沈みこませたリサリサは、体の奥底に流れる紅い光の奔流に意識を凝らす。衰弱する心と体の深みで像(ヴィジョン)を描いて、冀求(ききゅう)する。夜の底にもうひとつの自己像を、顕現させる。

「ザ・ハウス・オブ・アース」

するとそこに立っている。勇姿、その姿態。リサリサの目に視える像(ヴィジョン)。

あえて彼女と呼ぶのなら、その全身はしなやかな輪郭と曲線を描き、紅玉(ルビー)のような耀き(かがやき)と硬度をそなえていた。髪も紅く、アルカイックな微笑が浮いた面輪(おもわ)も紅く、双(ふた)つの乳房の位置に太陽と月の模様が象られ、紅々(あかあか)と燃える地球のように腹部をふくらませていた。

彼女は、リサリサのように手足が萎えてはいない。腰や膝の痛みを抱えておらず、常識外れの速度で走ることもできる。ザ・ハウス・オブ・アース。彼女は一瞬で間合いを詰めて、オクタビオとホアキンに躍りかかる。躍動するその姿にボオオッと彗星(すいせい)のような尾を引き、スパンコールのような輝く塵をまとっている。振り下ろされた彼女の拳が、飛びのいたホアキンとオクタビオの立つ足場を粉砕する。大きく削り取って、石つぶてをまき散らす。彼女は——リサリサ自身も驚かされたことだが——近距離に飛びこんで豪腕で押すタイプの幽体(アストラル)だった。あるいは基本に忠実なタイプと言えるのかもしれない。

「わたしは思うのですが」動かずに戦って、声をふるって二人に問いかける。「一つの〈驚異の力(ラ・マラビジャス)〉はべつの〈驚異の力(ラ・マラビジャス)〉に抗するために生まれるのではないかしら」

「うおおッ、このパワー……瀕死の年寄り(ヴィエホス)が出すような〈悪霊(ファンタスマ)〉かよオォッ」

「魂の力、精神の力ということね。だけど変よね？」

紅い拳が連打を見舞って、かわしきれずにオクタビオが転倒する。

「彼女を目視できているのはホアキンだけのはずなのに。あなたにも見えているのね」

その言葉で、オクタビオに動揺が走るのがわかった。

ホアキンが叫ぶ。オクタビオを引き起こし、降りたてる拳をそらし、攻撃を回避する。

あきらかに自分よりも、オクタビオの身の安全を保とうとしている。

わたしにもわかった。ここにいたってリサリサに芽生えた疑念は確信に変わりつつあった。ついに真相が脳裏に兆して、内側から目を見開かされる。そこにはさまざまな色が見える。怖れ。悲しみ。怒り。戸惑い。無理解の白光が屈折して、たどりついた地平には虹の七色が出現する。秘められた真実が輪郭を結んでいた。

「〈無限の王(エル・アレフ)〉のおなぁーりーだよォ、王が降臨したんだよおォォホホホ～～～ホホホホッッ！！」

アルホーンが狂ったように叫んでいる。こいつらはおかしい、おれたちは初めから前提を見誤っていた、その言葉の真意にリサリサもついに解答を見つけていた。

ホアキンが犬笛を吹いたかのように、「夜」の超生物たちが積みあがった瓦礫を這いのぼってくる。リサリサの立つ屋上へ向かってくる。「夜」は際限なく超生物を分娩していて、それぞれの個体も分裂するように繁殖しているので、這いのぼってくる奔流はひしめきながら団子状態になって膨張し、吹きこぼれ、屋上の床面を下から衝くように持ち上げはじめた。右へ左へ平衡を揺さぶりながら、たちまち目線が高くなっていく。暗夜のただなかに忽然（こつぜん）と出現したのは、さながら宙に浮かぶ闘技場（アレナ）だった。生死を分かつ舞台に立つのはリサリサと、ザ・ハウス・オブ・アース。それからオクタビオと、ホアキン。

「あなたには過去の局面でもそういうところがあったわね、オクタビオ？　グアテマラでもペルーでも、あなたはどこかで戦いの流れを見極めていた。はっきりと自覚していたかどうかはわからないけど、あなたは幽体（アストラル）の動きを見切っていた」

　リサリサの幽体（アストラル）は攻勢をゆるめない。オクタビオを守りながら**彼女**と拳で交戦しているのは、黒いアザで全身を埋めつくしたホアキンだった。

「アルホーンが言ったとおり、〈驚異の力（ラ・マラビジャス）〉によって手合わせをすればよくわかる。その実在感、見えるものと見えないもの。判然としないのは……ホアキン、**あなた自身はそのことに気がついている**の？」

　ホアキンは幽体（アストラル）と伍している。ほとんど互角に渡りあっている。みずから生みだした「夜」の超生物たちと同様に――リサリサの幽体（アストラル）と組みあったその表情が、リサリサの言葉に反応する。応戦に転じてからは全身全霊でそれに臨み、気魄を漲らせて力をふるいつづけていたホアキンの顔が、その眼差しの奥に押し殺した感情をよみがえらせる。

オクタビオも動揺を振りはらうように咆哮する。しかし彼自身は、幽体(アストラル)との戦いに加わることができない。見えてはいても組みあえない。

「ホアキン、あなたにはオクタビオと一緒じゃないときの記憶があるの？」

たてつづけに一体、二体とうごめく生き物が舞台に上がってくる。隆起しながら噴きあがり、盲目のままで命のにおいを嗅ぎつけて、空中の闘技場(アレナ)で這いずりまわる。黒い翼を有する超生物も群がって飛び乗ってくる。三体、四体と、自我をもたずとも本能で集まってくる。

舞台がさらに浮かび上がる。崩れかけの足場が――

ザ・ハウス・オブ・アースが、リサリサの幽体(アストラル)が、乱入する生き物たちに反応する。

彼女が戦い、リサリサは言葉をつむいだ。

拳と言葉で、わだかまる事態を解きほぐしていく。

「すべては〈驚異の力(ラ・マラビジャス)〉への理解がゼロであるところから始まった。わたしも財団も、あなたたちも……そこにこそ主因があったようですね」

歳月はそれを埋めた。この十数年は無為に過ぎていたわけではなかった。J・D・エルナンデスやサーシャは能力者たちのもとを訪れ、ときに大きな危険や戦闘をともないながら着実にサンプルを集めていった。スピードワゴン財団の研究機関がそれらをつぶさに解析し、飛躍的にデータを集積して無知と迷妄の闇を晴らしていった。「驚異の力（ラ・マラビジャス）」の発生の謎――いまもって解明しきれないことばかりではあるが、例の「矢」で射貫かれるほかにも能力の出現した実例が集まっていた。能力者の血や細胞を移植したことで発生した事例、生まれついての能力者としか考えられない事例も報告されている。あるいは血縁者が目覚めた影響で副次的に目覚める例もあって――

「能力にもひとつとしておなじものはない。近距離型、遠隔操作型、自動追尾型……財団のデータベースには次々と新しい項目が増えていてとても追いきれない。現われる像（ヴィジョン）にも人形のものから生物形、機械形といろいろあって、それぞれが固有の声を発し、機械のような音を立てるもの、鳴きわめくものもいれば、一般人の目にも見える貨物船を出現させた例まであるそうね」

「黙れ、黙れよセニョーラ」オクタビオが叫びかえす。「あんたの能書きはもう聞きたくねえ、おれたちはここで死ぬつもりはない（ノ・バモス・ア・モリル）」

オクタビオが咆えながら、リサリサ自身への攻撃におよぶ。

左脚の義足で、大きく振りかぶった蹴りを繰りだした。

次の瞬間、飛んできた数羽の「鳥」が群れをなしてオクタビオを襲撃した。敬老の意識を欠いた不届き者に、お仕置きの嘴と羽ばたきを見舞った。

「リサリサ！」と声がして、群れにぶら下がったサーシャとJ・D・エルナンデスが闘技場(アレナ)まで飛行してきた。サーシャが声のかぎりに叫んでいる。「この生き物には、波紋が通じます！」

だったらなおのこと好都合ね。リサリサの求めに応じて、ザ・ハウス・オブ・アースが大きく胸を反らし、紅玉(ルビー)色の頬をすぼめるように空気を吸いこんだ。肺腑にまで落としたそれを、溜めに溜めて、頬をふくらませて噴きだす。

猛烈な風。風速三十五メートルにもなろうかという烈風。陰樹を傾がせ、人が立っていられなくなるほどの猛烈な風。この力を観測した当初、わたしに与えられたのは「風」の能力なのだとリサリサは早合点した。呼気がつむじ風となり、突風となり、颶風(ぐふう)となって悪しきものを吹き飛ばす能力なのだと。だけど違った。それだけではなかった。強い風を浴びながらも石板にしがみつくオクタビオの額や鼻先が、熱を帯びてジリジリと焦げているのがわかった。

ザ・ハウス・オブ・アース、その能力をリサリサは十全に理解している。彼女が頬をふくらませてブウオオオオオオッッと吹きつける猛風は、高温の熱をはらみ、数えきれない浮遊塵を巻きこんでいる。あらかじめ大地から吸いあげた辰砂(しんしゃ)や鉛、チタン、水銀などからなるこれらの微細な粒子はいずれも超伝導。気体を構成する分子が電離し、陽イオンと電子に分かれて運動する「太陽風」にきわめて類する性質をもっている。もしもこの強風が市街地で吹き荒れたなら、高密度のプラズマで激しい地磁気変動が起こり、電力関係の機器はのきなみ壊れて、発電所や変電所などの電力施設は破壊されて大規模な停電が発生するはずだ。

すなわち、超伝導の粒子をはらんだザ・ハウス・オブ・アースの風には、波紋のエネルギーを流しこめる。水や油や生体を媒介しなくても波紋疾走（オーバードライブ）を対象にぶつけることができる。あるいはそれは波紋使いにとって尽きせぬ夢。特製の糸で編んだリササのマフラーを一本ずつ紐解いて、風の一すじ一すじにたばねて吹き流すようなものだった。おそらく世界最高齢となる「驚異の力（ラ・マラビジャス）」の能力者は、凄絶な戦いに彩られた人生を結晶化させたような超常の力を与えられていた。

彼女が吹きおこす風は、微細な輝きをまとった強風は、「夜」の生物たちを焼き、焼きながら吹き飛ばし、浄化するように滅していく。

たとえばホアキンの目覚めた異能が「夜」の力であり、サーシャが「鳥」を繰る能力であるのなら。

リサリサのそれは、まさしく「波紋」の力だった。

夜の幕が引きはがされていく。

波紋使いによる、世界を冠絶する秘法によって。

波紋は幽体（アストラル）には通じないが、この世に実在する人や生き物には通用する。

現実に「無限の王(エル・アレフ)」が生み落とした超生物たちが、黄金の風に焼かれていった。

もちろん死力を尽くさなくてはならない。強風を吹きだすのは彼女でも、そこへ流しこむ波紋はリサリサがみずから練らなくてはならないものだから。強靱な肉体だけが強力な波紋のエネルギーを生みだすのではない。魂の霊的な領域に深く結びついた呼吸や生体の強度こそが波紋疾走(オーバードライブ)の質と量を決定づける。かつて不世出の波紋使いと称されたリサリサはそのことをよく知っている。波紋は年齢や肉体の強度を問わない。この体をめぐる血の温度が、魂の輝きこそが問われている。たとえこれが最後になるとしても——血は滾っている。動脈で疼いて、静脈でわめき、いまにも沸騰しそうだ。肺や心臓を、肝臓や腎臓を破裂させるほどに摂氏百度の血潮が燃えている。かつてわたしは群を抜いた波紋の戦士たちを知っていた。アメリカン・クラッカーに流しこまれた波紋のエネルギー、鮮血に染まったシャボン玉——みずから媒介に使っていたマフラーは、東洋における天女の羽衣にも喩(たと)えられた。これまでに波紋使いが放出してきたすべてのエネルギーが、ザ・ハウス・オブ・アースの風のなかで流麗に舞い、たゆたい、戦士たちの面影をも現出させて、めくるめく走馬灯のように金色の光輝をともなって浮かんでは消える。あるいはこれが、わたしたちが受け継いできた波紋法の最後の檜舞台(ひのきぶたい)となるのかもしれない。この超生物たちの駆逐が——暴風にあらがうようにオクタビオが叫んでいる。憤怒(ふんぬ)に目を見開き、兇悪無比(きょうあくむひ)な面貌で、獣のように咆哮する声は慟哭(どうこく)や嗚咽(おえつ)の響きすらはらんでいる。

「わたしはこう考えている――」

　途切れることなくリサリサは声を絞った。言葉に託した願いすらも金色の風に流しこむように。

「オクタビオ、あなたは〈矢〉に射られる前から、わたしたちにめぐり逢う前から、すでに〈驚異の力〉に目覚めていたのではないか！」

　それこそがリサリサの自説の、アルホーンが見誤っていた前提の、この「夜」に渦巻いている巨大な誤謬（ごびゅう）の、すべての核心をつらぬく問いだった。サン・フアン・デ・ルリガンチョで「矢」を射られる以前と以後とで彼らの人生は大きく変貌を遂げてしまうが、あの日あの場で「矢」に射られてもオクタビオにあらたな能力が顕現しなかったのはそれが理由ではなかったか。

「どういうわけか、自覚していないようだけど」リサリサは言葉を突きつける。「ホアキン、あなたはもう一人のオクタビオ、オクタビオの生んだ像（ヴィジョン）ッッ！」

　嵐のなかでも聞こえるようにあえて断ずる口調で、額や頬や口元をわななかせ、強めた視線で目の前の現象のすべてを噛み砕くように叫んだ。かぎりなく完全（ペルフエクト）で純粋（プーロ）で、しかし透明（トランスパレンテ）ではない、一般の目にも視認できる像（ヴィジョン）。自分が具現化した幽体（アストラル）であることに気がついていない幽体（アストラル）。それがあなたなのね。

　はあ？

ホアキンは唖然（あぜん）としていた。その口元がもごもごとうごめいて、危険運転で追突された車のように唇がひん曲がる。彼にとっては返答不能な形にねじ曲がった疑問符を突きつけられたようなものかもしれない。思ったとおり自覚はなかったようだ、少なくともホアキンのほうには――

あきらかに戸惑っている。当然だ、独立した自己であることを否定されたのだから。

膝からくずおれるようなホアキンの困惑が、足元が土崩瓦解するような存在の揺らぎが、金色の風を通じてリサリサの内部にも流れこんでくるようだった。

あなたはなにを言っているんですか？　ぼくが幽体（アストラル）だなんて。

だって、ぼくは。

たしかに、だれの目にも見えているのに。

見えるものと、見えないものとの線引きは？

リサリサはそこでザ・ハウス・オブ・アースの吹きつけを止めた。つかのまの無風のなかで、ホアキンがよるべなく頭（かぶり）をふった。問われるままに記憶を探ってみても、オクタビオがいない自分だけの情景を見つけられないのだろう。孤児院（オルファナート）での初めての邂逅、神学校を中退して路地裏で生きていた時代も、財団の調査チームに加わってからも、どんなときでもホアキンはオクタビオのそばにいた。

ホアキンが戸惑っている。ぼくはそのために生まれた存在だった？

一瞬が、永遠の長さに引き延ばされて。

リサリサは、ホアキンを見つめる。

時間が止まったようなその刹那に、過去の情景が飛来する――


孤児院（オルファナート）のすぐそばの、十字架の丘（セロ・デ・ラ・クルス）。

ホアキンが、オクタビオと初めて出逢ったその場所。

そこにいる。ホアキンは人生で最初の記憶に回帰している。ホアキンはそこでオクタビオの独りぼっちのサッカー（フトバル）を見かねてゴールキーパーを買って出た。そうだったね？ 亡くなった家族の代わりになるものなんてない。だけどずっと独りでいたら、サッカー（フトバル）の練習もレスリング（ルチャ）の試合もできない。部屋に閉じこもって独り遊びなんてしていたら、ガオオオッと凶暴にうなる熊のような恐怖に捕まって挽（ひ）き肉にされる。裂け目からあふれだす哀しみに溺死させられる。そういう心の動きを熟知していた孤児院（オルファナート）のシスターは口を酸（す）っぱくして言っていた。友達は作らなくてはいけません。

だからあの夜、オクタビオはその助言にしたがった。あたりを見てもだれもいない。そこには暗闇しかない。暗闇に呑まれると人はものが見えなくなる。視界をふさがれると恐れるけれど、だけど本物の闇は、視界をふさがない。暗闇はそのとき目の延長になる。感覚の延長になる。まだ見ぬ風景をうかがう窓になる。本能でそのことを知っていたオクタビオは、すでにみずからに宿っている能力への理解もなしに、助言を実行に移したのだ。

だっていまこの瞬間に、だれかにキーパーをやってもらわなくちゃならないから。

独りで生きることに、死ぬほど疲れきっていたから。

だから、ホアキンを作った。

たった一人だけ友達ができるなら、その子はおなじ齢で、インディオよりもメスティーソがいいな。なんでもうまくやれる頭のいいやつで、壁よりも正確にボールを蹴り返してくれる子じゃなくっちゃあ。それから自分とおなじぐらい孤独で、恐怖や哀しみを分かちあってくれる子がいい。かくしてオクタビオの目の前に現われたホアキンは、どういうわけか口をきけなかったけど、そのほかには概ねオクタビオの望みを満たしてくれていた。サッカー(フトバル)もレスリング(ルチャ)もなんでもうまくこなすけど、決してオクタビオを越えて力を発揮することはない。喧嘩でもスポーツでも、オクタビオがだれよりもうまくやりたいと願う分野でホアキンが追い越すことはなかった。女の子(ムチャチャ)にだってモテなかった。だけど勉強の場面では呑みこみが早かった。数学でも語学でも宗教学でも才能を発揮した。それはオクタビオが一番手(ヌメロ・ウノ)にならなくてもかまわない分野だったからだ。この世界は自分のために驚きや冒険を用意していて、たどりついた先には英雄(エロエ)の誉(ほま)れが待ちかまえている。オクタビオがそう信じている以上、ホアキンはその活躍を歌にする吟遊詩人(バルド)になるしかなかった。

つまりホアキンは、オクタビオのうしろを走る二番手(ヌメロ・ドス)、心の声をささやいてくれるラジオ、鏡像、ナンパの相棒（コンパニエロ）で、女の子（ムチャチャ）としけこむときには戸外で待っていてくれる気が利くやつ、眠れない夜の話し相手、破目を外して一緒に素っ裸でどんちゃん騒ぎをしてくれる仲間。弟のようにあとについてきて、ときには兄のように行く手を導いてくれる義兄弟（エルマーノ）。財団に入ってからもその綱領を頭につめこんで憶えておく知友。以心伝心（テレパシア）ができてここぞというところでオクタビオの活躍を補ってくれる戦友。だれよりも、他のだれよりもオクタビオのことを理解している莫逆の友（アミーゴ・セルカノ）だった。

ぼくは、とホアキンは思う。

だからぼくは、オクタビオといるとき以外の記憶がないのか。オクタビオが行くと決めたところにはついていったし、故郷を去ると決断したときにも無条件でついていった。だいたいおなじ孤児院（オルファナート）育ちなのに、初めて逢うのが夜の屋外だなんておかしいもんな？　あの十字架の丘（セロ・デ・ラ・クルス）でぼくは生まれた。たぶんオクタビオが意識しないままに、芽生えていた「驚異の力（ラ・マラビジャス）」が発動されて、実体のないはずのぼくが実体をともなって立ち現われた。子どもたちの見えない友達（アミーゴ・インヴィシブレ）が夢に現われるみたいに。オクタビオの足りないところをぼくが補い、オクタビオが片脚になってからはしばらく松葉杖にもなった。ぼくの傷心や苦悩にオクタビオのほうが寄り添い、あてのない放浪にどこまでもついてきてくれた。傷心、苦悩？　ぼくだけのそんなものがどうして生まれたのか。いいや、それはそもそもぼくだけのものじゃなかったのか？　原因をたどるなら「夜」の能力に目覚めてしまったからだけ

ど、あれはそもそもぼくの能力だったのか？　ぼくはそれを媒介する幽体（コンパニエロ）にすぎなくて、「無限の王（エル・アレフ）」はじつはオクタビオの能力だったといえるんじゃないか？

あ、ぼくか。

ぼくが、「無限の王（エル・アレフ）」なのか？

あなたもようやく気がついた？

夜の底が震撼（しんかん）している。地面が激しく振動している。

揺れに揺れる空中の闘技場（アレナ）が揺れながらなおも浮上している。うずたかく積もった超生物は山をなし、連峰をなして噴きあがり、ザ・ハウス・オブ・アースに波紋を流されてわななき震えながら落下しても、数限りなく増殖して闘技場（アレナ）に這い上がってくる。嵐の海に投げだされたボートに乗っているかのようだった。難破しそうなリサリサは船酔いをもよおし、眩暈がおさえられない。

「わかるわね、今ならわかる……」

それでも少しずつ、事の経緯が鮮明になりつつあった。

リサリサにも、サーシャとJ・D・エルナンデスにも、ホアキン自身にも。

オクタビオの能力が生まれついてのものなのか、幼少期のいずれかの時点で目覚めたものなのかはわからない。過去のある瞬間、本人の意思にかかわらずその力が作動したとき、オクタビオのかたわらには血肉をそなえた友が立っていた。どこまでも運命を一つにする相棒が。オクタビオの良心をそのまま具現化したような存在が。

「それこそあなたは、少年や青年のころには気がつけなかったとしても」リサリサは言った。「どこかの段階ではあらまし察していたんじゃない？」

オクタビオはうずくまったままで答えない。上目づかいに睨むような眼光には、憤りと野望の火が途絶えていない。

「あなたの能力は、おそらくはこういうこと」

オクタビオに、ホアキンに、リサリサは告げた。

「完全に独立した自我をそなえ、血も肉も精神もともなう友達を生みだすこと――」

おそらくは一生でたった一度だけ。

友達を。

幽体(アストラル)でありながら、すでに幽体(アストラル)ですらない、友達を。

他に特殊な能力はない。そばに立たせる。一緒に生きる。

ただそれだけ。

孤児(ウエルファノ)という身の上もあってか、幼少期の突然の力の発動とともにホアキンが生まれた。

独立しているといっても他の「驚異の力(ラ・マラビジャス)」も同様に、本体の魂の冀求から大きく逸れることはない。運命共同体となって、本体を守り、本体が悪の道に堕ちればともに堕ちる。

「あの〈矢〉に射貫かれたホアキンに、〈夜〉の力が目覚めたわけは……わたしたちにもわからない。幽体（アストラル）であるあなたを〈矢〉で射貫くことで、あらたな力の覚醒がうながされるか、制御できない暴走の引き金となるようなことがあるのかもしれない。〈驚異の力（ラ・マラビジャス）〉はそれぞれの精神の推移によって、成長や進化もすれば、悪化や暴発もする。財団でもそのようなデータは報告されている」

世界にかけられていた偽りの曇り硝子が取り除かれて、唇が痙攣し、眉と頬がたがいに向かって崩れ、顔を蒼白にしておのれを断罪する。ホアキンは声にならない声を上げようとするが、その声すらも吐きだされる前にそれ自体の重みに負けて崩れて消える。ついには体を折って膝立ちになった。どうしてぼくにはわからなかったんだ、ぼくは間抜け（カブロン）か？ホアキンがこの瞬間にいたるまでみずからの出生の事実に気がつけなかったのは、あまりに独立性が強くなりすぎたためか、それとも特殊な二人の紐帯のせいか、あるいは現象の発生源であるオクタビオが強くそう願ったからかもしれない。物心ついてからずっとそばにいたホアキンを尊重して、陰ながら庇護し、傷つけないために。

明かされた事実は、ホアキンにとって、アルホーンの「矢」よりも明暗を分かつ一矢となったようだった。膝をついたままで微動だにできず、充血した眼を自分の手足へ、オクタビオへ、リサリサへと漂わせる。どうして気づけなかったんだ、どうして教えてくれなかったんだ、どうしていま教えるんだ、どうして？　ホアキンを覆いつくしていた黒いアザが皮膚を這いひろがって、透き間なく全身を埋めつくし、眼球の白目にまでおよぶ。そこから滴があふれて、一条の黒い涙が頬をつたって落ちる。病魔の虜となったように全身を震わせ、頭をのけ反らせ、骨という骨を失くしたようにふらついている。救いを求めるように相棒に注がれた眼差しには、かつて込められたことのなかったであろう悲痛な感情が宿っていた。オクタビオ、お前がちょっと憎いよ。

　ぼくもお前につられて、この手を汚してきちゃったよ。

　たしかにどこにも戻るところなんてないよな？

　ホアキンの視線は、一瞬のうちに無限をはらんで、永遠すらも予示する。地平線すら望めない、「夜」よりもずっと昏いところからこちらを見つめているようだった。

「……おれを、そんな目で見るなあッッ！」

　オクタビオは怒号を上げると、視線を真っ向から突きつけ返した。

「……おまえがそれに気づいたところで、なにが変わるっていうんだ、なんにも変わらねえだろ。おれたちは二人でひとつだろ（ロス・ドス・エウスタモス・ソロス）」

「違う、あなたとホアキンは違うッッ！」

　リサリサは喉が裂けるほどに叫んだ。

「お前がやるべきは生きていくことだ。おれと一緒に」

「わたしがあなたにこのことを話したのは……あなたが希望の火になりえるからよ」リサリサは震えるホアキンに言った。「あなたが見せた乖離、反目こそが希望。オクタビオのどうあっても生きるという強固な意志に、この世を所有できるという野望に、あなただけが一矢を報いてみせた。オクタビオに生みだされた存在でありながら、あなたに芽生えたその精神は、わたしたちの子孫が立ち向かっていく世界の灯火(ともしび)にもなる！」

あなたは泣いていた。あれは身に染みついた倫理観に絞りだされた涙か、救世主思想を体現するための過剰で残虐な行為に耐えられなかったのか、それともその残虐性に呑みほされていく自分を嘆いていたのか。わたしたち一人一人には、固有の内面でみずからの生を包みこむ切実な想いがある。あなたにも、オクタビオにも。わたしはそれらまでも邪道に堕ちていたとは思わない。

オクタビオが叫んでいた。彼にとってこの「夜」は最終地点ではない。どこまでも先があった。だから退かないし、低きにも降りない。この世に産み落とされたのも、英雄(エロエ)の夢に焼かれたのも、アルホーンに復讐を果たしたのも、ホアキンとともに「夜」だけを生きてきたのも、森のコミューンの支配者となったのも、すべてはここで終わるためだったのか。そんなことを受け容れられるはずがない。だからオクタビオは咆えつづける。リサリサが運んできたものを拒絶し、あらがえるかぎりにあらがう。あるいは人間に自由などないのかもしれない。この南米が、世界があまりにも自由に暴虐をふるうために、自分たちも自由なのだとはき違えてしまうのかもしれない。運命に翻弄される人間たちは、やむにやまれぬ存在として飛礫(つぶて)のようにこの世に打ちだされ、あちらこちらにぶつかって、明日の自由を夢見ながら踊り狂うだけの存在なのかもしれない。

だがそれでも、とリサリサは望みを抱く。わたしはこの齢になっても世界を見限ることはできない。人々の営為から目を背けることはできない。わたしは自分が望んでいることを知っている。光と闇のあわいで、希望も絶望も踵(きびす)を接するその場所で、いずれは立ち去ることになるこの現世で——愛する者たちの時間が止まるような頬笑みを眺めること。その場にはオクタビオとホアキンもいる。伝わりくる鼓動を、息づかいを感じることができる。だれよりも強靭に生きようとしたオクタビオと、だれよりも「人間」であったホアキン。二人のあいだの永遠の絆を感じることができる。もちろんそれは老人の一瞬の夢想でしかなくて、どこにも存在しない、存在しえない情景でしかない。それでもそこから生まれる黄金の精神のために、どこまでも自然な人の生き方のために——わたしたちはこうして、揺れ惑う世界で踏ん張っているのだ。

大風にあおられるように地盤が揺れて、広大無辺の暗幕のようなものが覆い被さってくる。完全で純粋な暗さをそなえ、宇宙よりも暗黒の色に染まった「夜」が——無窮の闇が。もはや闘技場(アレナ)の高さよりも巨大化して闊歩するガガンボの長い脚が足場の端をつらぬいて、急激に視界が傾斜し、リサリサは断崖から振るい落とされる。義足で襲いかからんとしていたオクタビオもろとも。

そこからの経緯は、わずかな瞬きのうちに起きたことだった。とっさに身を乗りだしたホアキンが掴んだのは、オクタビオではない——リサリサの腕だった。オクタビオの精神が動かしているのではないホアキンの肉身が、間一髪でリサリサを救った。見下ろす眼差しが、かつて愛した夜空を二つ嵌めこんだような広大な瞳が、これまでのどの場面のホアキンよりも雄弁に意思を語っていた。

オクタビオはかろうじて自力で持ちこたえて、つかの間の均衡を取り戻した足場へよじ登り、強引に上体を起こすと、ホアキンに引き上げられたリサリサを蹴り落とそうと凶器の義足をふるった。ホアキンはそのオクタビオを突き飛ばす。一度ならず二度までも、本体の望みにあらがって。

お前が、お前がどうしておれを——

ごめんよ（ロ・シエント）。

だけどもうこうするしかない。

だがその強固な紐帯は、断ち切られずに残っていた。彼女が、ザ・ハウス・オブ・アースが吹きつける黄金の息を止めて、身をひるがえして悪の首領（エル・ヘフエ）へ——オクタビオへと比類を絶する連打を見舞う。ホアキンはそこにふたたび身を投げて、本体をかばうように、最後まで一蓮托生（いちれんたくしょう）の生を全うするように、渾身（こんしん）の拳の乱れ撃ち（サンシオン・ファイナル）を浴びたのだ。

「ヤワヤワヤワヤワヤワヤワヤワヤワヤワヤワヤワヤワヤワヤワヤワヤワヤワヤワヤワヤ
ワヤ
ワヤ
ワヤ
ワヤワヤワヤワヤワヤワヤワヤワヤワヤワヤワヤワヤワアアアアアァァアア――」

オクタビオとホアキンは吹き飛ばされ、たがいに抱きあい、からみつくように断崖の下の奈落へと落ちていった。すべてを食らいつくす超生物の海のなかへ。

無限に等しい存在である生き物たちは、創造主である二人を捕食するだろうか。屋上に上がってきた二人の回避行動から考えれば危ういのかもしれない。あるいはオクタビオとホアキンが戦闘不能に陥ることで「夜」の闇は解かれて、溶解するように厖大(ぼうだい)な生き物たちも消滅するのかもしれない。

もはや森の食物連鎖(カデナ・デ・コミダ)の頂点に立ったザ・ハウス・オブ・アースが、波紋の風によって残りの生物を――おぞましい長脚の怪物も含めて――一掃していく。流しこむ波紋を練っているのはリサリサ自身だ。サーシャの助力を得たところで心身はとっくに限界だった。

「あの二人の命だけはどうか助けて。救ってあげてください」

J・D・エルナンデスと「鳥」たちが、超生物のはざまに堕ちた二人を探しはじめる。地上に降ろされてそのままへたりこんだリサリサは、崩れてゆく意識のなかで救助成功の報せを待った。

湾曲した牙のような光条が、夜の天幕に向かって勢いよく向かっていく。光の矢は目を射るようなまぶしい銀朱色に輝いて、凄まじい速度で上昇しながら、逆さまの流星のように小さな点になっていく。

頭上の空からはいつのまにか巨大な色の紗幕が垂れさがり、赤と緑と紫色とが階調を移ろわせながらその色彩を氾濫させていた。オーロラだ。

極地方などで見られる大気の発光現象。発生原理はいまだ不明なところもあるが、宇宙より注がれる太陽風が大気や地磁気に影響して生じる現象とされているはずで、もちろん熱帯地方で観測されたことはない。ザ・ハウス・オブ・アースがたった一度の戦闘に臨んだこの夜に、吹き荒らした波紋の風がこの光景を呼びこんだのかもしれない。それはこの「夜」からの——世界への和解の徴のようでもあり、地上の人びとの営みとはかけ離れた大きな意思の顕われのようでもあった。リサリサも眺望するのは初めてで、この齢になって未見の自然現象に出逢えたことに感激もひとしお。雄大なランドスケープは見渡すかぎりの森の稜線に覆いかぶさって、あまりにも美しく、あまりにも荘厳で、しばらくあごを下げることなく見惚れていた。地球がワードローブのなかの自慢の衣を、絢爛なドレスの裳裾（もすそ）をはためかせているみたい。あるいはそれは、この熱帯雨林の戦いに終わりを告げるべく下ろされた終幕（テロン・フィナル）なのかもしれなかった。

夜空を名づけようもない無限の色彩に輝かせながら、それは波打ち、うねり、ほどなくしてかすれて消えた。やがて空の向こうには墨色から藍色へと夜の色が薄まり、温かみのある払暁（ふつぎょう）の色が差しこんできていた。

「朝になるわね」とリサリサは言った。

Epilogo

さて、後世の人たちよ。

最後の波紋使いと謳(うた)われたその女(ひと)の軌跡は、これを潮目に財団の記録からは消える。

伝えられているところでは、アマゾンから生還するなり疫病に罹患(りかん)していることが判明し、マラリアの火に焼かれながらおもむろに降りかからんとする死を仰ぎ見て、三日三晩、生死の境をさまよった。ああ、これはいよいよか——ただちに急報がめぐって親族や関係者が一堂に会したが、ここでもどうにか一命は取りとめて、小高い丘陵地に建つ高齢者の療養施設にそのまま根を生やした。

看護師や世話人たちによれば、彼女はそこで隙間のない温もりに抱かれた心地よい眠りと、恩寵(おんちょう)のような目覚めをどちらも満喫できていると語っているという。ひどく魘(うな)されていることもあるが、起きたあとには恐れや不快感を残していない。病を得てからというもの老衰の速度も増し、体重も落ちて、澄明なその意識には——美しい図書館のようだった頭脳には、綻びや虫食いが目立ちはじめている。ひねもす夜もすがら、ちょこんとポーチの揺り椅子に身を沈めて、そこから遠景の山脈(やまなみ)や湖畔の森やすぐそばの葡萄畑(ぶどうばたけ)をいつまでも眺めている。知人もほとんどいない施設を終の棲(ついのすみか)と決めたかのようにどこにも移ろうとはしない。買い物にも出かけない。訪ねる者もほとんどいなかったが、施設に入って数ヶ月目のある週末、彼女の家族がひさしぶりに訪ねてきてしばらく滞在した。マラリア騒動以来とあって、このときばかりは彼女もつかの間の精気を取り戻し、望まれるままに若かりし日々の思い出のみならず、長きにわたった中南米の調査行についても語りどおしに語ったということだった。

記録されているところでは、セルバ・カルテルのコミューンは、戻ってきた陽の光のもとであらためて国家警察(グアルディア・シビル)に摘発された。巨大なコカの生産場は閉鎖されて、集まっていた住民も農夫も用心棒たちもそろって離散の運命をたどったという。首領(エル・ヘフェ)の座におさまっていた男とその相棒の安否は？　残念ながら財団の記録には残されていない。少なくとも公式の記録には――

サーシャ・ロギンズやＪ・Ｄ・エルナンデスによって回収され、限られた者しか所在を知らない保管庫に安置された「矢」と同様に、二人組の行方もだれかの胸には秘められているのかもしれない。だがその秘匿された事実も、時の経過とともに、関係者の死による忘却とともに――風の塵となって消え、顧みられない過去へと遠ざかっていくだろう。あとのことは白紙(パヒナス・エン・ブランコ)となっている歴史の頁(ページ)がついに語りはじめる日を待つしかない。

嫁姑になる前から親交の厚かったスージーQによれば、療養施設への訪問で顔を合わせた彼女からはさすがに冷や冷やするものを感じたという。

だって独り言は増えたし、羽根をむしった鶏みたいに痩せちゃって、頬骨はごろごろして、真っ白になった髪はもつれて解れてるしね。あのマダムが美容院にも行かなくなったなんて信じらんない。ほんと燃えかすみたいになっちゃって、それだけ南米の戦いが熾烈を極めたってことなんですかネーッ？

だがその夫は、そんなに心配するこたぁないと語っている。たとえ波紋を絞りきったとしても、あの人はまだまだ生きるさ。

旅立ちの朝にも、母と息子の二人きりで長い時間をかけて話しこんだ。フェドーラ帽をかぶった息子の顔は白髭に覆われている。頬や目尻にしわの網目がつき、すっかり老境にあったが、それでも財団の記録で伝えられているとおり長身でハンサム、なにより老いてなお活力を漲らせている。スージーQが梳いた白銀色の髪を束ねてラズベリー色のひもで結び、揺り椅子におさまっている老母とならんでポーチに座って、紺碧の空を、凜とした空気を——しばらく無言で味わう。老いた母がこの静かな時間を、ふたたび迎えることのできた朝を心の底から慈しんでいる事実を、息子のほうも語らずとも理解していた。

「それにしても、とんでもない話だのう……」深々と息を吐いてから息子は言った。「嵐の孤児、無限の王か……彼らはどうなった、明けない〈夜〉が明けたあとは?」

「何度か訪ねてくれましたよ、わたしのところにも」

正式な面会ということとか、それとも夢の中でなのか、いまひとつ判然としない。万事がこんな調子でもジョセフ・ジョースターが焦れることはなかった。

「もしかしたら、たったいま同時発生しているこの能力に目覚めた……世界で最初の事例なのかもしれんなあ」

このときのジョセフ・ジョースターには、すでに例の力が発現している。腕や手首から茨の蔓を出して念写をする能力——これによって忌まわしい過去の亡霊が、ジョースターの一族にとってもっとも因縁深い存在が、海の底から引き揚げられて蘇生したという事実を突き止めていた。星形のアザ、異境にうごめく気配——母と子はあらゆる話をした。語れることを語りつくした老母はこう言ったという。わたしにできることはなにもなさそうね。比倫を絶する悪というものは滅んだと思っても世の趨勢とともに再生する。未知の恐るべき力がとめどなくあふれて、過去の人間には崩れゆく砂山のような世界を支える手立てはない。できることはなにひとつ残されていない。

「しかしこれを、この力をなんと呼ぶべきかね？　財団が使う〈幽体〉やら〈驚異の力〉とやらはどうにも馴染まなくてのう」

物思いに沈んだ老母にジョセフは訊ねる。

「あなたならどう呼ぶ？　〈悪霊〉とか〈怪物〉とか……」

たしかに呼称は統一されていなかった。「神」や「王」といった言葉を用いたがる者もいた。

彼女はしばらく沈思黙考して、遠い風景に視線を漂わせてから、おもむろに唇を開いた。

「友達、かしらね」

「友達」

噛んで嚥みこむような間を置いて、それからジョセフは笑った。気持ちはわからんでもないがさすがに友達というのはメロウな呼び方すぎないかのう。

ほどなくして出立の時間になって、立ち上がったジョセフは太い腕でがばっと母を抱きしめ、肩におでこをつけて静かに別れを惜しんだ。彼女は「いいのよ、いいのよ」とささやきながら息子の背中に手をまわし、しばらくゆっくりと体を揺すっていた。なにがあっても彼女が旅立つ者を引き止めることはない。妻を帰国させてジョセフはその足で極東の地へ向かう予定になっていた。日本へと——

太陽が緑の濃い森の向こうに沈みかけていた。眼下の平地では湖が水面をたゆたわせ、鳥が飛んでいく。なにか大きなものが森を静かに横切り、木々を震わせる。そのしばらくあとでもうすこし小さいものがひそやかに律動し、やがて静まった。遠方には高い時計塔と瓦屋根の並ぶ田舎町が見える。その町の路地から小さなざわめきが聞こえていた。

旅は終わり、わたしたちが知っている世界は消えた、彼女はしばしばそんなふうに独りごちているという。やがて訪れるあらたな世界は、生と死が尾を食らいあう過酷で豊饒な世界だろう。ジョセフたちがその世界だ。ジョセフとその子や孫たちが、黄金の魂を受け継いだ末裔たちが。

丘を降りて、空港へと向かうジョセフの愛用のウォークマンは日本製で、カセットリッドにはこのところ好んで聴いているベン・E・キングの楽曲が挿しこまれている。

母が口にした言葉にも霊感を得て、ジョセフはその力を「幽波紋（スタンド）」と名づけるだろう。そしてその目で、能力者のそばに立つ類いまれな存在を見つめていくことになる。しかしそんな未来の訪れを彼女が知るよしもない。椅子に揺られているうちにうっとりするほど柔らかい眠気が降ってきて、リサリサはそっと目を閉じた。

El fin

真藤順丈

1977年東京都生まれ。2008年『地図男』で第3回ダ・ヴィンチ文学賞大賞を受賞しデビュー。同年『庵堂三兄弟の聖職』で第15回日本ホラー小説大賞、『東京ヴァンパイア・ファイナンス』で第15回電撃小説大賞銀賞、『RANK』で第3回ポプラ社小説大賞特別賞を受賞。2018年に刊行した『宝島』で第9回山田風太郎賞、第160回直木三十五賞、第5回沖縄書店大賞を受賞。その他の著書に『畦と銃』『墓頭』『われらの世紀』などがある。

荒木飛呂彦

1960年宮城県生まれ。1980年『武装ポーカー』で第20回手塚賞に準入選し、同作で週刊少年ジャンプにてデビュー。1986年から連載を開始した『ジョジョの奇妙な冒険』は世界的な人気を誇る。その他の作品に『岸辺露伴は動かない』シリーズ、『魔少年ビーティー』『バオー来訪者』などがある。

初出「JOJO magazine」2022 SPRING、2022 WINTER、2023 WINTER

ジョジョの奇妙な冒険 無限の王

2024年4月23日第1刷発行

著　　　者　真藤順丈
Original Concept　荒木飛呂彦

装　　　丁　小林満（GENIALÒIDE,INC.）
編 集 協 力　添田洋平（つばめプロダクション）
　　　　　　株式会社ナート
編　集　人　千葉佳余
発　行　者　瓶子吉久
発　行　所　株式会社　集英社
〒101-8050　東京都千代田区一ツ橋2-5-10
TEL 03-3230-6297（編集部）03-3230-6080（読者係）
03-3230-6393（販売部・書店専用）

印　刷　所　TOPPAN株式会社
製　本　所　加藤製本株式会社

ISBN978-4-08-790166-5 C0093

検印廃止